内容简介

大千世界/云谲波诡/世族纷争/秘境激斗　隐忍少年/逆境崛起/历经考验/叱咤风云

上古秘境梦魇宫出世，引得天南州各大势力钩心斗角，分别派遣后辈历练探险。主人公钟沉跟随秘境探险一行人，于历练中斩获各类奇宝，得金戈剑，收金傀儡，并结识了越、唐两家的后辈。

梦魇宫外，各方旁门觊觎秘境宝物，纷纷暗中出手，掀起一场混战。钟沉一路过关斩将，名声大噪，顺势崛起。但与此同时，围绕钟沉的巨大阴谋也渐渐浮出水面……

凡人修仙之仙界篇

4

忘语 著

时代出版传媒股份有限公司
安徽文艺出版社

图书在版编目（CIP）数据

凡人修仙之仙界篇. 4 / 忘语著. -- 合肥 : 安徽文艺出版社, 2019.12
ISBN 978-7-5396-6667-9

Ⅰ. ①凡… Ⅱ. ①忘… Ⅲ. ①长篇小说－中国－当代 Ⅳ. ①I247.5

中国版本图书馆CIP数据核字(2019)第098702号

FANREN XIUXIAN ZHI XIANJIE PIAN 4

凡人修仙之仙界篇4

忘语 著

出 版 人：段晓静
责任编辑：胡　莉　张　磊
装帧设计：田星宇　曹希予

出版发行：时代出版传媒股份有限公司 www.press-mart.com
安徽文艺出版社 www.awpub.com
地　　址：合肥市翡翠路1118号 邮政编码：230071
营 销 部：(0551)63533889
印　　制：湖南天闻新华印务有限公司 电话：(0731)88387856

开本：710mm×1010mm 1/16 印张：18 字数：247千字
版次：2019年12月第1版 2019年12月第1次印刷
定价：34.80元

目　录

CONTENTS

目　录

CONTENTS

第86章

反击

从韩立手中飞出的蓝色灵光，正是数十件数寸大小的阵旗阵盘等物。

下一刻，一团团蓝色光芒从四周的海水中涌出，并化为一个个大小不一的玄奥符纹法阵，滴溜溜旋转起来。

韩立缩在袖袍中的双手十指一弹，青光闪动，一根根几乎透明的青丝从他的指间飞出，没入那些符纹法阵之中，引得那些法阵彼此交织、融合，再次隐没不见。

小半个时辰之后，所有涌现的符纹法阵都消失了，韩立二话不说双手掐诀，他身上立即浮现无数银色电弧，在他身下凝聚成一个雷电法阵。

电光一闪，韩立的身影消失，下一刻就出现在二十多万里外的地方，不过还在这片赤红海域之中。

距韩立不知多少万里外的半空中，方磐和锦袍老者被一团青光笼罩着，疾速朝前方飞驰。

锦袍老者一只手持金色罗盘，另一只手掐算，口中念念有词。每过片刻，他便会施展一次秘术来感应韩立的位置。

“那人又传送了一次。”半晌后，锦袍老者说道。

“他朝哪个方向去了？”方磐未停，皱眉问道。

“东北方向，不过这次他传送的距离更短，只有二十多万里。”锦袍老者答道。

“好！看来那人坚持不了多久了。”方磐闻言一喜，立刻掉转方向，朝着东北方向飞遁而去。

两个时辰后，两人发现了韩立的身影。

韩立面色苍白，有些慌乱地往后望了一眼，手臂再次一挥，浮现无数银色电弧，凝聚成一个雷电法阵。

只听一声霹雳巨响，他再次传送而走。这次他传送的距离更短，还不到二十万里。

方磐见此，心中更喜，他先取出一颗丹药服下，恢复之前消耗的仙灵力，接着他身上青光大盛，更快地追了上去。

一个多时辰后，方磐再次追上了韩立。

韩立神情慌乱，再次提升遁速，但是和方磐相比，他的速度还是太慢了，眼看方磐离他越来越近，转眼间他们之间就只差千里了。他手臂一挥，身上再次浮现无数银色电光。

方磐脸色一沉，虽然韩立再怎么挣扎也逃不出自己的掌心了，但是追了近两个月，他所有的耐心都已被耗尽，不想继续纠缠了。

"谦之兄，快！"

方磐低喝一声，手上青光大放，无数青色符文环绕，重重地拍在锦袍老者身上。

一个青色光环浮现。

锦袍老者一闪消失，下一刻出现在韩立附近。他周身浮现无数熊熊燃烧的红色火焰，耀眼的红光陡然爆发，瞬间笼罩了方圆十几里。

此时韩立还没有施展出雷阵，这次他可能无法及时传送逃走了。

方磐见此，单手一握，手中便多出一抹雪亮刀光，身上青光大放，浮现无数青色符文，他的速度再次加快，瞬间跨越了千里的距离，来到韩立附近，手中刀光大放。

就在此刻，韩立身上银色电光大放，他就地一个翻滚，化为一只身长数十丈的银色雷鹏，雷鹏身上缠绕着数道粗大的银色电弧，"噼啪"作响。

雷鹏双翅一展，一道银色电光闪过，下一刻就出现在千里之外。

“哼，困兽之斗！”方磐冷哼一声，一闪身出现在锦袍老者身旁，挥手将他抓住。

下一刻，他身上青光闪动，瞬间罩住两人，两人随即化为一道青影，朝着雷鹏追去，很快就出现在雷鹏身后。

雷鹏双翅一展，身上银色电弧流转，再次往前遁出千里。

然而方磐两人所化的青影，速度同样迅捷，立刻就追了上去。

雷鹏身上银色电光狂闪，连续施展雷遁之术，每一次都刚好比方磐两人快了一些，一时之间倒是没有被方磐追上。

一道银色电光和一道青影，在海面之上追逐移动。青影明亮如初，雷鹏身上的银色电弧却越来越暗淡了。

银色电光一闪，雷鹏出现在一座赤红小岛附近。它身上的银色电弧已经暗淡至极，似乎无法再施展雷遁之术，只好化为一道银色雷光，朝着远处飞射而去。

雷光速度虽快，但是和雷遁之术的速度比起来，还是慢了许多。

青影一闪，方磐两人追赶而至，见此景，顿时大喜，立刻追了上去。

“等等——”锦袍老者望着前方的海域，眉头忽地一皱。

锦袍老者的话还没说完，方磐身上的青光猛地一亮，速度再次加快，带着他一起出现在雷鹏身后百余丈处。方磐手中刀光颤动，绽放出层层叠叠的刀影，便要劈斩而下。

就在此刻，方磐眼前一花，周围景色大变，前方雷鹏的身影消失无踪，自己则身处一个蓝色空间之中。

刚进入蓝色空间，方磐就感觉如陷漩涡一般，一股吸力作用在他身上，那力量并不强大，却连绵不绝，严重拖慢了他移动的速度。

方磐身子一扭，身影骤然虚幻，化作残影朝着前方疾掠而去。

只听“嘭”的一声响，千丈之外的空中突然荡起一圈圈涟漪，浮现一层水蓝色的壁障，方磐的身影正好撞在那壁障上。

他二话不说单手一抬，手中的黑色长刀向前劈去，一道巨大无比的黑色刀光骤然朝着那层壁障砍去。

壁障之上蓝光闪耀，“咔”的一声裂开了一道狭长的缝隙。

方磐见状，嘴角露出一丝冷笑，提起黑色长刀，欲再砍一刀将这壁障彻底破开。

然而前方壁障蓝光流转，瞬间恢复了原状。

这时，锦袍老者已经飞到方磐的身旁，他眉头微蹙，道：“这是一种高阶水属性的禁制法阵，可以不断调动附近万里海域内的磅礴水之力补充法阵的消耗。此阵以坚韧难破著称，绝不是单凭武力就能轻易攻破的。”

“此人比三百年前更难对付了。”方磐神色一冷，咬牙切齿地说道。

“不过，我方才观他体内的雷电之力接近枯竭，他恐怕是实在没有办法才布下这等困阵，想拖延时间。待我破开此阵，用不了多久就能再度追上他。”锦袍老者说道。

“那就有劳谦之兄了……”方磐点了点头，说道。

锦袍老者飞身而起，来到蓝色空间的正中位置，双手在身前掐起法诀，同时开始吟诵咒语。

只见他周身陡然红光一闪，燃起红色火焰。

可就在这时，他头顶上方却突然一阵“刺啦”作响，韩立的身影骤然出现。

韩立体内的雷电之力的确消耗巨大，却没有到油尽灯枯的地步，他之所以表现出雷电之力不济的样子，只是为了引诱方磐两人中计罢了。

只见他单手掐诀，向下一推，另一只手中的真水袋立即鼓起来，袋口处黑光大放，涌出无数黑色重水，化作一条通体漆黑的重水蛟龙，朝着锦袍老者扑了过去。

重水蛟龙蜿蜒疾行，将周围的空气搅得嗡嗡作响，整个空间也震荡不已。

锦袍老者的秘术正进行到关键时刻，一旦被打断，不但前功尽弃白白浪费了精血，他还会被秘术反噬，遭受重创。

他连忙以心神联系召唤出一件青黑色的古旧宝甲罩在身上，同时向方磐大声喝道："方老弟，助我……"

锦袍老者的话音未落，方磐骤然幻化出三道分身。其中一道分身手掌一挥，将手中的黑色长刀挥了出去。另外两道分身则一闪身，疾速奔向韩立。

韩立对于方磐的攻击视若无睹，手中法诀猛地一催，操控着重水蛟龙加速扑向锦袍老者。

与先前炼制重水纹雷时需要对重水进行精准的控制不同，此刻他控制重水蛟龙，更需要充足的仙灵力和全神贯注。

重水蛟龙一冲而下，当先撞在方磐的黑色长刀之上，只听"噗"的一声闷响，就将其吞没了。

下一刻，重水蛟龙龙首高昂，一下子冲入了锦袍老者身上爆出的红色"骄阳"之中。

又听"砰"的一声巨响，锦袍老者如遭山岳倾轧，直坠而下，他身上那件古旧宝甲光芒大放，浮现无数青黑符文，骤然飞射而出，射向重水蛟龙。

"噗噗噗——"

在青黑符文的攻击下，重水蛟龙轰然溃散，化为漫天重水。

韩立见状，微微一笑，不再往前冲，而是周身雷光一闪，避开了追杀而至的方磐分身，骤然向后掠去。

方磐见状顿觉不妙，三道分身同时青光一闪，朝着蓝色空间的边缘掠去。

只见方才重水蛟龙溃散的地方，突然出现了二十来个拳头大小的黑色圆球，稳稳地悬在半空中，表面没有丝毫灵力波动，而蛟龙所化的漫天重水，则汇成一股洪流朝着韩立飞去，没入他体内不见了。

此时，那些圆球上突然亮起道道银色纹路，一缕缕纤细电光从中闪现。

锦袍老者望着那些突然出现并闪动着电光的圆球，心中"咯噔"一下，一种不妙之感在心头浮现。

他心中念头转动，双手连挥，周身宝光大作，竟然一口气祭出了七八件灵光熠熠的护身法宝，一个又一个光罩在他身上浮现。

“轰隆——”

二十多个重水纹雷一个接一个炸开。

无数银色电弧从中绽放，射向四面八方，顿时将方圆近千丈都笼罩了。

锦袍老者身上的宝甲释放出来的密集符文刚一闪现，立即消失，与其他所有护身宝物一起被一轮巨大无比的黑色“骄阳”吞没了。

一股排山倒海般的狂暴气浪朝四面八方涌去，空中浮现一道道触目惊心的黑色裂纹。下方赤红色的海域波涛翻滚，冒起淡红色的水汽。

海面被砸出一个大坑，掀起数十丈高的滔天巨浪，朝着中间卷去，笼罩这片海域的蓝色空间，经受不住这股巨力的压迫，轰然崩碎。

巨大的声响持续了好一会儿，才逐渐平息。下方那座小岛只剩下几处岩石露出海面，余波未平的海面又掀起巨浪。

在某块碎岩石上，浑身血污的锦袍老者躺在那里，他身上的宝甲完全破碎，身边还散落着许多护身法宝的残骸。他虽身受重伤，但并未陨灭。

韩立的身影突然出现在千丈之外，他的目光朝下方水域一扫，顿时锁定了锦袍老者。

锦袍老者此刻同样抬头望向韩立，目光中满是怨毒之意。

韩立冷哼一声，正要飞身落下。

就在此时，他周围突然青光一闪，五个方磐浮现，五人手中刀光一闪，只见那五道黑色刀光融合在一起，朝着他的心脏直刺而来。

韩立见此，猛然加速，向下落去。

“砰！”

黑色刀光落在韩立背部，他体表的真极之膜顿时裂开，露出一道伤口。

韩立借着这股巨力加速冲锦袍老者而去，同时手腕轻轻一抖，一颗龙眼大小的圆珠立即从他手中抛出，朝着锦袍老者头顶落去。

锦袍老者心中叫苦不迭，他身上的护身法宝已经尽数损毁，自己又身受重伤，一时之间难以避开，他的眼中顿时露出一抹绝望之色。

千钧一发之际，他伸手一拍头顶，一个金色小人从他的头顶一跃而出，就要瞬移遁走。

此时，那颗韩立花了大价钱购来的重水雷珠毫无征兆地爆裂开来。

一轮巨大的黑色“骄阳”陡然出现，从中浮现数百条百丈长的青紫色电光，散发出一股令人心悸的法则之力，向周围席卷而去。

锦袍老者与金色小人一起被卷入其中，陨灭了。

就在这时，一道黑光突然从锦袍老者身体中疾速飞出，一闪而逝，瞬间就没入了正在奋力远离爆炸区域的韩立体内。

就在韩立击杀锦袍老者的这片刻工夫，方磐不进反退，他的身前不知何时浮现一条漆黑锁链，表面缭绕着一圈圈黑色符文。

紧接着，他几个闪身直奔韩立追了过去。

“轰隆”一声巨响，那轮巨大的黑色“骄阳”再次爆炸开来，化为一大片黑光，朝着周围疾速弥散而去。

韩立与方磐虽然飞出了黑光笼罩的范围，却仍然受到了波及，两人皆有些不稳地向高空冲去。

方磐周身青光大作，双脚在空中连点数次，竟然追上了韩立。

只见他手腕一抖，掌心中乌光大亮，那漆黑锁链“嗖”的一下飞射而出，直奔韩立的小腹而去。

韩立心中一紧，想要躲避已经来不及，他猛地张口，喷出一口血，化为大片红雾。

“刺啦！”

漆黑锁链一闪，射入了红雾之中。

几乎在漆黑锁链没入红雾的同时，一道红影从中射出，几个闪动后，出现在千里之外的天边，再一闪，便消失不见了。

红雾消散，那漆黑锁链也消失了。

十多万里外，一片蓝色的海域上空，突然电光大作，浑身血污的韩立踉跄而出，脚下不稳差点落到海水之中。

他的脸色比先前更加苍白，连续一个多月的逃遁，再加上方才情急之下他催动了影遁，着实伤了不少元气。

他深吸一口气，稳住心神，拿出一颗归元丹服下，脸色缓和了几分，继而双目一闭，将神识探入丹田之中。

果然如他所料，他的元婴之上再次出现了四条黑色锁链，锁链表面幽光闪动，并有一缕缕黑色雾气缭绕其上。

见此情形，韩立心中反而松了一口气。幸亏他反应及时，并未让那人将诡异锁链完全施展，若是再让对方封印了自己的元婴麻烦可就大了。即便如此，他体内的一半仙灵力还是被封印了。

紧接着，他眉头一皱。因为他发现在自己的元婴下方，有一道忽明忽暗的黑光，正是锦袍老者陨灭前，从他身上射出的那道黑光。

这并非什么厉害的禁制后手，而是某种神魂标记。若是给他足够的时间，他自然可以将其消除，但如今对方显然不会给他这么多时间。奇怪的是，这道黑光上散发出来的气息，并非源于那锦袍老者，而是源于那名黑衣青年。

韩立心中想着，脸色突然一变，抬头朝前方的海域扫了一眼。

思考片刻后，他身上亮起遁光，朝着海域深处飞驰而去。

大约一炷香的工夫后，他停在了一片海域上方，眼中露出些许疑惑之色。

放出神识探察之后，他发现附近十万里的海域都出奇地平静，深海之内普通游鱼倒是不少，妖兽却寥寥无几。

想了一会儿，他身上遁光骤然一亮，朝着深水妖兽所在的海底疾掠而去，他收敛气息，整个人仿佛变成了一块石头般，悄无声息地没入海面，朝着海底沉去。

与此同时，韩立将庞大的神识散发出去，覆盖在体内的标记之上，将其层层包裹起来，尽可能地隔绝其与外界的联系。

韩立沉入海底没多久，半空中青光一闪，方磐的身影出现。韩立先是闭目感应了一下，然后朝着下方海域望去。虽然他留下的那道神魂标记被某种力量压制了，但他还是隐约能感应到。

韩立脸上露出一丝冷笑，化为一道青光，直接冲入海水中，朝着海底飞速潜去。以他的遁速，眨眼间便到了海底。四周漆黑一片，寂静无声。

方磐的目光四下一扫，随后落在数百丈外一块看似平平无奇的巨石之上，他二话不说冲了过去，手中黑光一闪，一道数百丈长的黑色刀光出现，冲巨石狠狠地斩去。

黑色刀光所过之处，海水被劈成了两半。

"轰"的一声，黑色刀光落在巨石之上，却没有如他预料那般将巨石劈开，方磐见此，微微一怔。

巨石后方，韩立化为一道黑光射出，嘴角挂着一丝不易觉察的浅笑。

"嗖、嗖！"

两道身影从方磐体内浮现，他们手中的黑色长刀一颤，两道刀光立即一左一右朝着韩立所在的地方，狠狠地劈去。

黑色刀光斩向韩立，刀光所过之处，海水几乎沸腾了。

韩立似乎早有准备，伸出布满鳞片的双臂交叉挡在身前。下一刻，他被震飞了。

就在此刻，一声怒吼从远处传来，海底随之晃动起来。

远处海底"轰"的一声炸裂开来，无数碎石朝四面八方飞去，一道小山般的巨大黑影从地下缓缓冒出，散发出一股令人心悸的强大气息。

原来那块看似不起眼的巨石，竟然是一个肉疙瘩。

方磐见此，顿时一惊，手里的动作一顿。

韩立冲着方磐咧嘴一笑，一闪身潜入附近一条海沟，不见了，连气息都消失得无影无踪。

方磐暗道一声“不好”，正欲收敛气息。

那巨大黑影身上绿光一闪，浮现一双绿色的眼睛，死死地盯着方磐，眼中闪烁着绿色火焰，散发出恐怖的杀意。

方磐心中“咯噔”一下，生出一股许久未有的畏惧。此刻他已经看清那巨大黑影的全貌，是一只紫黑色章鱼，身上长满黑色疙瘩，八条紫黑色的腕足不停挥动，搅得附近的海水剧烈地翻滚。

第87章

做个了结

巨大章鱼那绿色眼睛的下方裂开一道缝隙，隐约露出白森森的牙齿。

“真仙境后期！”方磐瞳孔微微一缩，惊呼道。

“嗖！”

巨大章鱼的所有腕足猛地朝中间一收，化为模糊黑影，朝着方磐袭去。这一幕看起来就如同一座紫黑色巨山在海底飞快地移动，诡异无比。

巨大章鱼未至，一股无法言喻的压迫力已朝方磐袭来，令他一阵摇晃，身上青光狂颤，整个人倒射而出。

方磐后退了好远，才勉强稳住身体。

巨大章鱼出现在方磐百丈外，所有腕足朝他狠狠地抽去，在海水中划出一道道明显的痕迹，发出闷雷般的响声。

方磐身上青光一闪，顿时幻化出四道一模一样的分身，然后，五个方磐朝着不同的方向飞速蹿去。

巨大章鱼的动作微微一滞，似乎没料到方磐有这一手，但下一刻，腕足仍带着万钧之势轰然落下。

乱石飞溅，海底被抽出了数道长达百丈的深沟。

五个方磐则趁着这个间隙，躲过了章鱼腕足的抽击，朝着海面冲去。

巨大章鱼恼怒地低吼一声，双目绿光一闪，大口一张。

“刺啦”一声，五道水桶粗细的紫黑色雷电飞射而出。

这五道紫黑色雷电看起来平平无奇，但速度之快远胜寻常闪电，一闪就追上了方磐，准确地劈在五个方磐身上。

“轰——”

其中四个方磐在紫黑电光中碎裂消失，只有最左侧的一个还在，被劈飞了。不过，他似乎并未受太重的伤，一个翻滚便稳住了身体。

只见他背后破口的衣衫下露出一件暗金色内甲，表面布满暗金色的鳞片。这内甲已经有一道深痕，上面的鳞片也碎了很多，但终究未被击穿。

方磐见此，几乎想也不想再次化为一道刺目的青光，以不可思议的速度往前飞去。

“嗷！”

巨大章鱼发出一声愤怒的大吼，再次化为一道模糊黑影，紧紧追在那道青光的后面。

巨大章鱼在海中的速度并不比方磐慢多少。

两者一追一逃，瞬间消失在远处，汹涌的海水渐渐恢复了平静。

此时，韩立才从海底的裂缝中飞了出来，朝着方磐和巨大章鱼飞走的方向望去，眼中流露出迟疑之色。

紧接着，他化为一道青影，朝着方磐和巨大章鱼的方向飞射而去。

从目前的情形来看，韩立的计划算是初步成功了，这巨大章鱼的实力虽强，但未必能要方磐的命，他仍然无法彻底放心。

韩立的遁速比方磐和那巨大章鱼要慢，那两者早就飞出了他的神识感应范围。不过，他们留下的仙灵力波动实在是太明显了，沿着这些痕迹，他一路尾随向前。

半个时辰之后，韩立停了下来。

前方数百里外的海水犹如沸腾了一般疯狂地涌动，无数漩涡翻滚不休，即便相隔数百里，韩立仍能感受到一股股巨浪挟着巨力汹涌而至。

这混乱的中心，赫然是一个直径足有数十里的巨大光团，无数刺目的紫色电弧和黑色雾气在光团上跳动。

电弧与雾气交织，形成紫黑色光芒，然后爆裂开来。

一股庞大的力量迸发，海底都被撕裂了，暗红色的岩浆不断涌出。

“灵域……不，不太一样，这应该是类似灵域的某种领域神通。”韩立感受着巨大光团散发出来的可怕灵压，心中不禁生出几分害怕。

自己引出的这只巨大章鱼虽拥有不亚于真仙境后期的恐怖实力，但似乎属于某种莽荒异种，并未彻底开启灵智，否则如果它在现身之时，便发动此等领域神通，自己怕是早就遭殃了。

这个念头在他脑中一闪即逝。

接着他眼中泛起一层蓝光，朝前方的光团中望去，隐约可以看到一大一小两道身影在其中飞快地移动，不时相撞交锋。

那道大的身影自然是那章鱼海怪，它那本来如山岳般巨大的身影此刻已经缩小到十几丈高，显得更为灵活自如，另一道小的身影正是方磐。

在这光团空间之中，方磐的速度似乎受到了极大的限制，他一直处于劣势，不时被章鱼海怪的腕足击中。

方磐看起来有些狼狈，面色苍白，披头散发，身上的青光也变得暗淡了。不过他头顶上方悬浮着一幅银色画卷，从中涌出无数银色符文，在他身前形成一层光幕，所以，他虽然不断被击中，但并未受太重的伤。

“砰！”

方磐再次被章鱼的腕足击中，银符光幕也随之一阵狂闪。

经过长时间的追杀，章鱼海怪似乎有些不耐烦，它挥动腕足的速度越来越快，方磐被击中的次数也越来越多。

此刻的方磐，心中叫苦不迭。

以他如今的修为，还无法破开这个类似灵域的光团空间，这样被动挨打绝非长久之计，一旦头顶的这件仙器被破，自己必将丧命于此。

想到这里，他心中对韩立的嫉恨越发强烈。

就在此刻，章鱼海怪疯狂挥动的腕足突然一顿，嘴巴一张，一大团漆黑墨汁一喷而出，铺天盖地地一罩而下。

方磐只觉一股刺鼻的腥臭味扑面而来，顿时一阵眩晕。

他心中一凛，连忙催动神识之力将脑海中的异样除去，同时他头顶的那银色画卷“嗡”的一声，光芒大放。

无数银色符文从中喷涌而出，化为一面圆盘状的银色光盾，仿佛一轮银月一般挡在他头顶。

“嗞——”

银色光盾被漆黑墨汁喷到，顿时冒出缕缕烟雾，变得千疮百孔。

漆黑墨汁穿透而过，继续向方磐喷去。

方磐情急之下，当即变换法诀，口中念起晦涩的咒语。

“刺啦！”

银色画卷顿时熊熊燃起，一团团银色火焰掉落，瞬间点燃了方磐身前的银符光幕。

远远望去，方磐整个人仿佛化为一个熊熊燃烧的银色火球。

那些漆黑墨汁在银色火焰的席卷之下，顿时化为一缕缕黑烟消散了。

然而未等方磐松一口气，章鱼海怪的八条腕足陡然绷直成一根根长棍，幻化成重重棍影从四面八方向方磐击去。

一连串惊天巨响传来！

银色火球疯狂地颤抖，而方磐头顶悬浮的银色画卷随着燃烧变得越来越小，眼看支撑不了多久便要彻底消失。

“不！我不甘心！”

方磐嘶吼一声，似乎突然想到了什么，立即翻手取出一颗青色的丹药。

此丹仅有拇指大小，却通体散发出一阵阵惊人的灵力波动，还有许多细小的青色符文缭绕在丹药上方，隐约形成一条迷你青色蛟龙模样。

此丹名为“青蛟丹”，是他为了突破真仙境后期，花了大价钱准备的一颗灵丹，虽然不是道丹，但价值丝毫不低于一般的一品道丹。

他此刻取出此丹，自然不是想要突破境界。此丹有一个奇效，就是可以激发服药之人的潜力，令其在短时间内爆发出远远超出自身境界的强大战力，以此亲身体验更高一层的境界，可大大提升突破概率。

方磐没有多想，将手中的丹药服下。

耀眼的青光顿时从他身上绽放，他原本已经衰落的气息节节攀升，转眼就恢复到了巅峰，甚至还在继续提升，狂暴的仙灵力波动从他身上爆发出来，这一刻，他体内的全部潜力似乎都被逼了出来。

一个个明亮的青色光点在他全身各处浮现，明灭不定，仿佛一只只眼睛在眨动，足有二十三个之多。

紧接着，他身体某处骤然又亮起了一个青色光点。

下一刻，二十四个光点仿佛约好了一般骤然同时一亮，他身上的气息随之暴涨，竟然达到了与巨大章鱼相当的程度。

方磐猛地一咬舌尖，喷出一口鲜血，融入头顶的银色画卷中。

银色画卷在吸收了方磐的鲜血之后，包裹画卷的银焰陡然一盛，化为一个银色火球。原本环绕在方磐身边的银焰符文，突然尽数飞回，纷纷融入这个火球之中。

"轰隆！"

银色火球冲天飞起，在一声巨响之后爆裂开来。

银光夹杂着狂暴的气浪，朝着四面八方席卷而去，硬生生地将八条腕足所化的黑影挡了下来。

方磐趁机化为一道模糊青影，朝着光团之外飞射而去，不知何时他已将黑色长刀握在手中。

转眼间，他便来到了光团空间的边缘处。他二话不说，体表青光大放，一下幻化为七道一模一样的身影，手中的黑色长刀绽放出前所未有的光芒，同时狠狠地往前斩出。

"给我开！"

七道黑色刀光在半途骤然合而为一，化为一道巨大的刀光，斩在了身前的紫黑色光幕上。

“咔嚓！”

紫黑色光幕一阵狂闪，出现一道深深的裂纹，接着碎裂开来，破开了一个大洞。

方磐顿时化为一道青光，飞射而出。

这一切说来话长，其实就发生在一两次呼吸的时间内。

等章鱼海怪追来，方磐已经飞出很远，消失在茫茫大海之中了。

“可惜了。”

韩立望着方磐逃遁的方向，很快收回了目光。

经此一役，对方身受重伤，至少短时间内不会来找自己的麻烦了。韩立如此想着，又望了一眼暴跳如雷的章鱼海怪，蓦然化为一道模糊的青影，紧贴着海底朝远处飞去。

他一口气在海底前进了数万里，确定那章鱼海怪并没有发现自己后，才蹿出了海面，飞到半空，两手猛一掐诀。

“轰隆隆！”

无数银色电弧浮现，化为一个雷阵。

一声霹雳轰鸣后，他的身影顿时消失无踪，下一刻就出现在了数万里外的地方。他没有停下，立刻再次施展雷阵，继续往同一个方向又传送了数万里。接连传送了很多次后，韩立在一座无人小岛停了下来。

他翻手取出一大堆阵旗阵盘等东西，在岛屿的一处空地上布置起来。半日过后，他布置出一个星辰大阵，和他在乌蒙岛的星辰法阵一模一样。

接下来，他又在小岛周围布下了十几个防护法阵，将整个岛屿层层罩住，就算是真仙境后期的仙人到此，一时半刻也无法突破这些法阵。

做完这些，韩立才松了一口气，在星辰大阵中盘膝坐下，闭目修炼。

没过多久，各色霞光交替浮现，笼罩了整座岛屿，十分惹眼。

不过好在这片海域荒凉无比，方圆数千里内一个人影都没有，倒也不用担心会引来心怀不轨之人。

很快便入夜，夜空中出现点点星辰，星光垂落，凝聚成七道璀璨的星光之柱，落在小岛上。

小岛上浮现一片星光，明亮璀璨，周围的禁制光幕都遮盖不住。

“隆隆”的闷响从岛上响起，时缓时急，传至数十里外。

转眼就过去了两个多月。

笼罩着小岛的各色光幕“轰”的一声消散不见，现出韩立的身影，只见他手中提着一条手臂粗细的青黑色锁链。

这次他的元婴没有被完全封印，加上有了之前的经验，故而这次他只花了两个多月便破开了封印，不过此时他脸上并没有多少喜色。

他体内的那处标记，无论施展什么手段都无法彻底去除。随着时间的推移，方磐恢复后，再次追来的可能性越来越大。而对方至今仍未现身，反倒让他心中隐隐浮现一丝难以名状的不安。

韩立默然立在半空中，眼神闪烁。

片刻之后，他深吸一口气，似乎做出了某个决定，将小岛上布下的阵旗阵盘一一收起后，便化为一道青光，朝着远处飞射而去。

时光飞逝，转眼三个多月过去了。

荒澜大陆某处，一片连绵的山脉之中突然传出一声响彻云霄的长啸。一道耀眼的青光从山脉某处闪现，下一刻就消失不见，接着又出现在半空之中。

青光中有一名黑色劲装的青年，眼中精光闪动，正是方磐。

“哈哈，真是天助我也！没想到生死存亡之时服下的一颗青蛟丹，竟直接助我打通了第二十四仙窍！”方磐狂笑一声，浑身散发出庞大的威压，他仿佛脱胎换骨一般，俨然跨入了真仙境后期。

方磐欣喜地感受着体内的变化，嘴角露出一丝冷笑。

“韩立，你尽管逃吧！反正你终究逃不出我的手掌心！”

说完他化为一道模糊的青光，以恐怖的速度向东方飞驰而去。

此时此刻，距方磐不知多少万里的一处密林上空，一道遁光正疾速往前飞遁，正是韩立。

他神色一变，脸色阴沉至极。就在方才，他元婴上沉寂许久的那道标记，突然躁动了一下。

“总算来了……我们之间也该做个了结了……”

韩立喃喃自语一声后，身上青光一盛，以更快的速度向前方飞去。

虽然他一路全力飞遁，但是不过小半个月之后，一股熟悉的气息出现在他的神识感应范围内，并迅速向他靠近。

“怪不得他这么长时间没有出现，原来是突破真仙境后期了，这下可有些棘手了……”

韩立眉头一皱，神色阴晴不定，但他的遁速丝毫没有变慢。

没过多久，方磐和韩立的距离便只有万里了。

直至此刻，韩立才两手掐诀，全身银色电光大放，凝聚成雷阵。

后方的方磐见此，眼睛一眯，身上青光大放，浮现无数青色符文。

下一刻，他就陡然化为一团青色幻影，速度倍增，同时发出一声龙吟般的长啸。

“嗡！”

奇异的啸声迅疾无比地朝着周围扩散，瞬间传至数千里外。

韩立听到这声音，身上的银色雷电为之一顿。虽然几乎在下一刻他便恢复了，但是一团青色幻影已经追到他身后不远处。

“刺啦！”

一道雪亮刀光率先飞至，斩在了雷电法阵之上。

银色电弧在这雪亮刀光面前，仿佛豆腐般脆弱，雷电法阵轰然崩溃。

韩立眼见此，骤然往下方一沉，险之又险地躲过了这一道雪亮刀光，接着全身金色光芒大放，全身长出无数金色毛发，瞬间化为一只巨猿。

韩立才完成变身，一道青色幻影就拦在了他前面，正是方磐。

金毛巨猿二话不说，狠狠地挥出金色巨拳。

方磐一闪身，瞬间往旁边飘了数丈，轻松地避开了金色巨拳。

接着他身躯一晃，幻化为三个方磐。

其中一个方磐手臂一动，浮现一道晶莹刀光，斩在了金毛巨猿的手臂上。

金毛巨猿的手臂上瞬间出现一道巨大的伤口，鲜血直流。以金毛巨猿的防御力，应该能挡住这道刀光的，此刻它却仿佛纸糊泥捏一般不堪一击。

另外两个方磐同时扑向金毛巨猿，两道刀光也分别斩向金毛巨猿的脖颈和胸口。

金毛巨猿大吼一声，身躯猛地一胀，全身的毛发上浮现数道金色电弧般的光芒。

无数金毛离体，化为密集的金光，朝着四面八方飞射而出，发出可怕的尖啸声。

三个方磐脸色微变，顾不上继续攻击，同时一闪身倒射而出，身上青光一凝，形成一个青色护罩。

金光射在护罩上，发出“噼啪”之声！

青色护罩一阵狂闪，却没有碎裂，不过金色毛发中蕴含的力量还是将其推开了一段距离。

金毛巨猿没有继续发动攻击，而是就地一滚，化为一只雷鹏，周身浮现银色电弧，银色电弧一亮，雷鹏随之消失。

“休想再逃！”

方磐怒喝一声，三个方磐瞬间合而为一，化为一团模糊的青影向前追去。

雷鹏全力施展雷遁之术，接连闪遁数次，才勉强将方磐甩开数万里。

紧接着，无数粗大的银色电弧从雷鹏身上浮现，凝聚成一个银光灿灿的雷电法阵。

远处天际，一道模糊的青光迅疾无比地飞射而来。

在青光赶到的前一瞬，一声霹雳巨响传出，雷鹏淹没于银色电光之中，消失无踪。

青光一闪，现出方磐的身影，他脸色有些阴沉，不过片刻之后，他脸上露出一丝冷笑。

像刚才这般大量消耗体内的雷电之力，恐怕用不了多久韩立体内的雷电之力便会消耗一空，到时候，他唯有一死。想到这里，方磐再次化为一道青光，朝着前方急追而去。

三日后。

一片苍翠的山林之中，有一座青砖小庙，小庙外墙的朱红油漆已经脱落殆尽，翻起一片片老树皮般的墙皮。

一扇裂开的木门靠在另一扇还算完好的木门上，露出一道半人宽的缝隙。透过缝隙可以看到，庙内早已断了香火，到处都是蛛网灰尘，青石铺就的地面上长着厚厚的青苔。

不知是什么神祇的雕像，正襟危坐在殿中，雕像的头颅掉落在殿内一角。一个神色疲惫的青袍男子靠坐在雕像头颅一侧，正是韩立。

就在此时，韩立似乎感应到了什么，他突然抬头，透过古庙屋顶上的破洞朝高空中望去，却只看到一片空旷晴朗的天空。

他二话不说一掠而出，在半空中银光一闪，便朝着远方疾遁而去。

在他后方数千里之外，一道青色光芒紧追而来。

一银一青两道光芒在高空中疾速飞驰，眨眼间就越过了数十座山峰。

韩立体内的仙灵力消耗得很快，他的飞行速度已经提升至最快，但因为没有施展雷遁，二人之间的距离不断缩短。片刻之后，方磐已经离他不到两千里了。

就在此时，韩立视野中出现一条半圆形的山脉，他立即向下掠去，径直朝其中一座峰顶泛白的山峰落了下去。

他刚落下没多久，那座山峰上就升腾起浓郁的白色雾气，不一会儿就将附近几座山全都笼罩了。

在白色雾气弥漫之处，一阵银光闪过，浮现一座座精美绝伦的高墙殿宇、亭台楼阁，那些山峰之间也突然出现一座座白玉拱桥，俨然一副仙家胜境的景象。

这些奇异的景象刚浮现，那道青色遁光就骤然飞至，猛地停了下来。

第 88 章

幕后主使

身穿一袭黑衣的方磐从遁光中现身，他望着下方的楼宇宫殿，冷冷地道：“哼！看来这半年你倒是没有闲着，我倒要看看你还能耍什么花样！”

说完，他一纵身，直接朝着那些宫殿飞去，一头扎进白色雾气之中，并直接落在了其中一座山峰上。

方磐双目一阖，眼珠在眼皮底下滚动。

不一会儿，他轻“咦”一声，睁开双眼。他发现自己无法感知韩立的具体位置了，只能模糊地判断出他就在附近。

方磐身体并未移动，却变得模糊起来，六道与他一般无二的分身从他的身体中翩然飞出。

七个方磐身上同时亮起青光，分别朝着七个不同的方向疾射而去。

只见七道青光在这些仙气缭绕的宫殿之间来回穿梭，片刻之后，又回到了原来的地方，却一无所获。

就在这时，方磐像是突然发现了什么，立即弯腰蹲下，伸出手掌在地面上摸起来。

“这是……阵中阵！”方磐缓缓地收回手掌，猛然站起身，眉头紧蹙道。

话音刚落，七个方磐立即面朝外围成一个圆圈。

只见他们同时一动，手中的黑色长刀骤然挥舞而出，浮现七道巨型刀光，朝着不同的方向射去。

“呼呼呼……”

阵阵狂风卷起，七道凌厉的刀光相互交织，幻化出无数刀影，如同一朵刀影莲花盛放开来，旋转着升入高空。

在这股力量的撕扯之下，那些幻化出来的楼宇宫殿纷纷扭曲变形。

紧接着，空中响起“噗噗”声，漫天的宫殿影像逐渐虚化，直至消失不见，整座山峰原本的景象显露出来。

只见峰顶早已被人削平，地面铺着白玉石板，石板上雕刻着一道道呈环形分布的奇异符文，符文中心处雕刻着一头古怪的异兽。

四周矗立着十几根白色石柱，皆高逾十丈，上面镶嵌着许多形状各异、颜色不同的彩色晶石，看起来极其炫目。

七个方磐重新合为一体，看着这些晶石流光，他眼中闪过一丝恍惚之色，随即猛然一转头，就看到一袭青衣的韩立正站在数百丈外的空中，手里握着一个圆形阵盘，另一只手在阵盘上飞快地点动。

韩立似乎察觉到了方磐的目光，缓缓抬头，嘴角微微翘起。他正在催动的法阵名为“魑蠡幻光阵”，是数月前通过无常盟寻到的一个高阶幻阵。

为了得到这个法阵，韩立不惜将身上所有的极品灵石花费一空，就连仅存的两枚土孙果，以及之前甘九真给他的储物镯中的两件品级不俗的灵宝，也都抵了出去。

据说此阵威力奇大，哪怕是已臻圆满境的真仙，只要没有修到金仙境界，一旦陷入此阵，都很难清醒过来，容易越陷越深，最终困死在阵中，连元婴和神魂都无法逃脱。

不过，此阵也有缺点。

第一，这个法阵仅可使用一次，而且启动法阵耗时太长，所以韩立为了拖延时间，在此阵之外又布下了一套“九宫天乾符”。

第二，操控此阵之人必须以自身作为阵眼，携带阵盘坐在阵中，与受困之人一同经受法阵的考验。不过，操控法阵之人还是占有优势的，若能先一步清醒过来，就能直接操控幻阵，对敌人进行攻击。

“找死！”

方磐看到韩立望向自己，瞳孔微微一缩，将手中的黑色长刀直接刺向韩立的心口处。

韩立已微微出汗，在方磐的黑色长刀距离他不过百丈远时，他的手指又一次落在了阵盘之上。

方磐只觉眼前一亮，接着周围石柱之上彩色光芒大放，他双眼一阵迷蒙，竟有些视物不清了。

未等他做出其他反应，便觉身子一空，像是穿过了一层无形壁障一般，一个踉跄就冲入了一座光线有些昏暗的大殿之中。

他目光一扫殿内四周的粗壮方柱和上面挂着的古旧火盆，再一看盆内旺腾腾、绿油油的火苗，心中有一种说不出的熟悉的感觉。

一阵铁索摩擦的声音在死寂般的大殿内响起，随即一个沙哑而充满威严的声音传来："大胆孽徒，竟敢向我挥刀，你这是要欺师灭祖吗？"

方磐听到这个声音，浑身一个激灵，向前挥出的黑色长刀下意识地就垂了下来。

他抬头望向身前十数丈外那张宽大的漆黑椅子，上面倚坐着一个身着雪白大氅，肤色青紫，状若僵尸的中年男子，他下意识地叫了一声"师尊"。

但是下一刻，他就猛地一摇头，目光重新变得冷厉。

"你不是师尊，你只是幻阵之中凝聚出来的幻象！"方磐大喝一声，握刀的手重新抬起，直指中年男子。

只见方磐一闪身，身影瞬间拉长，在大殿之内幻化出一连串模糊的虚影。

那些虚影之中，不断有人影分离出来，眨眼间就出现了七个一模一样的方磐，从不同的方向朝那中年男子包围而去。

"孽障，你敢？！"

中年男子怒喝一声，周身顿时爆发出一阵磅礴气势，朝着四周横扫而去。

"锵锵锵……"

铺满中年男子四周的黑色锁链，像是突然全都活过来了一般，纷纷晃动起来，如同一股股黑色波浪涌向四周。

方磐的七道分身，无一例外皆被黑色锁链扫中，纷纷口吐鲜血摔落在地。

“本座调教出来的小东西，还想翻天不成？”中年男子瞥了一眼匍匐在地的方磐，鄙夷地说道。

方磐闻言，心中掀起惊涛骇浪，眼前的中年男子无论是气息手段，还是言语气度，皆与他的师尊一般无二。

莫非方才韩立启动的并非什么幻阵，而是某种特殊的传送阵？他原本坚定的心第一次开始动摇。

“孽障，还不过来受死？”未等方磐想明白，中年男子就再次大声喝道。

方磐见此，不由得迟疑起来……

其实在方磐举刀刺过来的一瞬间，韩立也陷入了幻阵之中。

他只觉自己在疾速冲天而去，耳边呼啸声大作。而在那高空之中，一张面无表情的巨脸正变得模糊不清，一团刺目紫光一闪之后，浮现一道长长的白色裂缝，阵阵梵音从中传出。

“仙界之门！”

我这是在……渡劫飞升？韩立怎么也没有想到，自己面对的幻境竟然是重新历经飞升雷劫。

正在他惊讶之时，就听头顶上方突然传来一声雷霆巨响，一道巨大无比的七色电弧从那张巨脸的口中射出，朝着他砸来，一股毁天灭地的破灭气息随之而来！

韩立下意识地一挥手，一连串金色雷火脱手射出，迎向那道七色电弧。

接着他一低头，就看到自己手中正握着一柄墨绿色长剑，上面传来阵阵熟悉温润的触感。

正是他当初那柄玄天斩灵剑！

感受到头顶传来的阵阵威压，韩立略一犹豫，握着玄天斩灵剑的手腕一抖，整个人立即化为一道墨绿色的光冲天而去。

“轰隆——”

一圈遮蔽天幕的光芒在空中狂闪，继而在剧烈的法则波动中破灭。

韩立顿时从高空跌落下来。

此刻的他浑身剧痛无比，整个人如同一块烧焦的木炭，浑身布满猩红的裂纹，肉身几乎崩溃。

他手中的墨绿色长剑更是“啪”的一声碎成了齑粉，消散开来。而高空中那张巨脸竟然重新变得凝实起来，面色不喜不悲，空洞的眼眶中流露出一种藐视万物的冷漠之色，继而碎裂开来。

紧接着，那扇原本已经打开的仙界之门骤然阖上，门的旁边却浮现一道巨大的空间裂隙。

通过裂隙，韩立看到了深邃无比、仿佛能吞噬一切的黑暗。那里面没有半点光亮，却对他产生了一种诡异的吸引力，令他心生亲近，产生了一种无法抑制的冲动，想要进入其中。

此刻的韩立浑身焦黑，没有一丝生气，也使不出半点法力。

他想控制自己的身躯，却发现连动一动手指也无法做到，只能任凭身躯朝着那道空间裂隙飘荡而去。

“这只是幻境，不是真的，绝对不是真的……”

韩立不断在心中这样告诉自己，同时在识海之中掀起狂风巨浪，想要清醒过来。

可就在这时，高空中的裂隙前方突然一阵波动，荡起一圈圈肉眼可见的涟漪，紧接着，三道淡黑色虚影从中钻出，以不可思议的速度朝他飘来。

韩立虽然不能动弹，但是看得很清楚。那三道虚影的身体皆是虚化，如同灵体一般缥缈，只有头颅看起来如同实质，面容竟然与自己一模一样。

“这是……心魔？不，这是域外天魔……”韩立心中顿时一凛。

下一刻，一道天魔虚影就已出现在他身前，并二话不说撞在了他身上。

“嘭！”

韩立周身的猩红裂纹光芒大作，身躯沿着裂纹四散崩裂开来，整个人就如同一件瓷器砸在地上，摔成了无数片。

惊骇之际，韩立赫然发现，他的躯体虽然崩碎，神魂却逸出，化为一道青色的虚影，这虚影同样无法动弹！

周围那三道天魔虚影一见此景，顿时如同饿了数日的鲨鱼看到食物一般，立即从四周游弋而至，张开大口朝着韩立的虚影咬去。

只听“噗”的一声轻响。

韩立身上的青光顿时被那虚影咬掉一大块，吞入腹中。

一股无法言喻的疼痛传来，他自问淬炼体魄从无懈怠，对于疼痛的忍耐度也远超常人，此时却也不由得感到一阵头皮发麻。

那种疼痛不似噬骨剥皮，却更胜之，他根本感受不到疼痛发于何处，只清楚地感觉到自己的神魂正在一点点被撕碎，意识也逐渐变得模糊。

他能看到那三道虚影正在不断吞食他的青光虚影，每吞食一口，他们虚幻的躯体就会变得凝实一分，他们脸上露出的贪婪笑意也就更浓。

这……还是幻境吗？

韩立此时根本无力反抗，心中不由得生出一丝疑惑。难道我没有渡劫成功？之前的灵寰界、柳乐儿、黑风海、甘九真……都是虚幻的？我自恃神通广大，被誉为“灵界第一大乘”，看来终究还是抵挡不了这域外天魔……

俱往矣……

韩立的意识变得越来越模糊，他身上的青光也变得越来越弱，几乎就快要消失。

“韩道友，切莫沉溺于幻境，我域外天魔可并非如此啊……”

突然，一个冰冷的声音在空中响起，如同一盆冷水浇在韩立身上。

他已经模糊的视线重新变得清晰，他的耳中响起尖啸声，直击心脏，一股剧痛传遍全身。

与此同时，那些正在撕咬他青光虚影的天魔虚影，口中发出凄厉的尖啸声，纷纷疾速倒退而去，没入空中消失不见。

韩立眼前骤然一亮，终于清醒过来。

此刻，他还站在原地，手捧阵盘，保持着按下去的姿势。

在他正前方，一袭黑衣的方磐也保持着向前奔走的姿势凝固在原地，他手中的长刀直指韩立的眉心，相隔不过尺许。

四周的高大石柱上流光溢彩，正不断闪动着摄人的光芒，却再也无法对韩立造成任何影响了。

“魔光道友，多谢了……”韩立心有余悸，传音道。

“这等幻阵实在厉害，若非我天外魔族本就擅长此道，而你的神识之力又非一般真仙境修士可比，恐怕后果不堪设想啊……”魔光也叹息一声回道。

韩立沉吟片刻，不再多言，抬手在阵盘上虚按了一阵，并吟诵起咒语。

大阵亮起五彩光芒，韩立顿时发觉周围光影变幻，他的身影竟然出现在了一个光线暗淡的大殿之中。

他看见方磐正双膝跪地，满脸惊恐，不停向着前方叩首讨饶，口里还叫着“师尊饶命，师尊饶命……”，似乎完全察觉不到他的存在。

韩立几步走上前，就见方磐身前的模糊光影中，正有一名浑身缠满锁链、状如僵尸的中年男子端坐在一张漆黑大椅上。

“大胆孽徒，妄用隔元法链，你可知罪？”中年男子沉声呵斥道。

跪在地上的方磐浑身颤抖，如遭雷击，连忙答道：“启禀师尊，弟子动用隔元法链实属无奈，只因弟子的对手实在太厉害，当年我们三人对付他一人，结果一人折损，两人元气大伤，若非弟子动用隔元法链，根本无法将那人击杀。”

韩立闻言，心中微微一动。

深吸一口气后，韩立缓缓地走到中年男子身前，一转身就朝着那张漆黑大椅坐了下去，没想到他的身影竟然一点点与那中年男子重合，最终完全融入进去。

"哦？那人究竟是何方神圣，你们为何要与他生死相搏？"他沉吟片刻后，以那中年男子的姿态，问道。

"那人名叫韩立，是一名从下界飞升的仙人。他有一种特殊的晶粒，内含时间法则之力，我们三人便是为了此物才追杀他的。"方磐连忙答道。

韩立闻言，心中叹息一声，竟然是为了此物。

"哦？竟然还有这稀罕之物，你可弄清楚他是从何处得来的？"韩立继续问道。

"这个……当年弟子虽然与他殊死相搏，但是并未能真正地擒获他，故而无法对他施以搜魂术，所以弟子不知道。"方磐答道。

"你当真不知？"韩立幻化的中年男子眉头一挑，冷冷地问道。

"弟子是真的不知道，绝不敢欺骗师尊。因为此事未能办妥，弟子与另外一人还受到了不小的惩戒。"方磐颤声答道。

韩立闻言，沉吟片刻后，追问道："受何人惩戒？难不成你们三人是受命于人才做的此事？"

"这个……启禀师尊，那位大人身份之尊贵、背景之深厚非比寻常，弟子实在不敢妄言，还望师尊见谅……"

方磐的话还没说完，胸口就遭到了一记重击，整个人翻滚着飞了出去，"嘭"的一声砸在殿内的石柱上。

中年男子将衣袖一挥，一条青黑锁链立即如同灵蛇一般疾速射向方磐。

"噗！"

一道光闪过，那青黑锁链竟如长矛一般，直接刺穿了方磐的胸膛。

方磐面色惨白，单膝跪地，吐出一口鲜血。

"师尊饶命啊……"他不断哀求，却仍然不敢说出那人的名讳。

"事到如今你还敢欺瞒本座！看来你是不见棺材不落泪，本座今日就清理门户，灭了你这个孽徒。"中年男子面色一冷，下一刻，大殿中便响起了锁链碰撞的声音。

只见满地的青黑锁链纷纷飘荡而起，悬在了半空中。

方磐只觉得如山岳般的磅礴压力从四面八方滚滚袭来，令他有一种快要窒息的感觉。

“师尊饶命……弟子说，弟子说便是了……”方磐连忙大声叫道。

韩立见状，大手一挥，大殿之内的所有锁链瞬间落下，恢复了平静。

韩立化身的中年男子望向方磐，等着他继续说下去。

“当年命令我们三人的便是……”就在方磐要说出那人名字的瞬间，他的脸突然一阵扭曲，双手抱头哀号起来。

一股明显不属于方磐的神魂气息从他头上弥散开来，直接将周围的幻境冲击得一阵荡漾，眼看就要涣散开来。

韩立暗道一声不好，身形骤然前冲，立即从幻境中脱身而出。

韩立出来之后，见方磐虽然还保持着原来的姿势，但是他的眼珠在飞快地转动，眼看就要清醒。

韩立当机立断，上前一步，一把抓住方磐的下颌将他的嘴巴捏开，另一只手翻手取出一颗龙眼大小的黑色圆珠扔了进去。

随后，韩立转身，头也不回地冲天而去。

片刻之后，陷入幻境良久的方磐终于清醒了。

他刚睁开双眼，唇齿之间就有一道青紫雷电迸射而出。

“轰隆隆！”

震彻天地的巨大声响骤然传来！一轮巨大的黑色“骄阳”随之亮起，天地之间剧烈地震荡起来，久久不能平息。

韩立悬于万丈高空，看着下方坍塌的山峰和升起的烟尘，神色不明。

经过一番波折，他虽然成功将方磐击杀了，但心情并不轻松。

他万万没想到，在方磐那三人背后，竟然还有一名大有身份之人。而那人还在方磐的神魂上做了标记，方才就是这标记差点助方磐从幻阵中醒过来，也不知那人是否会因此知道方磐出了事，日后他只怕要更加谨慎了。

等到下方的余波逐渐平息，韩立飞身落了下去。

此刻，山峰上的法阵已经完全被毁坏，方磐的肉身也化为齑粉，连半点神魂气息都感应不到。

韩立从废墟中找到了方磐的储物镯，又在一块巨石之下发现了那柄黑色长刀，将它们全都收好之后，他一闪身，化作一道光，消失在天边。

第89章

跨海雷舟

韩立飞出数万里后，才松了一口气。

从方磐那里得到的信息来看，自己显然还没有完全脱离危险，但是眼下最棘手的威胁总算是解除了。

他摇了摇头，放出神识探察了一下四周后，催动遁光掉转方向，朝着某处疾驰而去。

不久之后，韩立出现在一座规模不小的城池前。

此时的他，化身为一名三十多岁的青年儒生，完全将修为气息收敛起来，手持一把桃木纸扇，随着人流朝城内走去。

此城名为“观月城”，位于荒澜大陆东部区域。

之前他与方磐的那一番追逃，大多数时候他都是往东跑的，倒也跟他原先的方向一致。

此城不像临海城那样荒僻，繁华程度堪比黑风城，当然若论规模，还是比不上黑风城。

与临海城不同，观月城内的人绝大多数都是没有法力修为的凡人，修仙者并不多，修仙者的修为也不高，最多就是结丹期的样子，连元婴期都不多见。并且这些修仙者无一例外地都收敛了气息，装作凡人混在人群之中。

这一路行来，韩立也路过了不少城池，除了最初的那座临海城外，其余的绝大多数城池基本属于世俗界，分属于各个国家。为了维护世俗界的秩序，在这些城池中，修士都会尽量收敛气息且不飞行，这似乎已经成了一条约定俗成的规定。

维持这些秩序的，自然是官方势力背后的修仙势力。当然，在一些大中型城池中，都会设立一些区域作为坊市，供修士们逗留。

观月城作为方圆数万里内首屈一指的大城，城中自然也设有坊市。

观月城中的坊市位于城东南，这里的障眼禁制对韩立而言简直形同虚设，他直接进入坊市，顺着店铺林立的主街，来到一座通体由白色巨石堆砌而成的高塔建筑前。

此塔足有数十丈高，看起来颇为雄伟，在阳光的照射下，通体散发出耀眼的光芒，十分引人注目。

这里正是观月城内的传送大阵的所在之地。

在白色巨塔附近，还有一座金光灿灿的大殿，正是观月城的仙栈。

韩立直接走进白色巨塔，首先映入他眼帘的便是呈环状分布在整个大殿之中的五座传送大阵，每座大阵旁都站着一名金袍修士。

从衣袍上绣着的金龙图案就可以看出，这些金袍修士都属于仙宫势力。

每座传送阵旁，都稀稀拉拉地站着几名修士，似乎在等候着什么。

韩立目光一扫，便直接走向了居中的那座传送阵。

“这位道友，请先到那边缴纳灵石，领取一张传送符，等凑齐人数，便能传送了。”韩立还没有开口询问，一旁的金袍青年已经抢先介绍道。

韩立顺着金袍青年所指的方向，看见一张长长的石桌，桌子后面坐着一名金袍老者，桌子前面站着一排人，排在最前方之人，正取出一块金色令牌和一小袋灵石递给金袍老者。

韩立见此，心中一动，当即转身离开了大殿。出了白色巨塔后，他走进了一条无人的僻静小巷。

片刻之后，一名面色焦黄的中年男子从小巷中走了出来，径直进了仙栈，来到办理仙令的地方。

此人正是幻化了外貌的韩立。

“报出姓名，出身何地？”一名秃顶老者问道。

“厉飞雨，出身于珑玉山脉。”韩立平静地答道。

先前他以柳石的身份从临海城出发，若是有人刻意调查此事，肯定能查到，他继续使用柳石这个身份已经不安全，还是换一个新的身份比较好。

拿到仙令之后，韩立再次来到白色巨塔之中，很快便轮到了他。

“你要传送去哪里？”金袍老者接过韩立的仙令，面无表情地问道。

“雷鸣城。”韩立目光微微一闪，答道。

雷鸣城处于荒澜大陆的东海岸，再往前便是赫赫有名的雷暴海洋了。

雷鸣城占地面积极广，并且地处海岸枢纽，所以，想渡过雷暴海洋前往其他大陆的高阶修士都会聚集在此。

拥有此等地理优势，雷鸣城自是十分繁华，虽说不上是荒澜大陆第一大城，但排进前五名是完全没有问题的。

受到雷暴海洋的影响，雷鸣城上方的天空终年被厚厚的乌云覆盖，不时还能看到一道道巨大的闪电在云中穿梭，发出“隆隆”巨响。

此外，整座城内每隔数里便有一株通天大树，每一株都有千丈高，通体呈现暗紫色，叶片和树干上隐现雷电形状的花纹。

紫色大树枝叶茂盛，仿佛一把撑开的紫色巨伞，相邻的大树枝叶交叠在一起，将整座城池的上空遮得严严实实。

这些紫色大树名为“亟雷树”，拥有接引以及积蓄雷电之力的能力，丝毫不惧雷劈。

雷暴海洋之上常年有可怕的雷暴，雷鸣城靠近雷暴海洋，经常会被雷暴波及，若是没有这些亟雷树，雷鸣城恐怕早就被摧毁了。

除此之外，此树还能将积蓄的雷电之力转化为雷光，为雷鸣城提供日夜不息的雷光照明。故而，雷鸣城中没有日夜之分。

城内中央，一座紫色巨塔大殿的第一层内，十多座传送阵闪烁不定，将一拨拨人接引而来，或是传送出去。

此时，一座传送阵上光芒一闪，出现十几个人影，其中有一名面色焦黄的中年男子，正是幻化了容貌的韩立。

他跟着人群走出传送大殿，望着前面宽阔的街道，不由得长出了一口气，他总算到了雷鸣城，接下来，他只要渡过雷暴海洋，便能抵达烛龙道所在的古云大陆了。

虽然上方有亟雷树遮蔽，但走在大街上仍然能听到来自九霄之上的雷声。

街道上的人大多神色如常，显然对这种情形早已习惯了，只有那些首次来到雷鸣城的人，才会被此起彼伏的雷鸣声震得心神不宁。

韩立没有受到这些雷鸣声的影响，倒是多看了几眼头顶像云层一般散发着白色电光的树海。

就在此时，一个年轻的声音传入他耳中。

"这位前辈，看您的样子，应该是第一次来雷鸣城吧。"

韩立循声望去，不远处，一名憨态可掬的青年正冲着自己拱手行礼。

见韩立没有说话，青年继续说道："在下顾三明，是此地的居民。城内街道复杂，刚到此地的人容易迷路，前辈若需要买什么东西或是找什么地方，小的可以帮忙。"

"风信子？也好。你就说说如何才能安全渡过雷暴海洋吧。"韩立闻言，面无表情地问道。

"前辈，您要渡海？"顾三明微微一怔。

"怎么，不可以吗？"韩立皱眉反问。

"没有，没有，前辈若要渡海，那可算是找对人了！在下虽然修为低，但前些年在黑羽商会做过事，说到横渡雷暴海洋，只有黑羽商会的跨海雷舟最为安全。若是小的没有记错，两个多月后，便会有一艘跨海雷舟起航，现在应该还有名额。"由于韩立收敛了气息，故而顾三明以为他只是一名来此游历的普通修士，听说他要渡海，顾三明先是一惊，随后便念头一转，说起渡海来。

“跨海雷舟？”韩立眉梢微微一挑。

“是小的疏忽了，前辈刚来雷鸣城，对这里的情况自然不熟悉。”顾三明连忙致歉。

“无妨，既然你如此熟悉，就给我好好说说这跨海雷舟的情况吧，越详细越好。说得我满意了，自然有赏钱给你。”韩立淡淡地说道。

之前在途中，韩立已经从其他渠道了解到一些横渡雷暴海洋的手段，也听说过这跨海雷舟的不凡，如今亲临实地，他正好详细了解一番。毕竟雷暴海洋被传得如此危险，他自然要找一种相对稳妥的渡海方式。

“是！跨海雷舟是一种专门为横渡雷暴海洋而祭炼制造的特殊飞舟。雷暴海洋常年充斥着极为可怕的雷电，那些雷电会形成巨大的雷暴狂潮，威力堪比九天雷劫……寻常的飞舟进入其中，很快就会被可怕的雷电之力撕碎，但跨海雷舟所用的都是极为特殊的耐雷材料，整个船身外面又镀了一层亟雷树膜，这是一种用亟雷树的汁液提炼而成的特殊薄膜，能抵御雷电之力，再大的雷暴也伤不到船身分毫，所以，跨海雷舟能够安全地渡过雷暴海洋……”顾三明闻言，当即满脸堆笑地侃侃而谈。

“原来如此，那乘坐此舟需要多少灵石？”韩立微微颔首，追问道。

“因为跨海雷舟最为安全，所以价钱自然不便宜，一个名额需要五百块极品灵石。”顾三明搓了搓手，有些迟疑地说道，同时用目光偷偷地打量韩立脸上的神色。

“带我去看看。”韩立面无表情地说道。

“前辈请随我来。”顾三明闻言，心脏一阵狂跳。若是对方真的打算搭乘跨海雷舟，由于是他一力促成，商会会给予他一笔数目不小的奖励。

两个月后。

一处漆黑的海面，海水呈诡异的淡紫色，延伸到视野尽头。此刻海上风力颇大，掀起一个个巨浪，发出万马奔腾的轰鸣声。

天空中黑云密布，而且压得极低，距离海面只有六七十丈高。巨浪掀得最高时，似乎能碰到天空的黑云。厚厚的云层中不时窜出一道道粗大的雷电，照亮了附近的海域，发出“隆隆”的雷鸣声。

此处便是北寒仙域赫赫有名的雷暴海洋了。

“轰隆隆！”

又是一道粗大的雷电射出，撕裂了昏暗的海面。

远处黑云之下，浮现一个巨大的影子，正是一艘通体呈紫色的巨舟，有数百丈长、十几丈高，正乘风破浪，疾速前进。

舟身看起来是用一种木料所制，不过那木料显然不是凡物，给人一种金属的质感，看起来非常坚固。舟身刻满符文，闪烁着紫色的光芒，最为奇特的是，整艘巨舟表面镀了一层晶莹的薄膜。

紫色巨舟虽然尽可能地压低航行，但仍然被云层中的雷电波及。

不过，那些看起来威力极大的雷电，一击中巨舟上的那层薄膜就被弹开了，而那薄膜颤也没颤一下。

巨舟之中是一个个独立的房间，看起来是一艘载客的船，每个房间都有窗户，透过窗户能清楚地看到外面的情景。

“早就听说这雷暴海洋是雷霆绝域，气象万千，今日一看，果然名不虚传。”巨舟内的一个房间里，一名面色白净、体形微胖的青年站在窗边，看着外面一道道撕裂苍穹的巨大雷电，赞叹道。

微胖青年身后，一名面色焦黄的中年男子盘膝而坐，他微微点头，说道：“如此天险奇景，确实难得一见。”

那名面色焦黄的男子正是幻化了容貌的韩立。

“可不是，厉兄你是不知道，我的家乡到处都是山，气候干燥，一年到头连场雨都见不到。”微胖青年兴奋地说道。

韩立闻言，只是笑了笑，没有接话。

微胖青年名叫孙克，是一名炼虚期修士，据他介绍自己是荒澜大陆一个势力不小的世家少主，与韩立相识于一个多月前。

当时韩立在雷鸣城坊市寻了一处偏僻的客栈住下，等着跨海雷舟起航，结果在跨海雷舟起航前一晚，他见到隔壁房间的孙克遭人追杀。

他本没打算多管闲事，谁曾想那名杀手仗着自己有合体期修为，竟然打算将客栈中的所有人都杀光。

韩立见此，只得出手将那名杀手击杀。

事后，孙克对韩立感激不已，更巧的是，两人第二天在码头再次相遇，孙克竟然也要前往古云大陆，当即与韩立攀谈起来。

孙克称自己是出门游历，而那名杀手本来是他家族中的一名长老，受族长之命保护孙克，谁曾想他被族中同父异母的兄弟收买，意图在途中神不知鬼不觉地暗杀孙克。

所幸孙克发现及时，在数名忠心死士的保护之下，才一路逃到了这里。而他在途中也得知，族中似乎出了大变故。总而言之，他暂时是回不去了。为了避风头，他打算离开荒澜大陆。

韩立与孙克交谈一番之后，发现此人见识颇广，平时尤其喜欢查阅各种杂学野史的典籍玉简，当即便顺水推舟答应与他结伴而行。

毕竟他重返仙界以来，长期居于信息闭塞的黑风海域，有关仙界的见识阅历十分欠缺，正好借此机会多了解一些。

孙克从小就读了很多正籍野史，脑子里都是各种杂学见识，并且喜欢卖弄，可惜平时在家没有人愿意听他说这些东西。此番遇到韩立，对方虚心请教、专注听讲的样子，简直正中孙克的下怀，加上韩立对他有救命之恩，他对韩立的好感自然大增。

“据说这雷暴海洋越是深入，雷电便会越强烈，此刻我们刚刚出发，外面的雷电便如此之强，到了雷暴海洋深处，云层中的雷电之力恐怕会增强十倍，这跨海雷舟不会出什么问题吧？”韩立皱眉问道。

“厉兄放心，这跨海雷舟是用十万年的亟雷木制作而成的，这种木料最能抗雷击，舟体表面涂的那一层薄膜，据我观察，起码是用二十万年的亟雷树的汁液制作而成，所以绝对不会有问题的。”孙克自信地说道。

“没想到孙兄对这跨海雷舟的构造竟然如此熟悉。”韩立赞叹道。

“厉兄过誉了。说起来，这黑羽商会与在下的家族颇有些渊源呢。唉，不知我何时才能重返家族。”孙克似乎想到了什么，神色一下变得黯然。

韩立见此，没有多说什么，只是站起身朝着窗外望去。隔着飞舟的禁制，他仍然能感觉到外面强烈的雷电气息，他体内的雷鹏血脉隐隐在躁动。

此处虽然凶险，但对于修炼雷属性功法的人来说绝对是一处宝地。

不过，这雷暴海洋并非只有雷电这么简单。自从踏入这里，韩立便察觉到此处空间的压制陡然增强。

仙界内天地灵气浓郁，空间压制也比别的地方要大，这极大地限制了他的遁速和神识的感应范围。

没想到这雷暴海洋之上的空间压制竟然是其他地方的数倍，不知是否和此地特异的环境有关。

“孙兄，想必你也感觉到了此处异常强大的空间压制，你可知道为何会如此？”韩立看向旁边的孙克，问道。

“这……关于此事，在下专门查找过原因，却没能找到确切的答案。有人说是许久以前有两个道祖级别的大能在此地激战所致，也有人说是因为这雷暴海洋中隐藏着一头庞大无比的雷兽，不过，这些都是传言，谁也无法确定。”孙克挠了挠头，有些不好意思地说道。

“哈哈，难得碰到你不知道的事情。”韩立哈哈一笑，没有继续深究这个问题。

外面的景色初看非常震撼，看久了只觉索然无味，孙克很快没有了欣赏风景的兴致，告别韩立，回了自己的房间。

韩立挥手在房间内布下一道禁制，随后取出星移子母盘，挥手打出数道法诀，黑色阵盘顿时散发出耀眼的光芒。

许久之后，他停止催动阵盘，手中托着一团鸡蛋大小的重水，脸上露出苦笑。到了这里，星移子母盘的传送能力再次降低，花了这么久，才传送过来了这么一点重水。

他摇了摇头，将星移子母盘和重水收好，翻手取出一本厚厚的典籍翻阅起来。雷暴海洋面积极广，想要横渡过去起码需要两三年的时间，慢慢熬吧。

时光飞逝，转眼就过去了大半年，跨海雷舟已经深入雷暴海洋的最深处。

韩立站在窗口，望着外面，只见一道道粗大的雷电在黑云中翻滚，整个海域被照得透亮，不复之前昏暗的样子。

大多数雷电都在云层中翻滚，只有少数会劈下来。跨海雷舟体积太大，时常被雷电劈中。

此处的雷电比之前看到的更加粗了，威力也是大增，之前，跨海雷舟被雷电击中，毫无反应，而现在每次被雷电击中，跨海雷舟会微微颤抖，舟体上的薄膜波动起伏，不过并没有碎裂的迹象。

韩立凝神望着外面肆虐的雷电，陷入了沉思。

此处的雷电看似杂乱无序，实则隐含某种玄妙，变化无穷。看着这些雷电的变化，他对于雷法的领悟也有了一些进步。

就在此刻，半空的黑云突然剧烈地翻滚起来，云层中的闪电也随之剧烈地涌动，发出一阵阵闷响，好像两个庞然大物碰撞在一起。

韩立眼睛一亮，不过并未显得太惊讶，一路上这种场景他看过太多次了。

跨海雷舟紫色光芒大放，立刻掉转了方向，朝着远处飞去。

跨海雷舟的动作虽然快，但半空云层的变化更快，转眼间就形成了一个巨大的旋涡。

云层旋涡附近的雷电仿佛受到了某种引力的作用，尽数被吸了过去，旋涡中心处电光窜动，雷电密集，耀眼得让人无法直视。

“轰隆隆——”

跨海雷舟全速飞行，试图飞离那个巨大旋涡的笼罩范围。

下一刻，那个巨大旋涡的中心处猛地一亮，无数粗大的电弧从中喷射而出，射向下方的海域，笼罩了方圆数千里。

一道道粗大的闪电射向海面，下方海域仿佛沸腾的水一般。

好在此刻跨海雷舟已经飞出了旋涡的笼罩范围，没有被那些闪电劈中。

韩立眼神闪烁，有些惊叹。

他现在看到的正是雷暴海洋最为出名的雷暴，此处的雷暴分为很多种，这种雷电旋涡是比较常见的一种。

第90章

深海巨蚌

除了这雷电旋涡之外，一路上韩立还见识了雾潮雷暴、龙卷雷暴等更为可怕的雷暴。

不过正如孙克所言，这艘跨海雷舟非常坚固，之前遇到的所有风险，都平安度过了。

跨海雷舟继续往前航行，几次呼吸的工夫便飞出了数百里，将半空的云层旋涡通通抛在了后面。

释放出雷电森林后，云层旋涡从最外层开始缓缓消失，很快只剩下中间的一个黑窟窿。

韩立正要收回目光，但就在此刻，他的余光扫到了那个黑窟窿，发现其中有一个模糊的影子。不过距离太远，还有雷电余波的干扰，他看不真切。

他心念一动，立刻将神识放出，朝着那个黑窟窿探去。

此处是雷暴海洋深处，空间压制之力变得极强，即便以他的神识，也只能将神识扩散到数百里之外，刚好到那黑窟窿中。

下一刻，韩立脸色陡然一变，差点跳起来。他的神识感应到，那黑窟窿里面的影子竟然是一只巨大的眼睛。

那眼睛呈橘黄色，巨大的眼瞳中有一条细长的竖纹，闪动着冰冷的光芒。

韩立将神识扩散到那里已经是极限，所以他无法继续探察那眼睛主人的全貌。不过单从那橘黄色眼珠的大小来判断，其本体之大绝对远超韩立以前所见过的任何生物。

就在此刻，橘黄色眼珠似乎感应到了韩立的神识，微微转动了一下，朝韩立“看”了过来。

韩立心中“咯噔”一下，生出一股无法言喻的不安之感，他正要收回神识，却发现已经迟了。

一股可怖的气息隔空传来，仿佛一记重锤，撞在了他的神魂之上。

“噗！”他喷出一大口鲜血，脸色瞬间变得煞白。他的神魂剧烈地颤抖，仿佛狂风中的烛火，马上便要熄灭。

千钧一发之际，他连忙护住心神，运转炼神术。脑海中的神识也尽数运转开来，化为无数道晶丝包裹住神魂。这些晶丝彼此缠绕融合，化为一条条晶莹的锁链将神魂一层层地捆住。在一股强大的束缚之力笼罩下，神魂终于勉强稳定了下来。

韩立睁开眼睛，飞快取出几颗丹药服下，又翻手取出一只小瓶，里面有半瓶淡紫色的液体，散发出一股奇异的清香。

韩立立刻喝了一大口瓶中的液体。

这是他炼制地祇化身时，用剩余的一点诞魂花液配制而成的一种养魂灵液，对于修复神魂损伤有很大的作用。

在灵液和丹药的作用下，他的脸色好转了几分。

他深吸一口气，再次朝外面望去。

跨海雷舟的飞行速度极快，此刻已经彻底飞离了那片海域，黑窟窿也被其他云层遮住，看不见了。但韩立丝毫不敢大意，手臂一挥，数百道光芒飞射而出，落在房间各处，布下了一个又一个禁制。

他手中光芒一闪，多出一柄黑色长刀，正是从方磐那里得来的。

他已经检查过，此刀是一柄品质不错的后天仙器，蕴含一种破坏力强大的法则，所以才能破了他变身之后的强悍防御。不过到底是何种法则，他目前还不清楚。他放出数件灵宝，全神戒备。

跨海雷舟乘风破浪往前飞驰，时间一点点过去，转眼过了小半个时辰。

周围风平浪静，并无任何异样。

至此，韩立悬着的一颗心才慢慢放下，将黑色长刀和灵宝收了起来，不过他并没有撤掉房间内的禁制。

他盘膝坐下，闭上眼睛，一道青光亮起，笼罩了他全身。

数日之后，青光消散，韩立从中显露出来。

他缓缓地吐出一口气，气色已经好看许多，神魂损伤也恢复了小半。

“那巨眼究竟是什么东西……”韩立仍然心有余悸。

虽然只是略一接触，但他清楚地感觉到自己和那巨眼主人之间天堑般的差距，对方一个眼神差点让自己魂飞魄散。

他从孙克那里听说，这雷暴海洋中生活着一些奇异的雷兽，天生能操控雷电之力，非常厉害。不过据孙克的描述，那些雷兽中最强的也不过相当于真仙境修士，和那巨眼主人的差距实在是太大了。

想到这里，他脑海中突然浮现孙克说过的某句话，他说某部野史中曾提及，这雷暴海洋之所以会出现空间压制之力，传言是一头弥天巨兽盘踞于此所致。

莫非这个传言是真的，弥天巨兽就是那巨眼的本体？韩立心中无数念头在翻滚，随即摇了摇头。这些事情多想无益，他好不容易才躲过一劫，可不想再遇上那种可怖巨兽了。

小半年后。

跨海雷舟顶层，一个宽敞的房间内，摆放着若干桌椅，相邻的桌子之间用一些精致的盆景或屏风隔开，看起来像是一个酒楼。

房间的窗户又宽又大，都是用透明材料所制，透过窗户能清楚地看到外面的情况。

要渡过整个雷暴海洋需要数年时间，一直闷在房间里难免会无聊，故而跨海雷舟上设有酒馆、茶室等供客人消遣散心的地方。

经过了最初的一些危险区域，跨海雷舟上的人也渐渐习惯了外面的电闪雷鸣，开始在此喝酒谈天。

一张桌子前，孙克和韩立相对而坐。

孙克一脸笑容，手里拿着一只深红色的精致酒瓶，给两人的酒杯斟满酒。

“厉兄，这是我家乡有名的红鹤酒，味道非常好，来，尝一尝。”孙克呵呵笑道。

韩立闻言，端起酒杯浅尝了一口。

孙克嗜酒，他的储物法器里装了各种各样的美酒，不过独酌没有什么意思，所以他经常拉着韩立陪他。

孙克喝完酒后，常常会说出一些从各种典籍中看来的仙界奇闻异事，而韩立正好对那些十分感兴趣，所以，韩立乐意偶尔陪他喝上几盅。

此酒甘醇绵柔，沁人心脾，喝下后丹田处微微发热，对中低阶修士的修炼大有裨益，不过对韩立而言却没有什么大作用。

韩立端着酒杯，目光望向窗外。透过窗户能清楚地看到外面密集的黑云和粗大的雷电，让人战栗。

此处已经是雷暴海洋的中心地带，跨海雷舟外的禁制已经扩到了最大，航行的速度比先前慢了很多。

“好一幅雷霆世界的场景啊！只可惜我实力不够，否则定要好好探一探这雷暴海洋。曾有仙人在笔谈中提及，说此海虽危险，但里面孕育了无数外界无缘得见的珍稀雷电材料，甚至还有蕴含雷电法则的稀世珍宝。”孙克也朝窗外望去，叹道。

“造化机缘本就与风险并存，正所谓风险越大，最终所得也会越多，当然陨灭的风险也会陡增。”韩立闻言，点了点头说道。

“厉兄所言甚是！哈哈，喝酒，喝酒！”孙克闻言哈哈一笑，连忙起身又帮韩立的酒杯斟满。

“轰隆隆！”

就在此刻，外面的雷云陡然剧烈地翻滚起来，这次席卷的范围更大，他们视线所及范围内的所有雷云都在涌动，仿佛天就要塌下来了一样。

“又起雷暴了！”孙克见此，微微一惊。

韩立也站起身，朝着酒馆的门口走去。

此处位于跨海雷舟最顶端，发生雷暴时受到的震荡最大，所以每次发生雷暴，这里的人都要撤离。

无数雷电汇聚成一条条巨蛇，每一条都有数百丈长，在雷云和下方海域中穿梭。

“轰隆隆！”

雷蛇所过之处，海面直接炸裂开来。

“是游蛇雷暴！”

在场众人闻言，脸色大变，纷纷离开酒馆，躲到跨海雷舟的下层。

游蛇雷暴是威力最大的雷暴，跨海雷舟立刻停止前进，左右躲避，以免被雷蛇击中。

“真是扫兴。厉兄，我先回去了。”孙克有些不高兴，和韩立说了一声后，就朝自己房间走去。

韩立通过旁边的窗户，看着外面肆虐的雷电，他本想转身回去，眼神忽地一凝，迅速放出神识。

距离跨海雷舟五六百里的海面陡然翻滚起来，出现一个巨大的漩涡。

一个巨大的海蚌从漩涡中浮现，它那蓝色的蚌壳上布满一道道雷电形状的花纹，散发出真仙级别的气息。

巨大的蚌壳缓缓打开，从中喷出一股股紫色烟雾。

“嗖！”

一团紫光从蚌壳里飞射而出，是一个海碗大小的东西。

一道道粗大的紫色电光缠绕着那个东西，由于紫色电光太刺目，韩立看不清那个东西到底是什么，依稀感觉是个圆球。

紫色雷电圆球一出现，周围的雷电立刻翻滚起来。一道道粗大的雷电尽数朝着圆球汇聚而去，融入其中。

吸收了数道雷电后，紫色圆球发出的电光变得越发刺目耀眼。

一连串的怪声从那个巨大的蚌壳中发出，似乎巨蚌在兴奋地低吼。

“那蚌珠……”韩立心中一动。

虽然距离很远，但韩立的神识还是蔓延到巨蚌那里，他清楚地感应到了紫色圆球中散发出来的法则波动。

他不知道紫色圆球是不是那巨蚌的蚌珠，但他可以肯定，紫色圆球中绝对蕴含着极为强烈的雷电法则。

他沉思了片刻，随后快步回到自己的房间，挥手祭出一杆杆阵旗，在房间内布下数个法阵禁制。然后，他一闪身，化为一道光朝着外面疾驰而去。

跨海雷舟周围布下了禁制，对韩立却没有什么作用。他一离开跨海雷舟，便翻手祭出一张太一化清符，轻易就穿过禁制，朝着巨蚌飞去。

这场声势浩大的雷暴持续的时间很长，到现在还没有停歇的意思。

漩涡中心处，巨蚌的蚌壳微微开合，一道道电弧缠绕在那个紫色圆球上，交织形成一张雷电巨嘴，吞噬着周围的雷电之力，仿佛这威势浩大的天地雷霆是它最为理想的修炼场所。

就在此刻，一阵怪叫声从远处传来！那声音格外嘹亮，即便周围有雷鸣声，都没有被掩盖。

巨蚌的动作骤然停住，蚌壳中浮现一个碧绿的光团，好似眼睛一般，望向声音传来的方向。

只见远处天际，浮现一团黑影，黑影迅速逼近，转眼就到了近前。

正是一只大如小岛的紫色雷鲸，它那两只巨大的眼睛死死地盯着巨蚌上方的紫色圆球，流露出贪婪之色。

一股让人心惊胆战的气息从紫色雷鲸身上散发出来，它的修为竟然在那巨蚌之上！

巨蚌并没有立刻收回紫色圆球，而是张开蚌壳，喷出两道粗大的紫色雷电，仿佛两条雷电长龙一般，朝雷鲸狠狠地射去。

“刺啦！”

两道紫色雷电所过之处，一股烧煳的气味扩散开来。

只见雷鲸大口一张，露出雪白的牙齿，狠狠地咬住了两道紫色雷电。

它的牙齿上骤然浮现一层漆黑的电光，上下牙齿猛地一合，直接将两道雷电咬成了两截。

一阵巨响过后，两道紫色雷电消失了。

雷鲸背上出现一个漆黑的洞，里面黑光一闪，一道漆黑如墨的闪电从中射出，一闪化为一条足有数百丈长的黑色雷蛟，张牙舞爪地朝着巨蚌扑去，眨眼间便到了巨蚌身前。

巨蚌低吼一声，它上方的紫色圆球停止吞噬周围的雷电之力，一晃出现在身前，和飞扑而来的黑色雷蛟轰然相撞。

“轰——”

黑色雷蛟爆裂开来，化为数道大小不一的漆黑闪电，顷刻间笼罩了周围十里，将巨蚌也罩住了。

漆黑的电光窜动，雷鸣声、爆裂声交织在一起，声势浩大。

就在此刻，无数漆黑电弧突然如潮水般朝一处涌去，转眼便尽数消失，似乎被什么东西吞噬了。

巨蚌重新浮现，身上没有一点伤痕。它身前的那个紫色圆球上闪烁着一道黑色电光，显然正是此物吞噬了威力极大的黑色雷电。

雷鲸发出一声大吼，尾巴一摆，全身浮现数道黑色电光，仿佛一块巨石般朝着巨蚌狠狠地撞了过去。

巨蚌也不甘示弱，蚌壳之上浮现数道紫色电光，迎了上去。

两只庞然大物在海面上厮杀，发出惊天巨响，掀起巨大的风暴。

两只巨兽没有发现，在十几里外的空中站着一道模糊的人影，正是悄然潜伏的韩立。

他将气息全部收敛，又有太一化清符的加持，此刻即便有人站在他身旁，也发现不了他的存在，只有对方的神识之力远超于他，才有可能发现他。

韩立正目不转睛地望着海面上那番惊天动地的激斗。

他清晰地感受到了那紫色圆球中散发出来的惊人的法则波动，眼中闪过一丝火热。

若他没有猜错的话，那紫色圆球中散发出来的应该就是雷电法则，他之前见过一些蕴含法则之力的珍贵材料，但无论是那半人半马怪兽的独眼，还是土孙果、凝海晶，它们蕴含的法则之力远远无法和这个紫色圆球相比。

这只巨蚌为了凝聚此物，恐怕在此地耗费了数万年甚至数十万年的时间。

韩立轻吸一口气，抑制住内心的激动，保持着隐身形态，缓缓地朝着两只巨兽靠近。

依照他的判断，这只巨蚌应该是达到了真仙境初期，雷鲸则是真仙境中期的实力，当然这只是相对于人族修士而言，它们这种成仙灵兽一般都是仙赋异禀，体内的仙灵力往往远超同阶的人族修士，完全可以战胜比自己高一个境界的人族修士。

韩立虽然不惧跟它们厮杀，但打起来会非常麻烦。如何能在两只巨兽眼前拿到那个紫色圆球并安然离去，是他现在最苦恼的问题。

十里!

九里!

八里!

七里!

……

韩立慢慢地靠近，不过他没有注意到弥漫在巨蚌周围的淡淡的紫色雾气，不小心碰到了。

就在此时，巨蚌霍然转身，藏于蚌壳中的那团绿光猛然一亮，突然朝着韩立望过来。

下一刻，蚌壳突然一张，一道粗大的紫色雷电以迅雷不及掩耳之势，朝着韩立所在的地方狠狠地劈了过来。

“不好，暴露了！”

韩立脸色微变，身上浮现数道银色雷电，他骤然化为一道银光飞射而出，躲过了紫色雷电的攻击。

下一刻，韩立出现在两只巨兽中间，飞速抓住那个紫色圆球，想将其提起来。

然而，他低估了这紫色圆球的重量，它虽然看着只有海碗大小，但是沉重无比，仿佛一座巨大的铁山。以他强大的肉身之力，竟然提不动！

巨蚌和雷鲸被韩立的举动惹怒，它们立刻停止争斗，一致把火力对准了韩立这个不速之客。

“噼啪！”

两道粗大的紫色雷电和一道漆黑的雷电，同时朝着韩立劈了过去。

不仅如此，紫色圆球之上也猛地腾起一道道紫色雷光，仿佛一柄柄紫色雷刃一般，斩在韩立的手掌上。

韩立见此，丝毫没有躲闪的意思。

他低喝一声，全身金光大放，瞬间化为金毛巨猿，身体表面顿时浮现无数金色鳞片，手掌之上也不例外。

“轰轰轰！”

紫色雷电和黑色雷电同时狠狠地劈在金毛巨猿身上。

“刺啦！”

金毛巨猿一个踉跄，被雷电劈中的地方金色鳞片碎裂，露出了皮肉，已经变得焦黑一片，不过伤口并不深。

金毛巨猿看都没看一眼自己的伤口，双手用力将紫色圆球牢牢地抓在手中，然后一闪身朝着后面倒射而出。

耀眼的金光从金毛巨猿掌中发出，笼罩了紫色圆球，想将其和巨蚌之间的联系生生切断。

紫色圆球剧烈地抖动，紫色电光狂闪，试图挣脱而出。

“嗷嗷——”

巨蚌发出一连串低吼声，蓦然从海面的漩涡中飞起，犹如一座大山一般，朝着金毛巨猿扑去。

身处半空的巨蚌张开蚌壳，蚌壳上浮现刺目的紫色电光，雷云中的闪电倒垂而下，汇聚到蚌壳上。

蚌壳之上光芒流转，所有紫色电光尽数消失，化为淡淡的紫光，让人望而生畏。

巨蚌的蚌壳再次扇动，两道弯月状的紫光飞射而出，迅疾无比地斩向金毛巨猿，紫光所过之处，空中浮现肉眼可见的涟漪。

雷鲸见状，也怒吼着朝金毛巨猿扑去，无数道黑色雷电从它口中射出，凝聚在一起。

雷鲸张口一吐，十几个巨大的黑色雷球喷射而出，散发出骇人的雷电气息，迅疾无比地射向金毛巨猿。

金毛巨猿瞳孔一缩，它倒射而出的速度虽然快，但是两只巨兽的攻击更快，眨眼间便追上了它。

金毛巨猿并不惊慌，身上金光大放，背后浮现金龙、彩凤、雷鹏、青鸾等数个巨大法相的虚影，那些虚影一闪，尽数融入它体内。

金毛巨猿的身躯顿时变大，顷刻间化为一尊千丈高的魔神，身上紫金光芒流转，浮现无数紫金鳞片，散发出骇人的煞气，令人心颤。

狂暴的力量从金毛巨猿身上爆发出来，使得飞射而来的紫光、黑色雷球为之一顿。

魔神握着紫色圆球的手上紫金光芒大放，沉闷的碎裂声响起，紫色圆球上的电光被碾碎，露出了本体，它和巨蚌之间的联系也被切断了。

巨蚌身躯一抖，眼中流露出怨毒之色，狂吼一声，十几道粗大的紫色电光飞射而出，朝着魔神劈去。

魔神将紫色圆球收起，同时另一只手中黑光一闪，多出了一柄黑色长刀，正是方磐的那件后天仙器。

“轰！”

只见黑色长刀表面浮现刺目的黑光，附近的天地灵气随之一抖，随后尽数汇聚融入黑色长刀之中，形成了一个巨大的灵气旋涡。

黑色长刀快速变大，化为一柄百丈长的黑色巨刀。

无数漆黑的符文在刀身上浮现，其中蕴含着强烈的法则之力波动。

韩立见此，颇为震惊。

这黑色长刀在方磐手中时威力虽然不弱，但绝没有如此惊人的气象，莫非自己的涅槃圣体和这黑色长刀中的法则之力更加相配？

这个念头在韩立心中一闪而过，他抡起变粗了一圈的手臂，狠狠地向前挥出一拳。

“刺啦！”

黑色符文狂涌，一道数百丈长的弯月状黑色刀光飞射而出，和迎面而来的紫光、雷球撞在了一起。

只见黑光闪烁，黑色刀光以摧枯拉朽之势，将紫光、雷球一网打尽。

弯月状黑色刀光威势不减，继续朝着巨蚌、雷鲸所在的方向斩去，庞大的法则之力轰然而至，将两只巨兽完全罩住。

两只巨兽立刻停止了进攻，似乎对这一击颇为忌惮。

只见巨蚌的蚌壳猛地合上，紫色电光大放，形成一个巨大的紫色雷球，将其严严实实地护在中间。

雷鲸狂吼一声，大口一张，一个磨盘大小的黑球从它口中喷射而出，上面缠绕着一道道黑色电光，散发出庞大的气息。

黑球一飞出，立刻飞速胀大，转眼间就变得如一座小山一般，挡在了雷鲸的身前。

“轰隆隆！”

弯月状的黑色刀光斩在巨蚌与雷鲸身上，发出耀眼的黑光，笼罩了两只巨兽。

下一刻，黑光骤然爆裂，发出惊天动地的巨响，引得附近空间一阵扭曲。一圈圈黑色波纹向周围扩散，波纹所过之处一切都化为虚无。

第 91 章

踏足新大陆

好一会儿后，这些黑色波纹才消散，露出巨蚌和雷鲸的身影。

巨蚌身上的紫色雷电尽数消失，蚌壳上浮现一条条裂纹，隐约有蓝色的血液流出。

雷鲸看起来更加凄惨，身上伤痕累累，甚至有数道伤痕从头部延伸到尾巴。那个黑色圆球此刻已经缩小至之前的大小，上面也浮现数条裂纹。

韩立的身影早已消失得无影无踪！

蚌壳打开一道缝隙，露出那团犹如绿光般的眼睛，疯狂闪动着。虽然它丢失了费时很久才炼成之物，但总算性命无忧，以它绵长的寿元以后总能再次凝聚出。

另一边的雷鲸张口将黑色圆球吸入腹中，一双巨目滴溜溜乱转，明显有些惶恐不安。

与此同时，周围的游蛇雷暴也缓缓地停歇了。

两只巨兽互望一眼，都没有继续争斗的意思，当即同时转身潜入海里，朝着两个方向而去。

已行驶至数千里外的跨海雷舟之上，韩立房间内光芒一闪，一个人影出现，正是韩立。

他在房间内又布下了几个禁制，这才盘膝坐下，翻手取出一物，正是那黑色长刀，看着此刀，他眼中流露出一丝喜色。

今日一战，他总算见识了这黑色长刀的威能，虽然此刀还无法与破坏力惊人的玄天斩灵剑相比，但自己总算有了一件称手的仙器。不过，此刀尚未和他真正心意合一，还需要炼化一段时间，用起来才能更加称手。

韩立想到这里，张口喷出一团青色火焰，裹住黑色长刀，将其吞入腹中。接着，他再次一挥手，一个紫色圆球出现在他手中。

这圆球并非浑圆，而是椭圆形，通体呈深紫色，从外表看就是一个紫色晶球。此刻紫色晶球表面没有一丝雷电，散发出紫色光芒以及丝丝法则之力。

韩立眉头微皱，他原本以为这圆球是那巨蚌的妖核，此刻细看之下才发现并不是。

据传，修为达到真仙境的妖兽体内已无妖丹，而是如人族修士一般转化成元婴了，当它们领悟法则之力后，大都会将法则之力依附在身体的某处。韩立之前击杀的那只半人半马太蜚，便是将时间法则依附在它的独目之中。

不过，也有一些真仙境妖兽会在领悟法则之力后，以领悟的法则之力为中心凝聚身体精华结成一枚妖核。

这枚妖核对于真仙境妖兽来说，不像妖丹那般关乎性命，更像是一个法宝的雏形。因此，每一枚妖核都十分珍贵。

韩立摇摇头，不再想这些，他双手捧住紫色晶球，将体内的仙灵力缓缓地注入其中。

紫色晶球表面微微一亮，便不再有丝毫变化。

韩立眉头微蹙，旋即心念一转，两手之上浮现数道银色电弧，没入紫色晶球中。

“刺啦！”

紫色晶球顿时紫光大放，浮现一道道手臂粗细的紫色电弧，同时发出闷雷般的轰鸣。

紫色晶球内部也浮现数道细若蛛丝的紫色电光，细看之下赫然是由无数雷电符文组成，不停地变换形状，散发出一股强烈的雷电法则之力。

“果然……”

韩立脸色一喜，紧紧地盯着晶球内的雷电符文，感受那股雷电法则之力的变化，试图窥得雷电法则的玄妙。

转眼间，大半年时间过去了。

“噼里啪啦！”

房间内，紫色晶球悬浮在半空，轻轻地旋转着，周围电弧缭绕。

韩立双目紧闭，盘膝坐在紫色晶球下方，眼珠微微转动，他正通过神识感应晶球内的一切变化。

良久之后，他睁开眼睛，无奈地叹了一口气，挥手一招。

紫色晶球表面的紫色电弧顿时隐去，随后落在他的手中。

参悟了大半年，对于雷电法则，他还是没有丝毫头绪。

“看来是我想得太简单了……”他苦笑一声，喃喃自语道。

法则之道玄奥无比，参悟的过程伴随着各种机缘，虽然他得到了一个蕴含雷电法则之力的晶球，但并不代表他一定能够参悟出来。

对这一点，他早就有心理准备，只是心中仍不免有些失落。

不过，他也并非一无所获。

至少，他对于雷电之力的理解比之前更加透彻了，操控雷电的手段也变得更加精妙了。

韩立翻手将紫色晶球放在身旁，手在腰间的真水袋上一抹，一团重水从中飞射而出，落在他手中。

他的手在紫色晶球上一点，晶球上浮现一道紫色电弧。

韩立两手掐诀，一道紫色电弧从晶球上飞射而出，和那团重水融合在一起。

“噼里啪啦！”

两者一接触，立刻互相排斥，电光狂闪。

韩立丝毫不慌，两手飞快地掐动，一道道法诀从他手中飞射而出，将紫色电弧和重水笼罩起来。

他不停变换手中的法诀，两者缓缓地相融。

三日之后。

韩立把玩着一个拳头大小的圆球，圆球表面有一些紫色的雷纹。

此物正是紫黑纹雷，这一次他是用紫色晶球中的紫色雷电和重水混合后炼制的，虽然还没有试验，但这紫黑纹雷的威力，绝对要超过以雷鹏之力炼制出的重水纹雷。

韩立脸上露出一丝笑容，将紫黑纹雷收起来，朝窗外望去。

经过这么久的航行，跨海雷舟已经离开了雷暴海洋最中心的区域，半空云层上的闪电明显减少了。已经走了超过一半的路程，再有一两年便能抵达古云大陆。

韩立眼中闪过一丝欣喜之色，他再次挥手取出一团重水。在抵达古云大陆前，该做的准备他必须全部做好。

两年后。

一座形如鹰嘴，被冰霜覆盖的悬崖孤悬于万丈高空。

悬崖上方有一座以暗红色岩石建造而成的雄伟关隘，高逾百丈，上面悬挂着一块金字匾额，写着“鹰愁渡”三个大字。

悬崖下方是一片绵延数万里的白色云海，每隔数十里就有一小截山峰冒出云海，如同一座座漂浮在海上的孤岛，看起来只有巴掌大小，实际上都是数万丈高的雄伟山峰。

这些山峰都属于古云大陆中赫赫有名的“鹤唳山脉”，虽然只是偏远的分支，但一样雄伟壮阔，气象不俗。

此刻正值清晨，朝阳初升，淡金色的阳光将整片云海照得金灿灿的。

寒冷的山风吹过，云海翻腾，卷起层层金浪，气势磅礴，美不胜收。

云海之中，一个庞然大物破开金色云海，缓缓地朝着鹰愁渡的方向而来。

那庞然大物足有数百丈长，看起来如同一只青黑色的大海龟，巨大的四肢就像四支船桨在云海中徐徐地划动，拨动着云雾，推动身体不断前行。

在巨龟的甲壳之上有一座宝船模样的三层阁楼建筑，上面雕梁画栋，华美至极。宝船的甲板上站着数百人，大都神色轻松地四下张望，欣赏着眼前的云海风光。

在甲板最前端，也是最靠近龟首的位置上，一名中等身材的青衣男子正手扶着嵌入龟甲的乌木护栏迎风而立，目光炯炯地望向远处的鹰愁渡。

此人不是别人，正是韩立。

在跨海雷舟上认识的孙克，在登陆古云大陆后，就与韩立分道扬镳了。

韩立身下所乘的巨龟名为“行云鼋”，是一种大型飞行灵兽，性情温和易于驯化，同时负载极大，善于在云海中穿行，故而常被大型商会驯化豢养，用来做长途运输之用。

因为古云大陆并非什么地方都有传送阵，他初登新大陆，人生地不熟，就干脆支付了路费，乘坐这行云鼋赶路，也好顺便熟悉一下烛龙道所在的这片大陆。

“哞——”

行云鼋发出一声鸣叫，龟甲碰撞在鹰愁渡的渡口之上，一阵小幅的震荡后，才逐渐稳定下来。

在行云鼋舟管事的招呼下，宝船上的人沿着龟甲上的一架木梯，依次走了下去，踏上了孤悬于高空的山崖。

韩立也随着人流踏上了山崖，他忍不住抬头望了一眼那座高高矗立的雄伟关隘。根据地图所示，他现在已经正式踏上了古云大陆的中部区域。

与韩立一同在此处登岸的有两百多人，其中大部分都是人族，只有小部分看起来像是异族。其实这些人也并非真的就是普通的凡人，而是和灵界的炼体士一样，走的是淬炼体魄提升武力的路子。

众人沿着渡口山道向关隘内走去，从高大的门洞进入，来到了一个十分宽敞的大厅。

大厅内十分空旷，只在一角摆着一张三尺来长的紫檀几案，上面点着一只香炉，冒着袅袅烟气。

透过淡薄烟气，韩立看到几案后方的太师椅上倚坐着一名须发雪白的紫袍老者。老者双目微阖，头小幅度地轻摆着，看不出来到底是在打坐调息，还是在闭目小憩，从他身上散发出来的气息来看，是一名大乘期修士。

就在韩立准备将目光收回之时，那紫袍老者突然睁开双眼，目光炯炯地朝他望了过来。

与此同时，韩立的心里突然响起了一个苍老的声音："这位前辈，你明明拥有真仙境修为，却有意压制至合体期，是何缘故在下不会多问，但阁下既已踏入我们烛龙道地界，请务必遵守我们烛龙道的规矩。"

"愿闻其详。"韩立传音回道。对方表面客气实则带着警告意味的话，他倒没觉得有何不妥，只是心中有些疑惑，为何对方能以大乘期的神识之力看透自己的修为？

"我烛龙道自有容下外界修士的气度，这一点前辈大可放心。只是前辈须谨记：身为真仙不得介入世俗纷争，不得扰乱凡间秩序，更不得妄杀凡人。"紫袍老者传音道。

"多谢告知，理当如此。"韩立闻言，传音回道。

"那就祝前辈一切顺利了。"紫袍老者闻言，客气了几分。

韩立点头致意，然后转身与其他人一起从大厅另一侧的殿门走了出去。

殿门外是一个十分宽广的白色广场，上面停着许多奇异的兽车，既有能在山间奔跑的，也有可在天上飞驰的，这些主要是为那些凡人体修提供的。

更远处的山峦之上，覆盖着一层莹白的冰霜，在朝阳的照射下，反射着刺目的光芒。

进入古云大陆之后，韩立发现这里的气温比荒澜大陆等地低了不少，也更加潮湿。

他停下脚步，举目远眺，然后手腕一翻取出一块玉简，将神识投入其中。

这块玉简之内记录的正是他当初在无常盟中交换得来的那份循踪地图，此刻地图内呈现的地形地貌仍然只有一部分，却明显比他之前在黑风海查看时要详尽许多。

与之前不同的还有一点，就是此时的地图上多了一条十分显眼的红线，以韩立所处的鹰愁渡为起点指向东北方向一座名为“白鸾”的城池。

按照地图所示，这座白鸾城处于百佑国境内，距离此处尚有不短的距离。稳妥起见，他打算以符合他如今合体期修士身份的遁速赶路，约莫要十几日才能到达白鸾城。

与荒澜大陆相比，古云大陆灵气的浓郁程度和灵脉数量都远超前者，故而这里的宗门大派比前者要多得多，沿途的危险自然也就小一些了。

确定了方向之后，韩立收起玉简，化作一道光冲入高空。

韩立飞了七八日，在经过一片被白雪覆盖的茂密山林时，他突然停在半空中，脸色阴晴不定。

就在方才，他神魂深处突然出现了一丝异动，他感受到了青竹蜂云剑和蟹道人的气息，不过这两者的气息都十分微弱，若不是他的神魂足够强大，根本注意不到。

他四周扫视一圈，随后径直朝着一个隐蔽的山谷飞去。

落入山谷后，韩立身形一闪，如同一只猴子般在寂静的山谷中飞快跳跃，最终停在谷深处一块巨石上。

他随手一挥，就将巨石上的积雪全都清扫干净，盘膝坐了下来，接着眼睛一闭，双手在身前快速掐诀，默念起口诀来。

他的识海之中波涛翻涌，若有若无的神魂联系如同一条丝线一般牵引着他，循着那微弱的联系不断探寻青竹蜂云剑和蟹道人的踪迹。

就在他的心神联系逐渐变得清晰之时，神魂联系突然断开了，连原先那丝微弱的神魂感应也彻底消失了。

他眉头微蹙，变换手中的法诀，全力催动神识，想要找回那丝神魂感应。

片刻之后，他无奈地睁开双眼，叹息道："看来想要找回你们，怕是没那么容易……"

经此一事，韩立的心情有些失落，便索性在幽静的山谷中静坐了半晌，整理好思绪之后才重新飞掠而起，朝着白鸾城的方向飞驰而去。

三日后。

一座位于两条河流交汇处的白色城池外，一道青色身影从高空中落了下来。这人身材高大，额头前凸，下巴有一圈胡子，看起来相当粗犷，双目却十分明亮。

此人正是乔装后的韩立。入城之前，他用无常盟的面具又换了一次面容，这次他索性将气息完全隐藏，以凡人的模样大摇大摆地进入了白鸾城。

白鸾城附近并没有积雪，气温却有些低，城门口的行人不多，大多穿着厚棉衣。

城门两边各有一队人驻守，都是筑基期的修士，他们对往来之人并不做过多盘查，似乎只是负责维持秩序。

一开始韩立还觉得有些奇怪，不过很快他就想明白了。

白鸾城只是百佑国内的一座偏远小城，在这生活的绝大部分都是普通凡人，故而在管理上也就更加接近普通社会。

入城之后韩立又查看了玉简内的地图，这次图上的标识更加清晰了，直接将他引向城东的一家酒楼。

韩立沿着城内的道路七拐八拐，终于在一条并不繁华的巷中看到了那家酒楼的酒招。

刚走到酒楼门口，韩立就闻到了一股酿制谷酒的浓烈味道，勾起了他儿时的记忆。记得在他小时候，老张叔每次来他家都会带一壶土烧酒，就着简单的饭菜和父亲喝上几杯。他倒是没有喝过，每次闻着都觉得有些呛鼻。

想到这些，韩立微微有些失神，他自嘲地摇了摇头，走进了酒楼。

此时已经过了午饭时间，还未到晚饭时间，加之这条街巷比较偏僻，店内的桌椅大都空着，只有两个闲汉坐在靠墙的桌子，吃着盐水花生喝着小酒。

一个肩膀上搭着毛巾的伙计看到韩立进来，连忙笑着迎了上去。只是他还没来得及说话，就被人一把拉住，拖到了一边。

“这位是我的老熟人，我来招呼，你去忙你的就行了。”一个身材臃肿的中年男子从伙计身后走了出来，满脸堆笑地说道。

“什么老熟人？我怎么没有印象？”

伙计看着胖掌柜将韩立迎上二楼，不禁挠了挠头，腹诽了几句，随后伸了个懒腰，靠着一张桌子打起盹来。

韩立一言不发地跟着胖掌柜踩着“咯吱”作响的木梯走上二楼，进了走廊最里面的雅间。

胖掌柜侧身，让韩立走进屋内，才回身将房门关了起来。然后，他伸手在空中一挥，一个淡淡的光罩立即在房间内亮起，笼罩了整个房间。

“道友，请坐。”

做完这一切之后，胖掌柜对韩立做了一个“请”的手势，脸上的笑意逐渐收起。

韩立坐下，打量了一圈，发现房内的隔绝法阵并不高明，如果是他这种层次的修士有心探察，轻易就能窥视得一清二楚。不过，此处位置比较偏僻，不惹人注意，倒是最好的隐蔽。

“道友身上应该带了信物吧？可否拿出来让在下验证一下？”胖掌柜在韩立对面坐下，开门见山地问道。

韩立闻言，手腕一翻，将那块记录了任务和循踪地图的玉简取出来，直接放在身前的桌面上，朝胖掌柜推了过去。

胖掌柜接过，闭目探察了一番才点头说道：“信物没有问题，看来阁下应该是无常盟的道友了。”

“既然信物没有问题，道友是不是可以告诉我任务的具体内容了？”韩立直接问道。

“在此之前，在下还有一事需要确认，确认后才能决定是否将任务托付给你。”胖掌柜却话锋一转。

“何事？”韩立闻言，眉头微微一蹙。

“在下需要先确认一下道友的修为，看道友是否真的有完成任务的能力。”胖掌柜盯着韩立，缓缓地说道。

韩立闻言，不再压制自身的气息，只见他身上亮起青光，散发出真仙境初期的气息。虽然韩立只放出了一部分气息，但仍令胖掌柜面色大变，浑身颤抖，似乎有些无法呼吸。

第 92 章

天魔夺舍

韩立见此，连忙将气息一收，眼中闪过一丝疑惑之色。

这胖掌柜的容貌显然是由无常盟面具幻化而来的，故而他的气息也被掩盖了，即便韩立的神识非常强大，若不深入探察也无法探清他的修为。

令韩立疑惑的是，他释放出来的气息把握得很好，胖掌柜怎么会有如此大的反应?

“在下若猜得没错，阁下应该是真仙境初期修士吧？”胖掌柜脸色仍然有一些苍白，但在深吸了几口气后，恢复了几分血色，随后说道。

韩立没有说话，只是点了点头。

“唉……若是如此，我劝道友还是不要接这个任务了。”胖掌柜眼中闪过一丝失望，叹了一口气道。

“这是为何？道友先前发布的任务中言明只要是真仙境修士即可，并未要求具体境界。”韩立有些不满地说道。

“不瞒道友，我发布的任务，其实是去杀一个人。据我所知，那人的修为是真仙境初期，但是那人的手段非寻常同阶修士可比。我是怕道友敌不过他，反丢了性命。”胖掌柜摇了摇头，解释道。

“若是同阶修士，在下有自信能够与之一战，即使不敌，也绝不至于丢了性命。道友请放心告知我任务内容吧，在下心意已决，不会退缩。”韩立闻言，笑着说道。

胖掌柜见韩立态度坚决，不似作伪，便打消了心中的顾虑，说道：“这……好吧。在下需要道友杀的人名叫白松石，是百佑国的首辅太师。只要道友能够成功击杀此人，就能得到在下先前允诺的报酬。”

“凡人国度的首辅太师？烛龙道境内不是不允许修仙者私自干涉世俗之事吗？此人身为真仙境仙人，怎么会成为凡人国度的股肱之臣？”韩立闻言，先是一愣，继而问道。

“道友应该不是我们古云大陆的人吧？”胖掌柜反问道。

“不错。”韩立坦然承认。

“怪不得……道友有所不知，古云大陆上的凡人数以万亿计，大大小小的国家没有千万个，也有百万个。类似百佑国这样的国家，表面上看是由皇室在管理，实际上皇室背后都有一到两家修仙家族在暗中操控，修仙家族才是这些国家真正的掌权者。”胖掌柜解释道。

“这么说来，白松石所在的修仙家族，便是百佑国的实际掌权者？”韩立若有所思地点了点头，问道。

“不错。事实上，这些修仙家族的背后，都有更高一级的修仙宗门势力支持。不过，如果不是亡国之灾，这些修仙宗门势力一般不会干预凡人国家的兴衰存亡，故而凡人根本注意不到这些修仙宗门势力的影响。”胖掌柜点了点头，继续解释道。

“如果是这样，那我对白松石出手，岂不是会招惹到背后支持他的修仙宗门势力，甚至会引起烛龙道的注意？”韩立追问道。

“对于这一点，道友大可放心。在下让你去杀的，并不是真正的白松石。”胖掌柜摆了摆手，说道。

韩立听得一头雾水，正要开口询问，就听胖掌柜继续说道：“我让道友去杀的，实际上是一名域外天魔，真正的白松石在渡劫升仙之时就已经被那域外天魔夺走了肉身。此魔为了不引人注意，一直将自己真仙境初期的修为压制在大乘期……”

“在下有一事不解，若真有域外天魔作祟，他定然会隐秘行事，不透露半点风声，道友如何知晓得这般清楚？”韩立眉头微挑，打断了胖掌柜的话，直接问道。

“这个……”胖掌柜一时语塞。

“道友所言之事，实在有些匪夷所思，若道友不能说明其中缘由，请恕在下难以相信。”韩立淡淡地说道。

胖掌柜闻言，陷入了沉思，半晌不语。

韩立也没有催促，只是在一旁安静地等待。

长久的沉默之后，胖掌柜像是做了一个重要的决定，眼神变得坚定起来。

只见他双手一抬，分别伸向自己脸颊两侧，轻轻一托，便取下来一张遍布灵纹的青色兔首面具。胖掌柜的身上亮起青光，青光一阵扭曲，他的身影开始急剧收缩，腰肢变得越来越纤细。

不一会儿，之前的胖掌柜就消失不见，取而代之的是一个看起来不过十七八岁的女子。

女子弯眉杏眼，薄唇秀鼻，脸颊上还有稚气未脱的婴儿肥，身上穿着一件合体的粉色莲花短裙，看起来清新脱俗俏丽无双。不过，她的眉眼之间隐隐有愁苦之色。

韩立看着眼前之人的变化，面上波澜不惊，心中却有无数念头在转动。女子身上此刻散发出来的气息，不过化神后期而已，难怪之前自己只是释放出些许气息，便令她有那样的反应了。只是以她这样的修为，是如何加入无常盟的?

韩立仔细观察了一番之后，发现女子身上似乎有些不寻常的地方，但具体是哪里不寻常，他一时半会儿还看不出来。

“无常盟有禁止成员之间互相打探身份的规矩，道友知道吧？在下以真身示人，相信道友多少能看到一些诚意吧？”女子用悦耳的声音说道。面对一位修为远远高于自己的真仙，女子并未露出胆怯之色，依旧镇定自若。

“还是先解释一下在下先前的疑惑吧。”韩立不为所动，直接说道。

“不瞒道友，在下名叫白素媛，是白松石的曾孙女，当年……”女子深吸一口气，缓缓地说道。

原来，白素媛父母早年外出游历遭遇意外不幸身亡，而她因为早慧，修行根骨极佳，深得族中老祖白松石的喜爱，被留在身边，深受宠爱。

后来老祖闭关冲击真仙境，渡劫之时惨遭域外天魔夺舍，所有人都没看出来，白素媛却在第一时间就发现了，可当她将这件事告诉本族之人时，根本没有一个人相信，甚至连她的亲爷爷都不相信。

一开始，那域外天魔还有所收敛，并未有太多异动，等到他彻底融合了白松石的记忆，就渐渐掌控了整个白家，并借着首辅太师的身份，将魔掌伸向了百佑国朝廷。

自那之后，百佑国内怪事频发，时不时就有一城一镇的百姓突然失踪，白家作为坐镇百佑国的修仙势力，自然派了人前去追查，结果都一无所获。

“后来，域外天魔行事越来越古怪，家族中的一些人才终于发现了异常，开始着手调查此事，结果却被域外天魔一一除掉。域外天魔看中了我的根骨，欲将我培育成修炼鼎炉，便一直将我幽禁在族内禁地之中。爷爷前去救我，被域外天魔杀死了……”

白素媛说到这里，不由得停了下来，眼中满是痛楚之色。

“白道友请节哀。”韩立见此，安慰了一句。

“当年我逃走之时，爷爷将祖上传下来的这张面具和先祖的信物都交给了我，嘱咐我凭借信物加入烛龙道潜心修炼，等到有能力之时，再回来替家族报仇。可我不过区区化神期修为，就算我不眠不休地修炼，也不知何时才能与那魔头抗衡……”片刻之后，白素媛继续说道。

“所以你就在无常盟中发布了这个任务，想找人帮你杀了那域外天魔？”韩立点了点头，问道。

对于白素媛所述，他深以为然。莫说真仙境，就是从化神期进阶到炼虚期，也需要过“五行合一”这一关，其中的艰难之处韩立一清二楚，更不用说还要经历大乘期之后的天劫了。

“没错！我无意之间从那张面具中知道了无常盟的存在，便发布了这个任务。这些年来，域外天魔对我的搜寻从未停止，我是靠着这张面具才屡屡逃脱。只是若再找不到人杀死此魔，我恐怕也躲不了多久了。”白素媛此时已经恢复冷静，继续说道。

“原来如此。这样倒是能解释得通为什么以你的修为也能加入无常盟了。对了，你说这张面具和信物是你们家族祖上传下来的？”韩立点了点头，又问道。

“这张面具原先的所有者是我们白家的一位先祖，就是在烛龙道内担任内门长老的那位仙人。我们白家之所以能够成为幕后管理百佑国的修仙家族，就是因为当年有这位老祖。至于信物，自然也是他的。”白素媛解释道。

“既然如此，你为何不直接去烛龙道找这位仙人老祖，请他出面杀死这域外天魔？”韩立眉头微微一挑，问道。

“据爷爷说，这位老祖早在数千年之前就失踪了，一直没有音讯，族中数位合体期长老出去寻他，也离奇失踪了……自此以后我们白家的势力渐渐不复当年……因此，曾祖才急于渡劫成为真仙，以至于被域外天魔乘虚而入。”白素媛重重地叹息一声，说道。

“你所说的这些我暂时无法求证，等我亲眼见过白松石，确认他是被域外天魔夺舍之后，再决定要不要动手。”韩立听完想了想之后，慎重地说道。

对于白素媛的话，韩立并没有全部相信。在他看来，她一个化神后期修士能在一名真仙的眼皮底下躲藏这么多年，绝对不简单，他心中自然对她多了一丝防备。

“这……好吧。下个月初便是百佑国十年一次的祭天祈福大典，届时皇帝会带着文武百官去百佑国境内的太峨山封禅祭天，白松石作为百官之首自然会出现。那个地方远离凡俗城池，能将影响降到最低，那个时候动手最好。”白素媛迟疑了一下，说道。

“也好。”韩立闻言，点了点头，算是将此事定了下来。

“对了，还不知如何称呼道友呢？”白素媛眼睛一亮，问道。

“厉飞雨。”

位于百佑国东部的太峨山脉，以山势雄壮、风景秀丽著称，太峨峰更是整条山脉中海拔最高的一座山峰，被称为“东岳神山”，在百佑国百姓心中的地位极高，相传有一位得道真仙曾在此飞升。

百佑国的文人雅士一向以登临太峨峰为其吟诗作赋为荣，至今山上还到处可见诗词大家留下的摩崖石刻，每年都有不少百姓慕名前来，一睹真容。

然而在一个月之前，整座太峨峰都被身披甲胄的士兵团团围住，无论是王公贵胄还是市井百姓，一律不得登山。对此，百佑国上下倒是没有任何异议，因为他们都知道，皇帝要来祭天祈福了。

虽说太峨峰被封了，但到了祭典的前几日，山下的东泰郡早已被附近郡县赶来的百姓挤满了。

到了祭天大典那一日，天还未亮，东泰郡通往太峨峰的官道两旁便站满了前来瞻仰皇帝圣颜的百姓。

吉时一到，皇帝和文武百官的车驾便在御林军的护卫下直奔太峨峰。

太峨峰山顶上有一个开阔的圆形祭坛，上面早已摆好了几案香炉，地上铺着锦缎红毯，周围站着许多身穿礼部官服的官员，皆满脸虔诚，拱手恭候。

在这些官员中，有一名面容普通的中年官员，双眼不停转动，打量着四周。此人不是别人，正是幻化了容貌成功混进来的韩立，白素媛则潜藏在祭坛之外。

观察了一阵之后，韩立发现，除了在外围巡逻的一队士兵中隐藏着十几名元婴期和筑基期修士之外，站在他身旁的礼部尚书竟然也是一名化神期修士。韩立知道，这些人多半是白家暗地里布置的。

等了一两个时辰，皇帝的车驾终于来到太峨峰山顶。

年方弱冠的皇帝，在宦官的搀扶下走下马车，不过他并没有直接走向祭坛，而是站在车驾旁，似乎在等人。

过了片刻，后方的车驾陆续到达山顶。

打头的马车停下，一名须发皆白的紫袍老者在两名随从的搀扶下，颤颤巍巍走下马车。

紫袍老者脸上布满皱纹，双目浑浊，额前飘着几根散乱的银发，身形佝偻，看起来十分苍老，行将就木。

皇帝等紫袍老者缓缓地走到身侧，然后在他的陪同下朝着祭坛走去。其余官员见状，皆快步跟上。

韩立眼中蓝光一闪，放出神识在紫袍老者身上一扫，就基本上确定了，此人是首辅太师白松石。

虽然紫袍老者表现得像是一个行动不便的老人，但是仍然骗不过韩立，韩立发现此人其实是一名大乘期修士，不过，除了刻意压制修为和掩盖气息外，韩立倒并未发现他身上有其他不妥之处。

只见皇帝与白松石缓步走上台阶，上了祭坛，其余官员走到祭坛下方便停了下来。

白松石在经过韩立身边时，稍微停了一下，瞥了祭坛外一眼，他眼中精光一闪，下一刻立即恢复如常，走到了祭坛中央。

在一名礼部高官的主持下，祭天大典正式开始。韩立沉默不语，脑中念头疾速转动。

“厉道友，那域外天魔怕是已经发现我了，你为何还不出手？难道你被那魔头的障眼法迷惑了吗？”这时，白素媛焦急的声音突然在韩立的脑海中响起。

“魔光道友，可否帮我看一眼？”韩立闻言，低头望向自己的影子，以心神联系问道。

过了片刻，他的心里响起魔光的声音：“韩道友，此人藏气掩形的功夫确实很强，据我观察，他的确来自我们天外魔族。”

韩立闻言，嘴角微微翘起。

此时，皇帝已经在礼部高官的安排下，奉上三牲，敬过三炷高香，退到了一旁。

“……吾皇崇德，仰惟圣神，继天立极……为天地立心，为生民立命，为万世开太平……功化之隆，永久无殇……予祗承天序，谨用祭……”

白松石作为百官之首，面朝群臣，代替皇帝诵念敬天祭文，他的声音异常沙哑，听起来有些无力。

韩立突然跨步，从人群中走了出来。

站在韩立身旁的礼部官员顿时大惊，想要喝止他，却觉眼前人影一花，就找不到他的踪影了。

下一刻，韩立就出现在祭坛中央。只见他衣袖一挥，一股青色旋风立即鼓荡而出，如同一条青龙一般席卷而过，将包括皇帝在内的众人卷起，径直抛到山下。

那些潜藏在官员中的修士，身上亮起光芒，想留下来帮忙，却根本无能为力，只能随着众人一起飞到了太峨山下。

“你是那丫头请来的援兵？”白松石停止吟诵祭文，转身看向韩立。

他那双浑浊的眼睛顿时变得清明，佝偻的身躯也变得挺拔，双手拢了拢额前的乱发，衰朽之气一扫而空，取而代之的是一种强势霸道的气息。

韩立冷笑一声，并不答话，一闪身，就来到了白松石身前，一拳捣出，朝他的脑袋砸了过去。

白松石感受到了韩立突然爆发出来的气势，眼角略微一抽搐，一闪身，后退了数十丈。

韩立一拳砸在祭坛的地面上。只听“轰隆”一声巨响，整个祭坛化作了齑粉。

十几道遁光闪现，纷纷落在韩立四周，光芒敛去，现出十几名修士，愤怒地望向韩立。

“哪里来的大胆狂徒？竟敢袭击我家老祖！”一名身穿青袍的老者，指着韩立，破口大骂。

韩立没有再次出拳，只是死死地盯着对面的白松石，看也没看周围的修士一眼。这些修士都是白家的人，其中修为最强的也不过达到了化神后期，韩立自然不会与他们计较。

就在这时，一道纤细的身影从远处疾射而至，落在已经崩碎的祭坛上，来人容貌清秀，身着粉色莲花短裙，正是白素媛。

“二叔公、大伯……你们住手。这位厉前辈是我请回来对付域外天魔的，你们不要被这魔头蛊惑，白白丢了性命。”白素媛大声喊道。

“住口！你这孽障，不仅杀害了自己的亲爷爷，现在还敢胡言乱语毁谤族长，真是不知死活，今日我便替大哥清理门户。”被白素媛称为二叔公的青袍老者勃然大怒，身上光芒一闪，朝着白素媛扑了过去。

韩立瞥见这一幕，没有理会，而是朝着白松石走了过去。

第93章

太峨诛魔

见韩立朝自己走来，白松石收起了眼中的轻视之色，眼神变得凛如寒霜。只见他双手在身前一挥，空中顿时响起呼啸声，浮现两个巨大的火轮，闪耀着五彩幻光，不时有五色灵焰从中飞出。

赫然是一个品级不俗的五焰光轮灵宝！

“到了此刻，阁下还不肯显露真身吗？”韩立见此，冷笑一声。

对面的白松石没有答话，双手朝着韩立一挥，默念起法诀来。

“呼呼——”

阵阵风声大起，两个五焰光轮在空中快速变大，一边旋转一边贴着地面朝韩立而去。

“铮铮——”

太峨峰上坚硬的山石顿时被光轮划出两道极深的沟槽，里面熊熊燃烧的五色火焰将山岩都灼得熔化了。

周围的白家修士见此情形，自知无法参与老祖与韩立之战，当即在青袍老者的眼神示意下，全都去围攻白素媛。

白素媛显然不打算与对方硬碰硬，当即一口气祭出两三件防御法宝，被一团团火云簇拥着在场上四下游走，与白家修士周旋起来。

说起来，白素媛虽然在辈分上比青袍老者等人小，但她的资质非常不错，居然能以化神后期修为以一对多。

韩立望着席卷而至的两个光轮，没有丝毫避让之意，反而向前跨出一步，伸出双手朝着前方探了出去。

只见空中浮现两只巨大的金色手掌，径直探入光轮上熊熊燃烧的火焰之中重重一握。

五焰光轮的前冲之势顿时一滞，硬生生被挡在了原地。

白松石见状，瞳孔微微一缩，口中响起吟诵之声，双手也在身前飞快地掐动起来。

被挡下来的五焰光轮顿时光芒大放，转动得更加迅捷，其上燃烧的烈焰更是腾地一下四散飞射。

韩立感受到光轮之上骤然传来的巨力，看着不断落在山峰各处的火焰，不禁眉头微微一蹙，大喝一声，双手一抬，冲着高空做了一个抛掷的动作。

只听“呼”的一声，那两个巨大的火轮便不受控制地飞入了高空之中。

下一刻，韩立身形一闪，骤然来到白松石身前，一拳朝着对方轰了过去。

白松石早有防备，双手在身前一探，一面镶有兽面的圆形盾牌立即浮现，挡在了他身前。

“砰！”

一股排山倒海般的巨力袭来，顿时将兽面盾牌打得凹了进去，白松石也被震得倒飞出去。

白松石尚未站稳，就见眼前人影一闪，韩立又挥出一拳砸了过来。

仓促之间，白松石只得再次举起那面受损严重的兽面盾牌抵挡。

“轰——”

兽面盾牌光芒一闪，从中间裂开了。

韩立那一拳的余势继续向前冲，重重地砸在白松石的胸膛上。

“嘭——”

白松石的胸膛凹陷，下一刻，他仰头望天，大口一张，一团黑色魔气涌出，冲向高空。

很快，涌出的魔气就将太峨峰笼罩了，方圆数百里的天幕顿时变得阴沉，仿佛瞬间从晌午到了傍晚。

“这是怎么回事？”

“都给我住手！”

“素媛，莫非你说的都是真的？！”

围攻白素媛的白家众人纷纷停手，全都呆呆地望着高空中那具失去了天魔的支撑之后向地面坠落的身体，脸上露出难以置信的神色。

白素媛立在原地，将周身的火云一敛，她望向高空，眼中闪过一丝愤恨。

“不想死的，就带着山下那些凡人速速离开太峨峰。”高空中忽然传来韩立冷冷的声音。

众人闻言，立即将白松石的尸体抬起，纷纷朝山下飞去。

白家那名青袍老者，缓缓地转头望向白素媛，眼神无比复杂，犹豫再三才开口道：“素媛，你快跟二叔公一起走吧……”

“我不走，我要亲眼看着那魔头灰飞烟灭！”白素媛闻言，坚决地说道。

青袍老者迟疑了片刻，最终叹息一声，朝着山下飞去。

此刻，高空中聚集的魔气已经浓重如墨，其间忽然云雾涌动，凝聚出一张巨大的人脸。

“逼我舍弃肉身，坏我魔道修行，我定要将你们挫骨扬灰！”一个冰冷的声音从天幕之上传来。

说罢，那张人脸突然大口一张，喷出一股灼热的气息，那气息化作滔天魔焰，铺天盖地地朝着韩立涌去。

韩立不知何时将黑色长刀取了出来，正握在手里轻轻地晃动着。

眼见魔焰翻滚而来，他一跃而起，手中的黑色长刀由下向上斜挑，一道宽逾十丈的巨大刀影飞射而出，迎向魔焰。

魔焰剧烈地翻滚，被刀影上裹挟的气势压迫得朝两侧退去，中间出现了一条宽约百丈的通路。

韩立便沿着这条通路飞掠而上，手中的黑色长刀不断挥舞，幻化出一片黑色刀影，袭向那张巨大人脸。

只见高空之中刀光纵横，魔气被搅得四分五裂。

那张巨大人脸的口中不断涌出魔焰，朝着韩立包围而去，却悉数被韩立的刀光斩破。

就在这时，那魔气突然一阵收缩，缩小到直径十里，并且凝聚成一张头生双角的巨大魔脸。

那巨大魔脸忽然张口喷出一个巨大的黑气旋涡，从中传出一股巨大的吸力，一下就将韩立吸了进去。

巨大魔脸立即闭嘴，韩立的身影也消失不见。

白素媛看到这一幕，不由得心头一跳，她藏在袖中的手忽然一翻，掌心之中便多出一个金球。

那金球之上遍布符文，外表隐约有金色电弧在闪烁跳跃，竟是对付天外魔头的无上利器——金罡灭魔神雷。

半晌之后，白素媛见巨大魔脸毫无动静，眼中流露出一抹决然之色，她身上光芒一亮，欲飞向高空。

就在这时，巨大魔脸的嘴角之处突然亮起缕缕银白光芒。

紧接着，雷霆之声骤然响起，巨大魔脸在漫天银色雷光中炸裂开来。

一只体形巨大、周身闪耀着银色电光的雷鹏从巨大魔脸的口中一冲而出，在半空中光芒一敛，重新化为人形，正是韩立。

而那张巨大魔脸裂开之后，那些散开的魔气竟然重新聚拢化为一个浑身漆黑的老者，老者的容貌与白松石一模一样。老者朝着下方的太峨峰疾速飞掠，竟是直奔白素媛而去。

韩立见状，目光一凝，手中的黑色长刀朝着下方猛然一挥。

一道黑色刀光骤然一闪，在那漆黑老者追上白素媛的瞬间，劈在了漆黑老者身上。

“咔！”

那道黑色刀光在劈中漆黑老者之后，丝毫未停一直劈入了太峨峰的山壁。

"轰隆隆——"

太峨峰上烟尘四起，山石滚落，万鸟惊飞。巨大的震荡持续了好一会儿才停歇。

勉强稳住身形的白素媛惊愕地看到，在她的身前竟然凭空出现了一道万丈深渊。

整座太峨峰赫然被韩立一刀劈开，变成了两半。

韩立不知道的是，他这一刀硬生生地将太峨峰这个名字从百佑国的版图上抹去了，从此以后，太峨山脉中就多了一座"两断峰"和一个仙人开山诛魔的传说。

当然，这些都是后话了。

韩立从高空中飞落而下，来到漆黑老者身边，眼神漠然，抬手就欲向其拍去，可他的耳中和心头同时响起了一声"道友且慢"。

只见趴在地上的漆黑老者眼中满是哀求之色，对韩立说道："道友莫要杀我，我愿与你签下天魔契约，从此为奴为仆，任你驱使。"

韩立闻言，没有说话，脸上却露出一丝古怪之色。

白素媛见状，生怕韩立答应，她快步走上前，就要开口阻止。

这时，韩立身前的影子一阵晃动，骤然拉长，从中浮现一道漆黑如墨的身影，正是魔光，方才正是他以神魂联系阻止了韩立的动作。

"你这个层次的蠢货，也配与他签订天魔契约？"魔光方一现身，就望着地上的漆黑老者，毫无感情地低喝道。

漆黑老者一见到魔光，顿时惊恐万分，身上乌光一闪，身形开始虚化散开，显然是打算再次虚化成雾逃走！

"哪里逃？！"

魔光一只手骤然探出，掌心黑光大放，化为一张若隐若现的黑色大网一罩而下，将漆黑老者所化的黑雾悉数罩住，并不断收紧。

"不！"

那团黑雾中传出一声哀号，在收紧的大网中一阵扭曲，再次化为漆黑老者的模样。

魔光轻吟了几声谁都听不懂的咒语，眼中黑光一闪，猛地张口一吸，大网随之一收，就将那漆黑老者吸入了口中。

天魔身上的储物镯“咣当”一声掉在了地上。

韩立在此期间将先前击飞的那两件光轮灵宝收起来，随后他身形一晃回到了原地。

魔光再次没入韩立的影子之中，同时他的声音在韩立的脑海中响起：“韩道友，请你帮忙看一下那人的储物法器，他身为天魔，应该收集了不少魔契石，有了魔契石我便能恢复得更好。”

魔光的声音多了一丝灵动，不似先前那般木讷。

韩立闻言，右手朝着前方地面一招，一只黑色手镯轻飘飘地飞起。

就在此刻，一道白影闪过，黑色手镯便消失无踪。

韩立见此，眉头一皱。

白影落在不远处，现出白素媛的身影，只见她两手紧紧地抓着黑色手镯。

“多谢厉前辈替我诛杀此魔，还小女子一个公道！不过，这手镯可是我们白家的东西，你身为仙人，不会贪图我们白家的这点东西吧？”白素媛眼巴巴地看着韩立，说道。

白素媛见假扮白松石的漆黑老者被击杀，脸上的神色顿时轻松了不少，对于突然出现的魔光，她也没有露出丝毫胆怯。

“白道友不要误会，你们白家的东西厉某不会动，只是那人既然是域外天魔，想来他应该收集了一些魔契石，此物对我非常重要，还请白道友查看一下，如果储物手镯里有魔契石，厉某愿意用灵石购买。”韩立微微一怔，解释道。

白素媛听闻，脸上这才露出了笑容，点了点头，将神识没入黑色手镯。

“可是这东西？”

半晌后，她一挥手，手中多了一块漆黑的石头。石头表面黑雾缭绕，并从中散发出一股诡异的气息。

韩立通过神魂联系问魔光，得到肯定的答复后，说道：“正是，不知里面有多少块魔契石？我全都要了。”

“稍等，我数一下……一共二十块。”白素媛说道。

“厉某愿意出二十块极品灵石来交换这些魔契石，可好？”韩立翻手取出二十块极品灵石，问道。

“不。”白素媛却摇了摇头，答道。

“白道友可是嫌少？”韩立眉梢一挑，追问道。

“以前辈的身份，自然不会在这些东西上占小女子的便宜。况且，一块极品灵石在百佑国起码相当于一百块上品灵石，即便在白家鼎盛时期，我一年得到的供奉也不过三块上品灵石，还是因为我深受老祖器重才有这个待遇。”白素媛再次摇了摇头，说道。

“那白道友想要什么？”韩立将手中的灵石收回，问道。

“我想要厉前辈答应我一个请求。”白素媛微微一笑，伸出一根手指头。

“请求？”韩立有点疑惑地看着眼前的白素媛。

他隐隐觉得，在天魔被诛杀后，白素媛像是突然变了一个人似的，身上多了一丝古灵精怪。

“不错。至于是什么请求，我现在还没有想好，不过前辈尽管放心，我的请求绝对不会超出前辈的能力范围，并且不会有什么危险……只是一个小小的请求而已。”白素媛很认真地点了点头，说道。

“好吧。不过我只给你三天时间考虑，过时不候。”韩立略一沉吟，答应下来。

“一言为定。”白素媛嫣然一笑，手一扬将一个小袋子抛向了韩立。

“你委托的任务我已经完成，请将约定的报酬给我吧。”韩立将袋子收起来，随后说道。

“此处不太方便，我们还是先离开这里再说吧。前辈放心，若任务完成却不给报酬，即便前辈不和我计较，无常盟也不会放过我的。”白素媛说完，朝韩立眨了眨眼睛。

接着，她不等韩立回应，化为一道白光朝远处而去。

韩立闻言，也没有多说什么，遁光一起跟了上去。

不多时，两人落在距离太峨峰数千里外的一处碧绿的山坡上。

此处环境清幽，依山傍水，一眼望去让人有一种心旷神怡之感。

山坡上有个坟茔，一块青石墓碑上刻着几个模糊的字，已经看不太清，不过最上头的那个白字还能辨认出来。

白素媛就落在坟茔前的空地上，她望着墓碑，眼睛通红，缓缓地在墓碑前跪了下来。

“爷爷，那个魔头终于死了，您的在天之灵可以安息了……”白素媛有些哽咽，肩膀在轻轻地颤抖。

韩立见此，没有出言催促，而是转身朝着山外望去。

断断续续的哭泣声从他身后传来，过了好长一段时间才慢慢地停下。

“前辈，我一时控制不住心情，让您见笑了。”白素媛走过来，轻声道。

“白道友此言差矣，此乃人之常情，何来见笑之说？不过斯人已逝，你也不要太伤心了。”韩立转过身来，安慰道。

白素媛的眼睛仍然有些红，眼角还残留着几滴泪珠，她的神情和气息，都没有丝毫伪装。

“多谢前辈了。”

白素媛叹息一声，翻手取出一块巴掌大小的青色令牌，一面写着“烛龙”二字，另一面刻着一幅头生独角、背长双翼的怪龙图案。

韩立的目光落在了令牌之上。

“此令名为烛龙令，前辈并非出身古云大陆，可能不太清楚，烛龙道收弟子入门的要求极其严格，非资质绝佳、背景清白之人绝对不收。但是凭借此令可直接让一人不受限制，直接拜入烛龙道内门。当年我白家老祖为烛龙道立下一个大功，才获得了这块令牌。”白素媛轻声说道，她的手不停在令牌上抚摸。

“原来如此，此物倒是珍贵。”韩立点了点头。

“爷爷仙逝之后，我原本打算用此令拜入烛龙道，不过我终究无法放下心中的仇恨，这才用此令发布了这个任务。”白素媛轻叹一口气，将青色令牌递给韩立。

韩立眼神微动，伸手将令牌接过。

“前辈，您先前答应我的请求，应该还作数吧？”白素媛突然抬头问道。

“哦，白道友是想好要求了吗？”韩立心中一动，问道。

“我和白家其他人并无太多感情，因为以前的事情反而有些心结，这里我是待不下去了。虽然没有烛龙令，但我还是打算去烛龙道试试，或许能有些仙缘也说不定。前辈的目的既然是得到烛龙令，必然是心存加入烛龙道的想法，所以我想请前辈带我一程。”白素媛说道。

韩立闻言，微微一怔，他没料到对方竟然有这个想法。

古云大陆广袤至极，从这里前往烛龙道所在的钟鸣山脉还有数百万里，沿途虽然不似荒澜大陆那般处处皆是蛮荒之地，危险遍地，但也绝不是一条坦途，以白素媛化神期的修为，想要安全抵达风险绝对不小，路上任何一点危险都可能让她香消玉殒。

看来白素媛看似柔弱，心思倒是颇为精明，在眼前这种情况下，自己倒是不太好拒绝了。

“若是白道友已经想清楚了的话，厉某可以带你一程。不过，我们一旦抵达钟鸣山脉，这请求便算是完成了。”韩立思量片刻后，如此说道。

“真的？太谢谢你了。只要前辈能带我到那里，其他的事情绝不敢再劳烦前辈。”白素媛脸上露出灿烂的笑容。

韩立闻言，没有再多说什么，挥手祭出一个飞鸟形状的白色玉梭，飘身飞了上去。

此物是他从方磐的储物法器中找到的，是一件极品灵宝，距离仙器只有一线之隔。

白素媛见此，也连忙飞上玉梭，靠着玉梭边缘的一处挡板坐了下来，她收起脸上的笑容，有些郑重地说道：“前辈的援手之恩，小女子铭记于心。”

韩立没有说话，挥手打出一道法诀。

玉梭上腾起白色光芒，化为一道白影，迅疾无比地朝着远处飞射而去。

第94章

初入烛龙道

钟鸣山脉位于大陆灵脉聚集之地，蕴含的天地灵气极盛，故而，虽然此处的气候比较寒冷，但是仍然草木繁盛，生机勃勃，山脉深处栖息着数不尽的灵兽仙禽，生长着不少灵草灵药。

钟鸣山脉连绵不知多少万里，几乎横跨了半个古云大陆，山势大都雄奇，巍峨高耸、直冲九霄，几乎所有的山峰都常年被青色雾气所笼罩，若隐若现，更显神秘。

山脉各处不时发出一两声奇怪的巨响，和钟鸣之声十分相似，因此得名。据传，那些奇怪的巨响是由于地下的地壳震动所致。

钟鸣山脉十分出名，坐落于此地的烛龙道一脉更加声名远播，在整个北寒仙域中都是赫赫有名的存在。

烛龙道一脉历史悠久，是北寒仙域最为古老的几个门派之一，开派祖师是烛龙真人。

自创派至今，烛龙道便一直位居古云大陆第一名门的位置，如今势力更加壮大，已经遍布整个古云大陆，门内英杰弟子无数，烛龙道在整个北寒仙域也是排名前几的超级大宗。

钟鸣山脉中部，一座靠近山脉边缘的巨峰。

此山峰高耸入云，在半山腰处却有一片极为宽广的平台，被修建成一个巨大的白玉广场，一座座高大的建筑坐落于此，都是以白色为主，闪闪发光，于百里之外就能清晰地看到。

此处是烛龙道的外事山门，平素用来接待访客。

这样的接待之地，钟鸣山脉之外有数十处，这也没有办法，怪只怪烛龙道名气太大，拜访之人太多。

此时，几个身穿白色长袍的烛龙道弟子站在广场上的迎宾亭内闲聊。

这些人的修为不弱，皆在化神期左右，所有人的袖口上都绣着一幅头生独角、背长双翼的怪龙图案。

“这几日已经来了多少拨访客了？”一个身材瘦高的青年男子笑道。

“已经有二十五拨了，没办法，谁让咱们烛龙道名气这么大。”一个微胖的男子笑道，脸上满是自豪。

“做迎宾的事务真是无聊，真希望轮值的时间快些过去。”另一个身材窈窕、容貌颇美的紫发女子有些不满地说道。

“银师妹的修为已经到了化神期巅峰，接下来就要冲击炼虚期，却在这个关头被安排到这里轮值，确实是不巧，不知师妹准备得如何？”那个瘦高青年呵呵一笑，说道。

“已经准备了一些东西，不过我只有三成左右的把握。”紫发女子皱了皱眉，说道。

“师妹有所不知，做迎宾也有好处，若是能碰到出手大方的前辈高人，只要我们把他们伺候舒服了，说不定会得到一些灵石，尤其是像师妹这样貌美之人，得到赏赐的机会比我们这几个男人可要大得多。”那个微胖男子笑着说道。

“是吗？”紫发女子眼睛一亮。

就在此刻，钟鸣山脉之外的天际浮现一点白光，迅疾无比地飞射而来，是一道遁光。

那道遁光眨眼间便到了山脉附近，现出一个白色玉梭。

一男一女站在玉梭之上，男的是一个焦黄面皮的中年男子，女的却是个妙龄女子，身穿一袭雪白长裙，容貌绝美。

这两人正是韩立和白素媛，两人花了数年时间，终于赶到了烛龙道。

"这里就是钟鸣山脉，好浓郁的天地灵气啊！"看着眼前的山峦，韩立点了点头。

白素媛眼中流露出憧憬的神色，隐隐有些激动。她深吸一口气，很快恢复了平静。

韩立面露沉吟之色，没有立刻落下去。

虽然白素媛说有了烛龙令便能轻松加入烛龙道内门，不过要如何妥善地使用烛龙令，他还得仔细思量，不能草率行事，最好的法子是能找到一位烛龙道内部之人帮忙引荐。

韩立虽然对烛龙道的情况两眼一抹黑，但是此事也不是很难，只是需要花些时间筹划。

"厉前辈如果在考虑如何和烛龙道门人结交，我倒是可以帮你解决。"白素媛眼睛一转，说道。

"你有什么办法？说来听听。"韩立看了白素媛一眼，问道。对于白素媛猜中了他的心思，他倒是没有露出什么意外之色。

结伴同行这些年，他对白素媛已经十分了解，她的修为虽然不高，但心思细腻，聪慧异常，她经常能从两人之间不多的言语中揣摩出自己的想法。以至于在后面的两三年里，他几乎不怎么与她说话了。

"我白家老祖当年在烛龙道有一个名叫祁良的好友，也是内门长老。老祖曾留言说若是日后白家有人拜入烛龙道，可以找此人寻求庇护。虽然现在时过境迁，那祁良不知是否还可靠，但求见他一面应该没有问题。"白素媛缓缓地说道。

"那就好，此事就麻烦你了。"韩立点了点头道。

"厉前辈不用客气，这一路上多亏你关照，这点小事我自当尽心，不过……"白素媛含笑说道，欲言又止。

"不过什么？"韩立问道。

"请恕晚辈多嘴，您此刻的容貌，应该不是真容吧？"白素媛迟疑了一下，说道。

“白道友此话何意？”韩立神色不变地反问道。

“这些年和前辈相处下来，对于前辈的性格，我有一些了解，前辈在其他方面行事都谨慎无比，唯独在容貌上从不刻意隐藏，如此行事用的自然不是真容。而且我也是无常盟的成员，对于盟中之人的行事作风还算了解，大家都习惯通过面具改头换面。”白素媛轻笑一声，不紧不慢地说道。

“我这点小伎俩果然骗不了你，白道友当真蕙质兰心，厉某佩服。”韩立微笑道。

“前辈过誉，若非在您身边待了那么久，晚辈绝对看不出这点。不过，前辈想要加入烛龙道，如此掩饰是万万不可的。无常盟的面具虽然精妙，但据传烛龙道有十三名金仙级的道主坐镇，第一道主更是达到了金仙大圆满的境界，离太乙玉仙之境仅差一步而已，无常盟的幻术纵然精妙，却未必能够瞒得过他们。一旦被察觉作假，别说入门，恐怕还会被当成敌对派系的探子处置。”白素媛神情严肃地说道。

韩立沉默了片刻，然后点了点头，手中掐诀，身上微光一闪，恢复了本来容貌。

白素媛的目光在韩立普通黝黑的脸上转了转，嘴角微微一撇。

韩立脚下一踏，白色玉梭继续向前飞去，很快就到了那座巨峰之前，落在白玉广场之上。

待白素媛飞身落下后，韩立收起白色玉梭，与白素媛并肩站到广场之上。

“欢迎两位来到烛龙道，不知所为何事？”几个迎宾弟子远远看到来人后，早已停止闲聊，纷纷迎了上来，说道。

这些弟子不禁多瞅了韩立几眼，他们显然看出了韩立的修为不低，不过所有人都面带笑容，不卑不亢，丝毫没有见到前辈高人的卑躬姿态。

“我们两人来此，是打算拜见贵派的祁良长老，不知他此刻可在门派中？”韩立说道，身上散发出一丝真仙大能的气息。

几人心神巨震，不过下一刻这股威压便消失无踪了。

“烦请几位通报一下。”韩立弹动手指，数颗化神期的珍品丹药飞射而出，落在几人身前。

这些丹药韩立已经不记得是从哪个倒霉鬼的储物镯中随意搜罗出来的，对他而言没什么用，他自是乐得慷他人之慨了。

几人收下丹药，用神识一扫，顿时无法再保持镇定，纷纷面露喜色。

这些对于韩立而言没什么用的丹药，对这些弟子而言却是无价之宝。

别说是适合化神期修士服用的丹药，即便是适合元婴期修士服用的丹药，若是拿到坊市交易，也是价值不菲。

“前辈太客气了，祁良长老是天星殿执事，常年都在门中。不知前辈高姓大名，可有什么信物让我们转交？”其中一个瘦高青年相对矜持一些，拱手行礼恭敬地说道。

“厉飞雨。这位是白素媛，至于信物……”韩立说着，看向白素媛。

“这位师兄，请你将此物转交给祁良长老，他一看便知我们的身份。”白素媛取出一块红色玉玦递到瘦高青年身前。

“原来是厉前辈，晚辈这便去通报祁良长老，不过，他见与不见不是我们能干预的，还请前辈见谅。”瘦高青年接过红色玉玦，说道。

“这个自然。”韩立点了点头道。

瘦高青年拱手告辞，快步朝着一座宫殿走去。

“厉前辈和白道友请先随我到偏殿休息一下。”另一名微胖男子恭敬地说道。说完，他引着韩立和白素媛来到另一座建于半山腰的阁楼建筑之中。

斑驳的阳光从竹叶间隙中洒下，在阁楼上映出好看的花纹，阁楼内阴凉清净，陈设素雅，一桌一椅都极为讲究，让人十分舒心。

“两位在此宽坐片刻，祁良长老是内门长老，可能要花些时间才能来到这里。”微胖男子解释道，并麻利地奉上了两杯灵茶。

韩立点了点头，并没有去碰那杯灵茶，白素媛倒是颇感兴趣，细细地品起茶来。

微胖男子并没有离开，而是站在一旁侍候。

这一等便是小半日。

韩立安静坐着，没有丝毫不耐烦，脑海中却有无数念头在翻滚。

这些年来，他一边赶路，一边暗中施法搜寻青竹蜂云剑和蟹道人的踪迹。让他惊喜的是，越靠近钟鸣山脉，他对它们的感应越发清晰。

看来，青竹蜂云剑和蟹道人十之八九就在这钟鸣山脉中了。而想要找回这两件宝物的下落，只有先进入烛龙道再做打算了。

说起来，韩立原本对烛龙道没有什么特别的想法，他来此的主要目的是为了寻回宝物，顺便见识一下此宗收藏的那部蕴含时间法则的典籍，看看能否从中找到可以借鉴之处。

虽然他通过掌天瓶炼出的晶粒同样蕴含一丝时间法则，但目前也只能用来为地祇化身炼制重水，除此之外，他尚无法从中参悟出什么。

时间法则既然被誉为三大至尊法则之一，若是没有天大的造化，单凭自己的资质想要参悟其中的玄妙之处实在有些痴心妄想，这些宗门却已对此道研究了数百万年，甚至上千万年，宗门内不乏天资卓绝之辈，累积下来应该有不少心得。

当然，若是无缘一窥究竟，他也不会强求，毕竟时间宝贵，他耗费不起，北寒仙域那么大，他还有机会找到其他途径。但在来烛龙道的路上，他曾旁敲侧击地从白素媛那里获得一些信息，加上之前自己收集的资料，他的想法已经有了改变。

烛龙道历史悠久、底蕴深厚，门内拥有无数高阶仙家典籍，最关键的是，这个门派对外来修士并不排斥。

虽然像韩立这样的散修想要进入烛龙道很难，但是一旦加入，此宗对这些人不会过分束缚，会给予很大程度的自由，这一点让韩立颇为心动。

他重返仙界已经有一段时间了，除了最初的几年在黑风海域研究破解隔元法链外，其余时间他一直在东奔西跑，基本没有好好修炼过。

黑风海域虽然安稳，但是那里的资源实在太过贫瘠，一本高阶仙家典籍也没有。而烛龙道这里既有各种修炼资源，又不会太限制他的行动，倒是眼下他可以暂时安定下来的一处理想所在。

此前他仗着玄仙的身份，加上在下界修得的诸如梵圣真魔功等手段，自问遭遇真仙境初期、中期的散仙倒还能应付，一旦遇到通晓法则之力的真仙，他就有些难以应付了，毕竟不是每次都能有对付方磐时的好运气。

真仙看似拥有无尽的寿元，但其实并非不会陨灭，至少真仙境修士若是遭难一样会魂飞魄散，万千载的苦修便化为云烟。强大的实力才是他在仙界立足的保障，他如今可是连一部合适的仙家功法都没有，只有真仙境初期的修为而已。

就在韩立心中念头转动，思考未来的时候，一阵脚步声从外面传来，他立刻睁开眼睛，循声望去。

只见那瘦高青年正陪着一个四十几岁的中年男子走了进来。

中年男子同样身穿一袭白色长袍，他的脸庞方方正正，五官虽然平凡，但双眼炯炯有神，给人一种不怒自威之感，他身上散发出来的气息浩大，俨然是一名真仙境修士，而且可以看出他的仙灵力极为精纯。

韩立站了起来，白素媛也急忙站起身。

方脸男子手中拿着那块红色玉玦，目光扫过厅内两人，落在韩立身上，道："在下祁良，不知两位和白奉义长老是何关系？为何有他的信物？"

"禀前辈，白奉义正是我家老祖，晚辈白素媛，是他老人家的后辈子孙。"白素媛朝着祁良敛衽一礼，说道。

"哦，原来是白兄的后人，那这位厉道友是……"祁良点了点头，又看向韩立。

"在下一介散修，陪同白道友来烛龙道，今日有幸结识祁道友，甚为荣幸。"韩立含笑行了一礼。

“厉道友客气了，两位请先坐下再说。”祁良还了一礼，笑道。

那瘦高青年很快给三人各上了一杯灵茶，然后躬身退了出去。

“素媛贤侄，不知白兄此刻在何处，可还安好？若我没记错的话，他离开宗门至今已经数千年之久，始终没有他的音讯，祁某一直甚为挂念。”祁良冲白素媛问道。

“不瞒前辈，老祖自数千年前离开白家后，一直没有任何消息传回，我也不知他老人家此刻身在何处，是否平安。”白素媛神色一黯，低声说道。

“哦，白兄没有返回家族？”祁良闻言有些惊讶，面上闪过一丝疑惑之色。

“不知祁前辈可知我家老祖最后一次离开宗门，究竟是为了何事？”白素媛见此，忙问道。

“白兄当年离开宗门似乎是去执行一个任务……贤侄你不必担心，宗内白兄的元神灯并未熄灭，或许他只是有要事在外耽搁了。数千年对于我们来说并不算多长，说不定再过些时日他便会回来。”祁良并没有正面回答这个问题，末了又安慰了白素媛一句。

“是这样吗？太好了！”白素媛闻言大喜，眼中浮现出激动之色。

自始至终，韩立坐在一旁静静地听着两人说话，没有出声打扰。

“素媛贤侄，还有这位厉道友，两位此番来烛龙道，不知有何事？”祁良看了韩立两人一眼，问道。

白素媛和韩立交换了一下眼神，韩立眉毛一挑，示意她先说。

“烛龙道威名赫赫，晚辈自幼便敬仰万分，此番厚颜前来拜见，是想拜入烛龙道修炼。晚辈知道现在并非烛龙道广收弟子的时机，不知能否麻烦祁前辈代为推荐？这些礼物算是晚辈的一点心意，还请前辈笑纳。”白素媛说完，站起来行了一个大礼，然后取出一个储物法器，准备放到祁良身旁的桌子上。

“贤侄此言差矣，我和白兄是至交，帮这么点小忙哪里需要什么礼物，你快快收起来。”祁良面色一沉呵斥道，挥袖发出一股无形之力托起了白素媛的身体。

“如此……那就麻烦祁前辈了。”白素媛眼睛微闪，没有坚持，顺水推舟收起储物法器。

“推荐倒是没什么，不过烛龙道招收弟子的条件严苛，若是你的资质不够好，我也没有任何办法。”祁良摆了摆手，又说道。

“这个当然，若是晚辈资质欠缺，与大道无缘，绝不敢有任何埋怨。”白素媛立刻说道。

祁良点了点头，看向韩立，虽然没有说话，但他眼中的询问之意十分明显。方才韩立和白素媛的眼神交流，他自然看见了。

“厉某此番前来的目的和白道友一样，都是想拜入烛龙道修炼，能否麻烦祁道友为在下也引荐一下，无论成功与否，厉某日后定有厚报。”韩立拱手说道。

祁良闻言，双眉微微一皱。

推荐白素媛入门问题不大，因为他刚刚已经暗中探察了一下，得知白素媛的灵根资质并不差，入门基本不会有问题。而厉飞雨是真仙修士，拜入烛龙道自然不是当普通弟子。

烛龙道招募外来真仙修士的要求比广纳弟子要严格得多，对其身份、背景、修为、根骨都要一一核查清楚。若是此人有什么问题，他作为推荐人，是要受到宗门连坐惩罚的。

“祁道友不必有什么顾虑，厉某虽然是散修，但是从来没有做过什么伤天害理之事，而且在下有此物在手，道友只需向贵宗提一下便可。”韩立自然看出了祁良的顾虑，翻手取出烛龙令。

“烛龙令！”祁良惊讶地站了起来，看向白素媛。

“没错，这烛龙令正是家祖那一块，我白家前段时间遭遇灭族大劫，幸得厉前辈出手相助才得以平息，这烛龙令是小女给厉前辈的谢礼。”白素媛解释道。

“原来如此，厉道友既然对白家有恩，得到烛龙令也没有什么不妥了。两位请随我来。”祁良点了点头，站起身。

三人走出阁楼，来到旁边一间青色大殿，殿门上悬挂着一块匾额，写着“临传阁”三个大字。

“烛龙道实在太大，往来各处都需要乘坐传送阵，所以宗门内重要的地方都会设置一处临传阁。”祁良解释了一句。

“不愧是古云大陆第一宗门。”韩立闻言，发自内心地赞叹了一句。

三人步入阁内，发现里面空间不大，却竖着不少石柱，柱子中央布置着一个小型传送阵，微微闪烁着白光。

在传送阵旁边站着一名中年男子，约莫化神期修为，他看到祁良进来，急忙躬身行礼。

“去招摇殿。”待三人都踏上传送阵后，祁良吩咐道。

“是。”中年男子连忙点头，立即开始诵念咒语，手上打出一道白光。

传送阵随之运转起来，耀眼的白光亮起，淹没了三人的视野。

韩立眼前一花，下一刻，他便发现自己已经置身在一间青色大殿内。他表面神色如常，心中却暗暗震惊。

韩立到仙界之后，多次乘坐传送阵，已经能根据每次传送时的感觉大致判断出传送的距离，刚刚传送的距离相当远，让他自己飞行的话，恐怕得飞个把月了。对于烛龙道的面积，他首次有了一个大概的认知。

“还真是庞大啊……”韩立感慨道。

第95章

金仙收徒

片刻后，韩立三人走出临传阁。

这座大殿坐落在一座地势极高的峰顶。大殿旁边也有一个广场，面积是之前那个迎宾广场的数倍，广场地面以白玉铺就，散发出炫目的光芒，上面飘着淡淡云气。

他们走在广场上，群山尽在脚下，自然而然就有一种高高在上，掌控一切的感觉。

广场上空悬浮着一座气势磅礴的巨型宫殿，宫殿周围云雾缭绕，看起来仿佛云中仙城。

宫殿的大门上挂着金色匾额，上面写着“招摇殿”三个苍劲大字。

“招摇殿是本宗测试入门弟子灵根资质的地方，由一位副道主坐镇，你们进去之后要小心说话。”祁良边走边叮嘱韩立和白素媛。

韩立闻言，眉梢微微一挑。据他所知，烛龙道和寻常宗门不同，门内并无掌教，而是由十三位金仙级道主轮流执掌宗门。

道主之下便是三十六位副道主，据说每一位都是真仙境巅峰的绝顶人物。而且，这些副道主并非寻常的真仙境巅峰，每个人都是掌握了法则之力的真仙，神通无量，远不是外界那些散仙可比。

“祁道友放心。”韩立点头说道。白素媛也立刻答应了一声。

说话之间，三人已经落在了招摇殿门前的空地上。

只见招摇殿大门紧闭，大门左右分别站着两名眉清目秀的年轻弟子。

看到祁良，那两名年轻弟子急忙躬身行礼。

“熊副道主可在里面？”祁良问道。

“在，不过副道主大人在里面闭关修炼，吩咐我们不可打扰。”一名年轻弟子有些为难地说道。

祁良眉头一皱，道：“熊副道主可有说修炼何时结束？”

“没说。”那名年轻弟子答道。

祁良神情微沉，沉吟了一下，道：“烦请两位通报一声，就说我有重要的事情求见。”

两名弟子听闻，面露难色，互望了一眼，其中一人取出一块白色令牌，低语了一句。

过了一刻钟之久，白色令牌上才浮现一点白光，闪了一下。

“副道主请你们进去。”那名弟子松了口气，挥手打出一道法诀，大门随之缓缓打开。

“走吧。”祁良当先走进大殿。

大殿内非常宽阔，数十根青色石柱立在大殿四周，每一根石柱上都雕刻着一只怪兽，有神龙、青凤、白虎、麒麟等等。

这些怪兽的嘴巴都对准了大殿中央的一个暗青色的石台，仿佛那里是一个祭坛。

石台呈圆形，直径有十几丈，上面绘满了复杂无比的符文，还有无数斑点般的图案，看起来极为玄妙。

大殿最里面是一个白色高台，一名矮胖男子正坐在高台之上，此人看起来四十岁上下，唇上有两撇细长胡须，身穿一袭华丽的金袍，头上戴着一顶金帽，整个人看起来仿佛一个凡俗世界的富商。

矮胖男子因为修炼被打断，脸色有些阴沉。

“拜见熊副道主。”祁良行了一礼。

韩立朝着高台上的矮胖男子看了一眼，瞳孔微缩。

那人外貌平凡，身材矮小，不过坐在高台上仿佛一座巨大的金山一般耸立在半空，散发出一股强大又凌厉的气息。

韩立暗呼“厉害”，连忙与一旁的白素媛一起跟着祁良行了一礼。

“祁长老，你究竟有何紧要之事，非要在本座闭关修炼之时前来？”矮胖男子看也没看韩立与白素媛一眼，直接问祁良。

“打扰熊副道主修炼，实为事出有因。这位厉道友持有我派烛龙令，想要拜入山门，我只得冒昧叨扰副道主清修。”祁良面带歉意地解释道。

“哦？将烛龙令取出来给我看一下。”熊副道主听闻，面色稍霁，说道。

韩立早已翻手取出那块令牌。熊副道主一招手，令牌立刻飞向他，落在他手上。

“嗯，确实是烛龙令不假。”熊副道主点了点头，抬首朝向韩立，眼中似有光芒一闪即逝。

就在矮胖男子将目光射来的同时，韩立只觉心中一凛，全身上下的皮肤仿佛被刀枪划过，微微发疼。

韩立眉头微皱，没有说什么。

“既然持有烛龙令，那便先上周天仙台去测试一下灵根资质吧。”矮胖男子收回目光，挥手打出一道法诀。

“嗡！”

大殿之内的数十根石柱同时轻轻一震，绽放出耀眼的青光，石柱上雕刻的灵兽身上光芒流动，仿佛活过来了一般。

这些灵兽口中陡然喷出数道青光，没入大殿中央的圆形石台。

石台上面的符文尽数被点亮，绽放出灿烂的光芒，形成一个半透明的光球，上面闪动着星辰般的光芒，看起来极为玄妙。

“厉道友，请。”祁良看向韩立。

韩立点点头，踏上了石台。

一股热流陡然从石台上腾起，没入他的体内。

光球内顿时浮现出无数五颜六色的光点，飞快旋转，看起来混乱至极。

韩立脸色微变，只觉得这股热流流经之处，自己体内的情况仿佛被暴露在阳光之下。

热流忽地涌入他的脑海。韩立心中一惊，脑海中庞大的神识之力立刻缩小化为一点，只保留了十分之一二的神识之力。

热流在他的脑海之中流转一圈，很快退了出去，继续在他体内流转，在他体内转了一圈之后，再次流回石台。

石台上的光球消散开来，那些符文却没有随之消失，而是凝聚到一处，化为一个模糊的人影，散发出青、黑、红、紫等五颜六色的光芒，不过这光芒并不明亮，反而看起来很混乱。

祁良看向那模糊的人影，眉头微皱。

“资质低下，以前修炼的功法太驳杂，体内气血倒是浓郁，似乎吸纳过妖族的血脉之力，但也是杂乱不堪，不成体系……仙窍更是一个也没有打通，能修炼到真仙初期已是顶天了。”熊副道主脸上直接露出了不屑之色，毫不掩饰地说道。

此言一出，祁良有些诧异，不由得多看了韩立一眼。至于白素媛，她眼中也闪过一丝讶异之色。

韩立伸手摸了摸鼻子，丝毫没有因为熊副道主的话而失落，他朝熊副道主点了点头，神色平静地转身走下了石台。

石台上的光芒尽数消失，恢复了之前的平静。

熊副道主身形一动，正要转身离开。

“熊副道主，请稍等一下，这位白素媛是白奉义长老的后人，她此番前来也想拜入宗门，麻烦你也为她测试一下灵根资质。”祁良说道。

熊副道主脸上露出一丝不耐烦的神色，听到白奉义三个字，他的面色才缓和了一些。

“那快点过来吧！”他看了白素媛一眼，再次挥手打出一道法诀。

“嗡！”

大殿内的那些石柱再次绽放出耀眼的青光，石台上面再次凝聚出一个巨大的光球。

白素媛吸了一口气，踏上石台。

光球中浮现出无数符文，和韩立的不同，这些符文呈银白色，晶莹剔透。

“轰隆隆！”

大殿陡然震动起来，殿内那些石柱上的灵兽雕像发出阵阵吼声，一股宏大的波动在大殿内回荡。

“怎么回事？”祁良脸色一变，一旁的韩立也吃了一惊。

两人立刻看向石台上的白素媛。

高台之上的熊副道主豁然站起身，眼中流露出激动之色。

石台上的光球很快消失，无数银光汇聚到一处，凝聚成一个银色人影。

那人影呈银白色，明亮无比，恍如夜空中的皓月。更为奇特的是，在人影的胸口处赫然浮现七个若隐若现的光点。

“这……这是传说中的月华仙体，而且先天便觉醒了七个仙窍！”只见人影一晃，熊副道主出现在石台上，面露激动之色。

他随即想到了什么，立刻挥手打出一道法诀。

石台上的光芒尽数消失，露出白素媛的身影，那个银色人影也随之消散。

“你叫白素媛？白奉义长老的后人，资质果然不错，不错。”熊副道主的态度异常和蔼，温声说道。

“是，素媛见过熊副道主。”白素媛方才被一股巨大的力量包裹着，隔绝了感知，对于周围的情况她并不知晓，所以此刻她有些摸不着头脑。好在她心思机敏，并未失态。

“我看你的根骨，年岁应该不大，到今日你修炼了多少年？”熊副道主见此，眼中的满意之色更浓，又问道。

“禀熊副道主，素媛三岁开灵修行，至今已五十多年了。”白素媛迟疑了一下，说道。

听闻此话，台下的韩立和祁良眼中都流露出惊讶之色，熊副道主却点了点头，似乎他早已猜到了这个答案。

她拥有月华仙体，又有七个仙窍觉醒，修炼五十年就达到化神后期自然不算奇怪了。

只要有适合的功法，再培养得当，熊副道主甚至有把握在千年内让白素媛突破至大乘境，渡劫升仙。以她如此绝顶资质，日后就是进阶金仙，也未必没有可能。

“白素媛，你天资不凡，倒不必和其他人那样先从外门弟子做起。本座问你，你可愿拜我为师，成为我的真传弟子？”熊副道主温声问道。

白素媛张了张嘴，愣住了。

“熊山，你修炼的是金系法则，而这孩子有月华仙体，由你来培养并不合适，还是交给我来教导吧。”陡然响起一个声音，犹如层层水波在大殿内扩散开来，传入几人耳中。

韩立听到这个声音，仿佛突然置身在花丛之中，口鼻中满是熏人的芬芳，让他忍不住想沉醉其中。

就在此刻，他脑海中那庞大的神识忽地一跳，整个人瞬间恢复如常。

熊副道主脸色一变，眼中闪过一丝恼怒之色。

一团白光突然出现在殿内，煌煌夺目。

韩立不由得眼睛微眯，举手挡了一下。

下一刻，白光陡然消失，石台上出现了一个宫装少妇。

那人看起来三十几岁，瓜子脸，五官如画，一双眼睛无比娇媚，身穿雪白的紧身长袍，勾勒出勾魂夺魄的身材。

白袍少妇散发出一股可怕的魅惑力，她的一颦一笑都让人心底生出旖旎幻想，深陷其中。

韩立看了白袍少妇一眼，心头不由得一震，立刻移开视线，不敢再多看，同时暗暗运转神识之力，一股清凉之意顿时在他心中扩散开来，体内的异状才缓缓消失。

“拜见云道主。”熊副道主躬身行了一礼。

韩立心中微惊，随即释然，这白袍少妇竟然是烛龙道十三位金仙道主之一，难怪她有如此可怕的魅惑力。

韩立立刻行礼，旁边的祁良早已低下头躬身行礼，不敢抬头看那白袍少妇一眼。

白素媛呆呆地看着那白袍少妇，眼神迷乱，显然已经沉醉在白袍少妇的无尽魅惑之中。

这可怕的魅惑力，竟然不分男女。

白袍少妇手一挥，白素媛的眼睛立刻恢复了清明。

看到韩立等人朝着白袍少妇躬身行礼，白素媛脸色一变，也要弯腰参拜。

“好孩子，无须多礼。”白袍少妇一把拉住白素媛，将她拉到身前，细细地打量，越看越满意。

“孩子，你叫素媛是吧？你的月华仙体和我修炼的功法非常相符，你可愿拜我为师，跟随我修炼？”白袍少妇柔声问道。

“素媛愿意！拜见师尊。”白素媛心中念头急转，立刻以大礼参拜。

“好，好，起来吧。从今日开始，你就是我的第五亲传弟子。这个如意环，是我早年得到的一件灵宝，用得颇为称手，今日便赐予你防身。”白袍少妇展颜一笑，将白素媛扶起，翻手取出一个散发着惊人的灵力波动的白玉圆环，戴在了她的手腕上。

“多谢师尊厚赐。”白素媛大喜，连忙道谢。

白袍少妇抬首朝着熊副道主望去，道：“熊山，这个孩子我带走了，你没有意见吧？”

“哪里，云道主的功法既然更加适合这孩子，那她自然是跟着您修炼更好。”熊副道主连忙笑道。

白袍少妇淡淡一笑，双眸一转朝着一旁的韩立和祁良望去，目光在韩立身上稍微停留了片刻。

“他是一名散修，名叫厉飞雨，带着烛龙令拜入山门，刚刚已经测试过他的资质。”熊副道主注意到白袍少妇的目光，立刻主动解释道。

“哦，这些小事你处理吧。”白袍少妇收回目光，随意地说道。

“素媛，随我走吧。”白袍少妇拉着白素媛，单手一挥，一道柔和的白光笼罩住两人。

下一刻，白光一闪，两人就消失了。

熊副道主脸上的笑容缓缓消失，露出阴沉无比的神色，转身欲离开。

“熊副道主，厉道友要如何安排？”祁良见此，急忙问道。

“哼！有什么好安排的，让他做一个普通的内门执事便是，你看着处理。”熊副道主冷冷地说道，丝毫没有顾忌韩立还在场。

话音刚落，他身上金光一闪，从原地消失了。

白袍少妇等人离开之后，韩立目光微凝，陷入了沉思。

“修道寻仙，各有福缘，道友能够修至真仙境界已经不易，不必太艳羡他人。”祁长老见韩立神色有异，出言提醒道。

韩立闻言，愣了一下，这位祁长老多半是误会自己了，他无奈地笑了笑，没有解释什么。

“熊副道主既然吩咐我安排道友做内门执事，有一些宗门规矩还需要让道友了解清楚。至于具体的细则，我一会儿会给你相关的卷宗，倒是不必着急。”祁长老笑道。

“有劳了……敢问祁长老，担任内门执事具体需要负责哪些事务？”韩立点了点头说道。

“厉长老有两种选择。其一，是每一百年之内，接受宗门派发的三个常规执事级任务。当然，道友若是有充足的功绩用来抵偿，也可以不执行常规任务。”祁长老缓缓地解释道。

“那另一种呢？”韩立又问道。

“第二种，则是像在下这般在门内某个殿阁负责日常事务，百年之内只需抽出十年时间担任即可。不过，许多长老为了不影响大道修行，都会选择在最初的一百年连续担任，而后九百年便可专心修行。”祁长老继续解释道。

“他们既然怕耽误修行，为何不使用功绩来抵偿？”韩立疑惑地问道。

“哈哈哈，这个嘛……一来，功绩对烛龙道的长老弟子来说是极其珍贵之物，谁都不愿轻易用来抵偿任务；二来，宗门内也不允许通过抵偿的方式来代替执行日常执事任务。”祁长老解释道。

“听祁长老的意思，这功绩如此珍贵，恐怕得来十分不易吧？”韩立若有所思，追问道。

“不错。以宗门弟子来说，需要照顾灵田数年才能换取一点功绩，而长老若是担任执事职责，每月能获取一点功绩。”祁长老点头道。

“那若是选择执行常规执事级任务呢？”韩立问道。

“说是常规执事级任务，因为任务的具体内容不同，难易程度还是有差别的，故而所能换取的功绩自然也有差异。通常来说，完成一个常规执事级任务，能获得的功绩少则数十点，多则百余点吧。当然，若是对宗门有特殊贡献的话，自然也能获得额外的功绩。这个等你日后熟悉了门内的情况就清楚了。”祁长老倒是颇为耐心，详细解释道。

“若是如此，在下头一百年还是选择第一种吧。”韩立想了想，说道。

“嗯，大多数新入门的长老都会做此选择。走吧，户造殿正好在这附近，我先带你去把洞府选定。”祁长老笑了笑，说道。

说罢，他便带着韩立出了招摇殿，御风而起，朝着相邻不远的另一座山峰飞了过去。

相比招摇殿所在的山峰，户造殿热闹多了。只见山巅之上建有一片占地极广的朱红色建筑群，宫殿足有数百间，外面的巨大广场上人头攒动，高空中不时有数道遁光飞起或是落下。

“户造殿负责整个宗门内所有长老弟子的记录造册，也管配发相关物资，所以是门内最为繁忙的殿阁之一。”两人落到广场之后，祁良说道。

“怪不得人这么多……看来要等不少时间了，此番有劳祁长老。”韩立点了点头，略带歉意地说道。

“无妨，户造殿的余长老与我关系不错，我可以直接带你去找他。”祁良笑了笑说道。

“多谢。”韩立道谢。

两人从广场上穿过，不少弟子见到祁良，都会恭敬地叫一声“长老”，祁良微微点头示意。

走近殿阁，韩立透过殿门看到里面一片忙碌的景象。

在祁良的引领下，他们来到了位置最靠里面的一个大殿。

大殿之内传出交谈之声，里面的人似乎正在争论什么。

“余兄！”祁良带着韩立跨过门槛，还没看到人，就先喊了一句。

从殿内探出来一颗满面红光的大脑袋，朝外面看了一眼，随后又缩了回去，紧接着，就听一个洪亮的声音响起：“行了，你们先回去吧。你们换洞府一事，明日再说。”

殿内的宗门弟子听闻，只得作罢，一个个告退一声，退出了大殿。

“祁老弟，你可是有些日子没来我这里了……咦，你身边这位是？”身材有些臃肿的余长老，晃着大脑袋，打量着韩立问道。

韩立见此人其貌不扬，身上散发出来的气息倒是不弱，竟然是一名修为不低的真仙境修士。

第96章

无相真轮经

“哈哈，天星殿那边的事务虽然没有你这里繁忙，但也不是时时得闲，我哪能想来就来？今日刚好这位厉飞雨长老加入我们宗门，我便带他来你这里登记一下，顺便帮他挑座洞府。”祁良笑着说道。

“原来如此，好说，好说……这位便是厉长老吧。在下余贤胜，目前担任户造殿的执事长老，我这就给厉长老登记入册。”余长老打量了韩立一眼，笑着说道。

“多谢余长老。”韩立连忙道谢。

余贤胜摆了摆手，然后手腕一抖，取出一支晶莹毛笔，接着，他坐到几案之后，在一本青光熠熠的厚实书册上快速地书写起来。

“不知厉长老可选好了百年的长老任务？”写到一半，他忽然停下笔，抬头问道。

“在下选择完成三个常规执事级任务。”韩立答道。

余贤胜像是早有所料一般点了点头，继续书写。

“已经登记好了。按照宗门的规定，凡是内门真传弟子和长老，都可以在宗内拥有一座自己的山峰。接下来，就请厉长老为自己挑选一座山峰建立洞府吧。”片刻之后，余贤胜直起身来说道。

说罢，他衣袖一挥，一道绿光闪过，一幅三尺来长的翡翠卷轴浮现在他的身前。

紧接着，就见翡翠卷轴上绿光一闪，徐徐展开，竟是一幅绵长的山水画。

韩立将目光移至画卷，见画卷上线条密布，图案繁复，山川河流无所不有。初看时他只觉得无甚出奇，可当他的视线在某座山峰上稍作停留时，那处的景物就会立刻在他眼前放大，变得生动起来，就仿佛画卷所绘之地的实景展现在眼前。他不由得啧啧称奇。

“这墨灵山河图展示的便是我钟鸣山脉的山河地貌，因为宗门的地域实在太广阔，你现在看到的只是其中一部分，更多的区域需要继续展开画卷方可看到。”余贤胜笑着解释道。

说罢，他手腕一抖，画卷内的画面开始徐徐向后移，显现更多的山峰河流。

随着显现的区域越来越多，韩立发现不同的区域在画卷中显示的底色有所不同，有的是蓝色，有的是青色，有的是金色，有的则是黑色，还有一部分区域的景物并不会随着他视线的停留而显现实景。

“为何各个区域的底色有差异，难道不同的颜色代表着不同的用途吗？”韩立有些疑惑地问道。

“不错，画卷中所示的金色区域，是宗门的核心殿阁所在的山峰，主要分布在钟鸣山脉的中部，像招摇殿、传功殿以及我们现在身处的户造殿等等都在这一区域。外围的银色区域，则是真传弟子的洞府所在。”余贤胜解释道。

说罢，他手掌一挥，画卷中的画面随之向右侧展开数十丈，停在一片蓝色区域。

“之前你看到的青色区域是钟鸣山脉的西部，那里是外门长老和弟子的洞府所在，而山脉东部的蓝色区域，是内门弟子和长老的洞府所在。至于灰色区域，则是宗门的试炼场所，比如熔雪森林、莫名山谷等等，若没有特殊情况，这些区域通常都处于封闭状态。”余贤胜继续说道。

“那些黑色区域是宗门的禁地？”韩立疑惑地问道。

余贤胜看了韩立一眼，点了点头，说道：“不错。那些地方除了道主和副道主之外，只有少数核心长老和真传弟子有资格进入，那些禁地周围都布下了强大的禁制，当你靠近时便会示警，普通弟子一般不会误闯。”

“原来如此。在下初来乍到，对门内的一切都不熟悉，这么多山峰，看着实在有些眼花缭乱，可否请余长老为我推荐一下？”韩立笑了笑说道。

“当然可以。”余贤胜点头说道。

说完，他的手掌一挥，翡翠卷轴上的画面瞬间向后移动了十几丈，显现数座高耸入云的山峰。

“这座山阳峰所处的区域占地不过二十万平方公里，但山上有一处品质极佳的灵泉，所以此峰能够汇聚天地灵气，是一处不可多得的洞天福地。与之相距五十万里的鼓阳峰，占地面积稍微大一些，但山上没有灵泉……”余贤胜指着画面上的两座山峰，介绍道。

“山上是否有灵泉倒是不重要，可有幽静一些的山峰？”韩立问道。

余贤胜闻言想了想，手掌再度一挥，翡翠卷轴上的画面立即向后掠了近百丈才停下来。

“这落霞峰位置比较偏远，山势也较低，如果我没记错，此峰从来没有长老居住过。它周围有不少平原和谷地，比其他山峰要幽静许多。不过，厉长老要是选择此峰的话，需要自行开辟新洞府。”余贤胜指着画卷说道。

韩立的目光顺着余贤胜的手指在一座孤峰上停留了半晌，一直没有开口，似乎还在犹豫。

“无妨，我们继续看……”余贤胜见此，与一旁的祁良互望了一眼，说道。而后他便继续挥动画卷，给韩立推荐其他山峰。

半晌之后，就在余贤胜渐渐露出不耐烦之色的时候，韩立的目光突然移到了画卷的一角，指着一座独立的山峰，问道：“余长老，我可否选择这座山峰？”

“你选赤霞峰？”祁良脸上露出一丝古怪的神色，问道。

“怎么？我选择这座山峰有何不妥？”韩立注意到祁良的反应，问道。

“没什么不妥，这座山峰曾是火炼长老的洞府所在，自从他陨灭之后，此山就一直空着，你若要选这座山峰倒也合适，山上药圃兽栏、府邸洞窟都很齐备，只需要打扫一下即可。一会儿你去蒲灵谷挑选一些侍从，打扫那些事交给他们就是了。”未等祁良开口，余贤胜解释道。

韩立闻言，心中微微一动，道谢一声，选定了此峰。

只见余贤胜手腕一翻，掌心之中多出一枚小巧的山水印章，便朝着翡翠画卷上赤霞峰的位置按了下去。

当印章落下之后，赤霞峰及其附近区域全都荡起一阵奇异的波动，韩立再将视线落在赤霞峰上时，就无法看到实景了。

“好了，这座赤霞峰及其方圆六十万里的区域，现在都归厉长老所有。这执事长老令和储物镯你收下，里面有一些宗门的卷宗和供奉物资。”余长老收起印章之后，又翻手取出一块赤色令牌和一个储物镯，笑着说道。

韩立接过，先将储物镯收了起来，然后将那块长老令牌拿在手中，细细地打量。

这令牌不过巴掌大小，摸上去温润如玉，一面雕刻着怪龙图案，另一面则以篆文写着“长老”两个字。

“厉长老，这块长老令牌是出入烛龙道的重要凭证，日后会经常用到，为防被他人盗用，需要你以血标记。另外，令牌里面存储着宗门发给新入长老的一百点功绩，请您妥善保管。”祁良嘱咐道。

韩立闻言，点了点头，双指一并，在令牌上一点。只见他指腹上光芒一闪，一滴淡金色的血液立即流出，迅速渗入令牌之中。

令牌上光芒一闪，表面浮现一道由金丝凝成的奇异纹路，散发出韩立特有的气息。

韩立将神识探入令牌，果然发现里面有一百点功绩。

“厉长老，你现在是想先去蒲灵谷挑选侍从，还是去豢兽园选一只守山兽？”祁长老问道。

“守山兽？”韩立有些疑惑地问道。

“都是宗门驯服豢养的灵兽，以厉长老的修为和内门长老的身份，可以领取一只合体期的灵兽，作为看守洞府山门之用。”祁良解释道。

“哦，这守山兽不需要花费功绩兑换吗？”韩立有些意外地问道。

“守山兽和侍从一样，都是宗门赠送的。其实，侍从大多是拜入宗门的外门弟子，想跟在我们真仙身边服侍而已。我看你对守山兽很感兴趣，要不我先带你去豢兽园吧？”祁良笑着道。

“我以前没听过这个，有些好奇罢了。方才挑选洞府山峰的时候，我看到传功殿所在的御龙峰离这里不远，我想先去那里看看。”韩立望向祁良，说道。

“厉长老真是观察入微。不过，图上看起来距离不远，实际上可不近。厉长老确定不先安顿好洞府诸事，然后再去传功殿？”祁良微微一愣，随即说道。

“让祁长老见笑了，在下仰慕烛龙道的威名已久，对于传功殿中所藏的典籍更是心驰神往，如今终于达成心愿，忍不住想先去看看。”韩立故作赧颜道。

“哈哈，既然如此，那我便先带厉长老去御龙峰走一趟好了。”祁良笑着说道。

“今日在下已经给祁长老添了太多麻烦，有了这长老令牌，接下来的事情厉某自己去办就可以了。你与余长老许久不见，正好借此机会叙叙旧。”韩立连忙摆了摆手，婉拒道。

“厉长老倒是想得周到。我方才给你的储物镯中便有咱们烛龙道的山门地图，你应该能找到地方。”余贤胜笑着说道。

“那……祁某就不陪厉长老去了，日后若是有暇，大可来我天星殿坐一坐。”祁良略一迟疑，开口说道。

“一定。”韩立冲两人拱了拱手，告辞离去。

韩立离开之后，余贤胜脸上露出一抹笑意，对祁良说道：“嘿嘿，有些人就是不知深浅，以为那常规执事级任务是好做的？等吃过苦头才知道如我们这般值守一殿安稳修炼才是长久之计。”

祁良听罢，只是微微一笑，没有出声。

韩立出了大殿，来到外面的广场上，翻手从余长老给的储物镯中取出烛龙道的山门地图，他仔细地查看了片刻，才将之收起。而后，他取出一块记录着烛龙道各殿简要情况的玉简，贴在了眉心处。

片刻之后，他才收起玉简，抬头望了一眼，然后腾空而起，化作一道青光掠入高空。

接下来的时间，韩立一边疾速向前掠去，一边俯瞰身下的山川。

只见起伏的山峦绵延不尽，除了宗门殿阁所在的建筑聚集之处外，其余部分都被皑皑白雪覆盖。

不过，贯穿山脉的江河溪流却保持着碧绿，并没有因为气温低而结冰，依旧在缓缓地流动。其中数条大江，韩立在来烛龙道的路上已经见过。

眼睛总盯着一片银白色的大地，看久了就觉得有些不适，韩立遂将目光移向晴朗的天空，全力朝着御龙峰的方向飞遁而去。

一刻钟之后，韩立看到了御龙峰。

御龙峰是钟鸣山脉中气势最恢宏的几座山峰之一，同时也是整个烛龙道最重要的山峰之一，御龙峰有禁制法阵庇护，内部也有多名真仙境修士坐镇。

在御龙峰的山脚、山腰以及山顶，有成片的密集建筑，都是宗门用来收藏各类功法典籍和秘术书册的地方。

位于山脚处的大殿统称为“藏经阁”，里面收藏的典籍可供外门长老和弟子翻阅，位于山腰处的“内典阁”，则只对内门长老和弟子开放。

这两处的藏书数量极多，包含的范围也极广，长老和弟子可以通过书目概要自行查找需要的典籍，再到执事长老那里用功绩兑换。

位于山顶处的唯一一座大殿是为内门长老和真传弟子设立的，名为“传功殿”，是兑换门内核心典籍的地方。

韩立从天而降，落在传功殿前方。

落地之后，他略微整理了一下被风吹得有些凌乱的衣衫，抬头望向前方的大殿。

眼前的传功殿乍看很普通，只是寻常可见的单檐歇山顶样式，可略一观察，就发觉其中大有玄机。

首先，传功殿并不是用砖石土木建造而成，而是以某种特殊的金属整体浇筑而成。其次，外墙和屋檐各处都刻有各种复杂的符文。

韩立猜测，这座大殿本身恐怕就是一件威能强大的灵宝，甚至是一件后天仙器。若真是如此，那真是令人震撼。

看了片刻之后，他收敛思绪，昂首阔步地朝着大殿内走去。

进入大殿之后，韩立眉梢微微一挑。这大殿之内并无任何灯烛类的照明之物，却比殿外还要明亮。

他环顾大殿，发现除了殿门所在的那面墙壁之外，其余三面墙壁上都有成百上千个金属方格，里面灵光闪动，被一道道禁制封闭。

在殿门正对面，一名头发花白的中年男子正伏在几案上聚精会神地翻阅着一本青色封皮的古籍，似乎根本没有注意到韩立的到来。

韩立走上前正要说话，眼角余光瞥到那书上的文字竟然全都是金篆文，他立即停了下来。

“看你的服饰，既不是内门长老，也不是真传弟子，你来这里做什么？”中年男子抬起头来，问道。

“在下厉飞雨，是刚刚入门的内门长老，在下来得匆忙，还没来得及更换服饰。”韩立一边解释，一边将长老令牌取出，递了过去。

中年男子接过长老令牌探察了一番，并没有着急还给韩立，他脸上露出一抹浅笑，冲韩立拱手说道：“无妨，不少新入门的长老都是这样，入门的第一件事就是来御龙峰，倒也不奇怪。在下方颛，是这传功殿的执事长老。”

韩立立即还了一礼，脸色没有丝毫变化，心中却有些疑惑。眼前这位方颛长老，分明只有大乘期修为，怎么能担任传功殿长老这么重要的职位？

“道友来此，可是要兑换功法典籍？不是在下打击道友，道友刚刚入门，身上恐怕只有一百点功绩吧？道友若是去山腰的内典阁，或许还能换一部不错的功法，在这里可就……”方颛看着韩立，婉言提醒道。

“多谢方长老提醒。在下此次前来只是想先咨询一下，并不敢奢望能够立即换到心仪的典籍。”韩立闻言，解释道。

“原来如此，不知厉长老想要咨询哪一部功法？”方颛点点头，又问道。

“早在入门之前，在下就听闻烛龙道内有一部可修炼时间法则的典籍，不知需要多少功绩方可兑换？”韩立开门见山地问道。

“哦，你是说《无相真轮经》？”方颛神色微变，有些惊讶地道。

“怎么，此功法有什么不妥之处吗？”韩立眉头一挑。

“厉长老对《无相真轮经》可有了解？”方颛没有答话，反问道。

“这个……在下知之不多，还望方长老解惑。”韩立说道。

“此功法因为有机会修炼出时间法则，所以成为烛龙道的三大镇派功法之一。但事实上，自从此功法神秘出现在烛龙道以来，从未有人真的从中领悟出时间法则，几乎所有修炼之人都在修炼第一重功法时就选择了放弃，改修其他功法。”方颛解释道。

“原来如此，不知这《无相真轮经》需要多少功绩方可兑换？”韩立点了点头，看似随意地问道。

“即使修炼成功的概率为零，厉长老也要兑换？”方颛有些奇怪地问道。

“向往已久，实在割舍不下，总归要试试再说，不行的话，再转修其他功法也来得及。”韩立笑了笑说道。

方颛想了想，继续说道：“既然如此，在下就不劝你了。这《无相真轮经》总共分为三重，烛龙道弟子可以分开兑换。其中第一重功法只需要九十点功绩即可……”

“只要九十点功绩？”韩立大感意外。

“不错，兑换第一重功法的确只要九十点功绩。由于此功法的特性，它是三大镇派功法中被选修得最少的，故而兑换价比其他两大镇派功法要低一些。”方颛解释道。

“那后两重呢？”韩立追问道。

“兑换第二重功法，需要九千点功绩，而且只有真传弟子和内门长老可以兑换。至于第三重功法，则只有正、副道主才有资格兑换，需要花费九十万点功绩。”方颛答道。

“居然相差如此之大……”韩立不禁感叹。

“别怪方某没有提醒阁下，这第一重功法的兑换之所以没有什么限制，兑换价也极低，是宗门企盼广大弟子之中能有人修炼出时间法则，只是到目前为止还从未有人成功过，以至于此功法越来越无人问津。”方颛摇了摇头，又说道。

“多谢方长老告知这些，我决定要兑换《无相真轮经》第一重功法。”韩立拱了拱手，道。

“好，既然厉长老想清楚了，请稍等片刻。”方颛点了点头，而后一转身，朝着墙上那些金属方格走去。

第97章

选仆从

方颢站定，手腕一翻，掌心金光一闪，多出来一块巴掌大小的金色圆牌，材质与金属方格一模一样，圆牌上布满灵纹。

接着，他口中轻吟几声，另一只手掐诀，金色圆牌上的所有灵纹骤然亮起，射出一道金光，落在后方墙上的某一个金属方格上。

那方格上的禁制灵光不停闪烁，下一刻，一个金属方盒从金属方格里飞出，飞到方颢的手中。

方颢将那块金属圆牌往方盒上一按，方盒顿时金光大放，一个球形光罩随即浮现，将他笼罩。

那球形光罩上浮现无数金色符文，不停流转，从中传出奇怪的气息。

片刻之后，那球形光罩突然消失，金光也随之消失。

那个方盒又缓缓地飞回墙壁上的金属方格之中，灵光一闪，重新被封禁起来，只剩下那块金属圆牌还悬在半空中。

在整个过程中，那个金属方盒根本没有被打开过。

由此可见，方颢虽是一殿执事，但也无法打开这些藏有秘典的金属方盒，他能做的只是复制秘典内容而已。

方颢拿起韩立的长老令牌与那块金属圆牌合在一起，轻吟了几声密咒。

两物同时光芒一闪，很快光芒又消失。

“好了，长老令牌里的功绩已经扣除了九十点。灵述牌也已经记录了你的气息，之后便只有你一人可以查看里面记录的功法。记住，不要试图复制其中的内容，否则后果自负。”方颢将长老令牌和金属圆牌一起递给韩立，告诫道。

“如此，便多谢方长老了。”韩立伸手接过，点头应道。

就在这时，有一人快步走进殿内，冲着方颛喊道：“方师兄。”

“哦，原来是顾师弟，可有些日子没看见你了，今日来此有何事？”方颛显然和来人很熟悉，笑着应道。

韩立见状，微微一怔。他有些疑惑，顾姓男子分明是一名真仙境修士，为何称方颛这个大乘期修士为师兄？

方颛似乎注意到了韩立的异样，脸上露出黯然的神色。

“既然方长老有客人，在下就先告辞了。”韩立见此，当即说道。

“好，厉长老慢走。若还有别的需要，可以随时再来。”方颛点了点头，似有深意地说道。

韩立有些莫名其妙地摸了摸下巴，向两人略一点头后，便转身离去。

出了传功殿，他原本是打算直接回赤霞峰洞府的，可是忽然想起了什么，便转身朝附近的临传殿走去。

蒲灵谷，位于钟鸣山脉西部边缘，是一个由两条山脉相夹形成的巨型喇叭状山谷。因为山谷之中生长着一种能够汇聚天地灵气的蒲灵草，所以得名“蒲灵谷”。

正是因为有这种特性，蒲灵草常被用来制成蒲团，对于低阶修士而言，拥有一个蒲灵草蒲团，能提升修炼速度。

当然，此谷中的蒲灵草皆归宗门所有，严禁宗门弟子私自采摘，违者将受到重罚。

话说回来，此谷对于烛龙道而言，算是一个比较特殊的地方，每十年举办一次的内门试炼，通常会让参选的外门弟子先在此集合，然后由执事长老统一带往熔雪森林等地。

每次试炼，只有极少数的人能够通过，成为众人艳羡的内门弟子，其余的外门弟子不是死在残酷的试炼过程中，就是伤痕累累地回去继续当一名普通的外门弟子。

由于每名外门弟子一生只有一次参与试炼的机会，故而一旦失败，如果没有特别的机缘，就意味着他永远无法成为内门弟子了。

其实这些外门弟子大多来自古云大陆，资质并不差，在各自的家族中也都称得上是骄子，否则，他们连烛龙道的外门弟子也无法入选。

在内门试炼失败后，外门弟子自然不甘心就此放弃修仙大道，于是他们中的大多数人会选择在蒲灵殿签订契约，等着被烛龙道内各路真仙挑选，成为真仙的仆从。毕竟能够成为一名得道真仙的仆从，在这些人眼中是天大的机缘，前途自然也随之大不相同。若是运气好，得到真仙的赏识，他日直接被破格收为内门弟子也并非完全不可能之事。

只是绝大多数真仙早已有了仆从，且大都是从自己所在的家族子弟中挑选出来的，来蒲灵谷中挑选仆从的真仙少之又少。即便如此，每当有真仙莅临的消息传出，仍会吸引大批外门弟子争相来此碰一碰运气。

此刻，蒲灵谷内人头攒动，声音嘈杂，密密麻麻地聚集了数千人，仍不断有人朝着谷口赶来。因为在不久前，蒲灵殿的执事长老放出消息，称近日或有真仙来此挑选仆从，故而不少外门弟子纷纷赶来。

在山谷两侧，遍布一片片翠绿的蒲灵草丛。每一片草丛上或站或盘坐着数十名甚至上百名身穿灰色长袍的修士，似乎每一片草丛就是一个小圈子。

这些人中，绝大多数拥有筑基期或结丹期修为，也有少数元婴期的弟子，他们打算趁着等候真仙莅临的间隙，盘膝吐纳一番，倒也不耽误修炼。

一名二十出头、身穿灰袍、腰间挂着月牙状玉佩的憨厚男子，和三名同伴匆匆赶来，挤在人群之中。

“云归，我们找个显眼一点的位置，这样被挑中的可能性更大。”一名圆脸的胖子一边开路，一边对憨厚青年说道。

谷口处位置较好的大片草丛基本已被占满，只有里面的草丛还有空位。

“好，那边还有空位。”憨厚青年点了点头，指向不远处的一片小草丛。

结果，憨厚青年刚刚踏上草丛，就感觉肩头被人重重地撞了一下，不由得一个趔趄。他转头，看到一名身材魁梧的青年男子。

“这不是梦云归梦大少爷吗？怎么，又来和我们抢名额了？”青年男子讥讽道。

叫梦云归的憨厚青年闻言，下意识地握紧双拳，很快又松开。眼前这个青年叫孙不正，与他是同乡，他们都来自一个偏远的小国——盂迟国。

梦云归所在的梦家本是暗中掌管盂迟国的修仙家族，而孙不正的家族是盂迟国的皇室，他们两人在幼年时关系不错，算是挚友。后来盂迟国发生了动乱，孙氏皇族被推翻，梦家也遭到外来修仙势力的侵袭，就此衰败。

孙不正本名孙皓，作为盂迟国原本的皇室成员，眼睁睁地看着国破家亡，他认为这一切都是梦家袖手旁观所致，所以，他一直对梦家心怀怨恨，以至于后来在烛龙道中遇到梦云归，他常视之如仇寇。

梦云归一开始还想解释，后来发现根本没有用，就放弃了。每次面对孙不正的挑衅，他都隐忍不发，他这种态度，令孙不正更加恼火。

“我们换一个地方。”梦云归一边对身后几人低声说着，一边朝着不远处的另一片草丛走去。

“梦云归，你小子还是不是男人？每回都装孙子，看着就让人火大。”孙不正望着梦云归的背影，忍不住怒道。

孙不正的声音极大，惹得周围的人纷纷朝这边望来，其中就包括一名身材高大、面容普通的青年。

青年所在的草丛面积不小，上面盘坐着一些外门弟子，其他人都是三五成群，唯独他是独自一人。

此人不是别人，正是刚刚从传功殿赶来的韩立。

他没有直接去蒲灵殿找执事长老通过名册挑选仆从，而是直接进入谷中，打算先自己看一看。虽然只是选仆从，但他不想听别人的推荐，免得被人安插探子在身边。

他只散发出结丹期的气息，倒没有引起别人的注意，大家都只把他当作一个前来碰运气的外门弟子。

韩立朝着向自己这边走来的梦云归望了一眼，便收回了目光。

“都滚开，这地方老子要了！”就在此时，一个冰冷的声音从前方传来。

只见一名面相凶狠的中年男子带着一男一女两名修士走了过来。那中年男子俨然是一名结丹后期修士，在众多结丹期修士中算得上是高手。

与韩立同处这片草丛的那些修士大多只有结丹初期，见此情形，纷纷一声不响地离开了这片草丛。

不多时，这片草丛就只剩下韩立一人了，正朝这边走来的梦云归皱了皱眉，停下了脚步。

“你小子面生，是新来的吧？”中年男子狠狠地盯着韩立，问道。

“是刚来没多久。我听说想成为真仙仆从的弟子就要来这里，所以过来看看。”韩立淡淡地答道。

“哈哈，大家快来看，还是个不知天高地厚的愣头青！”

“真当自己是惊才绝艳的天才了！”

众人听了韩立的话，顿时哄堂大笑。

“既然是新来的，就该懂点规矩！刚刚沈师兄让你滚，你是聋了还是装作没听到？”中年男子没有说话，站在中年男子身旁的那名尖嘴猴腮的消瘦男子厉声喝道。

“区区结丹初期，也敢在此嚣张，真是活腻了！”中年男子身旁另一名女修士嘲讽道。

韩立对此充耳不闻，盘坐在原地，一动不动。

“这位道友，好汉不吃眼前亏，你没必要和这些人硬来。他们这种脾性，真仙定然是瞧不上的。”那名叫梦云归的憨厚青年走到韩立身旁，劝说道。

梦云归故意站在韩立与那中年男子的中间，先前那圆脸胖子和另外两人也跟在梦云归身旁。

“梦云归，若我是你，绝不会这般热心地为一个陌生人出头。别以为你侥幸突破至结丹后期，我便不敢对你怎么样了。”中年男子见状，语气不善地说道。

“沈飙，平时你和路恒欺凌我梦家子弟之事，我早就想和你算账了。今日倒是一个好机会。”梦云归毫不退让地说道。

“啧啧……好大的威风，这不是梦大公子吗？怎么，你管闲事竟然管到路某人头上来了？”这时，一个陌生的声音响起。

众人循声望去，就见一名相貌英俊的年轻男子搂着一名女修士，在十多人的簇拥下走了过来，他身上散发出结丹后期巅峰的气息。

“路师兄，你可算是来了……”中年男子见状，不禁面露喜色。

气氛顿时变得有些紧张，不想惹事的弟子纷纷后退，给几个当事人让出一片空地。

韩立见此情形，伸手摸了摸鼻子，颇为无奈，自己只是随意找了一片草丛坐着，没想到却引起一场争斗。

跟在路姓男子身后的那些人，散发出来的气息都在结丹期以上，加上沈飙三人，俨然是一股不小的势力，而韩立这边，只有梦云归和他的三名同伴。

虽然那圆脸胖子和另外两人脸上带着几分惶恐，但他们看梦云归并没有退让之意，倒也没有后退半步。

就在这场争斗一触即发之际，又有一个声音响起：“怎么，想以多欺少啊？路师兄，加我一个如何？”

说话的不是别人，正是方才挑衅梦云归的孙不正，他一闪身，便来到韩立这边，身上散发出结丹后期的气息。

“孙不正，你与梦云归不是死对头吗？怎么，你也要来多管闲事？”路姓男子咬着牙问道。

“算不上管闲事，我和梦云归之间的事我们自己会解决，但你公然欺凌我盂迟国的人，我怎么能坐视不理？”孙不正浑然不惧，笑着说道。

韩立心中微微一动，感觉越来越有意思了。不过，下一刻，他耳边却响起了梦云归的传音：“这位道友，此事我们自会一力承担。一会儿你别出手，以免受伤。”

“要动手就快啊！”

“快点打啊……”

“哈哈，我押路恒赢！”

周围不少人乐得看热闹，纷纷起哄。

“上！”

路恒一把推开身旁的女修士，手一抬，大声喝道。

沈飙等人听到命令，纷纷祭出兵刃法宝，便要向梦云归等人发起攻击。

梦云归与孙不正等人也祭出了法宝护罩，准备迎上去。

就在此时，一直盘膝坐着没动的韩立，突然一闪身来到了双方中间，他犹如瞬移一般，速度快得不可思议。

在梦云归等人惊诧的目光中，韩立云淡风轻地挥了一下衣袖，连同沈飙在内的十多个人便纷纷倒飞而出，撞在远处的山壁上，昏了过去。

方才还在起哄叫嚷的众人顿时目瞪口呆，周围一下子变得鸦雀无声。而路恒的手还抬在空中，他望向韩立的目光中满是骇然，此刻，他已无法从韩立身上感受到一丝一毫的气息，仿佛眼前站着的只是一介凡人。

梦云归见此，猛地想到了什么，连忙躬身下拜，高声喊道：“弟子梦云归拜见长老。”

紧接着，“哗啦啦”一片，周围数千人全都跪了下来。

路恒将头紧紧地贴在地面上，根本不敢抬起半分，额头上冷汗直流。

韩立没有看路恒一眼，而是衣袖一甩，手一抬，示意梦云归站起来，缓缓地说道：“我姓厉，你以后就跟在我身边，做我的仆从吧。”

梦云归闻言，先是一怔，继而露出惊喜之色，但很快又闪过一丝犹豫。

“你若有什么顾虑，直说无妨。”韩立见此，说道。

“回禀厉长老，弟子还有一个妹妹，刚满十八岁，刚刚突破筑基期……可否请长老将她一并收为仆从？”梦云归有些赧颜地问道。

“大道无情，本须独行，你若无法斩断俗世牵挂，如何追求无上大道？”韩立面色微变，冷冷地说道。

“这个……晚辈明白。只是舍妹尚且年幼，若孤身待在此处，只怕……晚辈知道这个请求过分了。只怪在下福缘不够，不能侍奉长老……”梦云归自知失言，连忙冲韩立拱手说道。

周围众人听闻，简直无法相信，居然有人为了照顾妹妹而放弃成为真仙仆从的机会?

要知道，一旦成为真仙仆从，哪怕只是真仙随手赏赐的一点零碎东西，也足以让他们获益无穷了，更别说还有机会获得仙人的点拨，在修行大道上不知会比别人顺遂多少倍。梦云归一定是疯了，不然就是傻了！

韩立闻言，神色一缓，说出了一句让众人惊掉下巴的话：“大道虽无情，但我辈修士并非草木，又有几人能真正做到忘情？你和你妹妹我都收下了。另外，你再帮我从这些人中挑选八个人。”

梦云归听闻，浑身一震，眼中满是不可思议之色。

周围的人群更是炸开了锅，忍不住窃窃私语。

几乎所有人都望向了梦云归，眼中流露出祈求之色，仿佛他一下子就变成了掌控众生命运的神祇。

韩立说完后，便在原地盘膝而坐，闭目养神，似乎对梦云归接下来会挑选什么人并不关心。

“梦雄……”梦云归略一沉吟后，当先抬手指了一下身前一人。

一直跟在梦云归身边的圆脸胖子满脸通红，激动得说不出话来，眼眶泛红，泪水在里面打转。

“梦雄，你去帮我将浅浅带过来。梦宇、梦光、方瑶……”梦云归朝圆脸胖子吩咐了一声后，又一口气报出了六个名字，除了两名梦家子弟外，其余几人皆是与他交好之人。

被叫到姓名之人，都忍不住喜极而泣，走到梦云归身后。

此时，韩立才睁开眼睛稍稍扫了一眼。除了梦云归妹妹还没来之外，被选中的几人中包括梦云归在内是四女四男，全是结丹期修士。

紧接着，梦云归又走到一个人身前，报出了最后一个名字。

“孙皓……”

孙不正听到这个名字从梦云归的口中传出时，几乎不敢相信，他抬起头望向曾经的挚友，眼中满是疑惑之色。

“孙皓，家国之事非我能左右，其中有不少隐情。但认你做朋友这件事，我从未改变过。”梦云归朝孙不正拱了拱手道。

孙不正闻言，顿时眼眶一红，笑着说道：“我早就改名了，叫孙不正。”

选人完毕后，韩立没有说什么，直接带着梦云归等人前往蒲灵殿登记。他们身后还跟着数千人，显然这些人还不死心。

事实上，按照韩立的身份和修为，他就是再选数十人甚至上百人当仆从也并无不可，不过他并没有这样的打算。

韩立一行人刚走到蒲灵殿，就听人群中响起了一声清脆的“哥哥”。

一名容貌清秀、稚气未脱的女子，飞快地穿过人群，跑到了梦云归的身旁，一把搂住他的胳膊。

在女子身后，圆脸胖子匆匆跑了过来。

“厉长老，这是我妹妹，梦浅浅。浅浅，快拜见厉长老。”梦云归有些不好意思地介绍道。

“浅浅参见厉长老。”女子见状，连忙松开手，朝着韩立敛衽施礼，一双大眼睛中流露出几分好奇之色。

韩立见女子腰间也挂着一块月牙状玉佩，与梦云归的一模一样，便笑着点了点头。

看着眼前的女子，韩立不由得想起了自己的小妹，眼里闪过一丝不易觉察的柔和，这也是他同意收下这对兄妹的原因之一。

“这块火灵玦，算不上仙家宝物，不过，修炼火属性功法之人戴在身上多有裨益，就赠予你吧。”韩立翻手取出一块火红玉玦，递给梦浅浅。

梦浅浅先是有些发愣，下一刻她赶忙伸手接过玉玦，连连道谢，并立即将那块玉玦挂在了月牙状玉佩旁边。

周围众人见此，艳羡不已。

第98章

守山灵兽

在蒲灵殿执事长老处登记过后，韩立便将梦云归等十人带去了附近的临传殿，随后来到自己洞府所在的赤霞峰。

赤霞峰是一座海拔数千丈的孤峰，位置比较偏僻，距离最近的临传殿颇为遥远。

众人尚未落在山峰上，就远远看到山峰上空红霞遍布，整座山峰之上没有半点积雪，到处是林木碧绿生机勃勃的样子。

韩立也是初次来赤霞峰，见此情形心中不禁有些奇怪，当即放出神识将整座山峰扫了一遍，然后对梦云归等人说道："赤霞峰空置已久，原先的禁制法阵由于无人控制维护，已经全部失效。另外，这山上有赤霞火瘴，你们法体未成，多少会受些影响，这是清林丹，你们先每人服下一颗。"

说罢，他手腕一翻，掌心中多出一只白玉瓶，递给梦云归。

梦云归珍重地接了过来，分发给众人。

众人接过清林丹，都有些舍不得吃下去。

这清林丹对韩立来说不算什么，对他们来说却是大有裨益的丹药，如今被韩立当作避瘴丹赐给他们，他们心里不免觉得有些大材小用。

"怎么，我说的话你们没听明白吗？"韩立见状，淡然问道。

"请前辈息怒。"

梦云归闻言，第一个将清林丹服下，其他人也纷纷仰首服下。

"你还只有筑基期，就不用吃了。火灵玦有避瘴气之功效，你不必惧怕这火瘴。"韩立见梦浅浅也要吃清林丹，伸手拦了下来，说道。

梦浅浅闻言，点了点头，将清林丹收了起来。

“记住，往后只要你们做好分内之事，我绝对不会亏待你们。好了，你们先去清扫洞府吧，一切听梦云归的安排。我还有些事情要去处理。”韩立吩咐道。

“遵命。”

众人齐声答应，然后一同飞身而下，落在赤霞峰上。

韩立见此，独自一人再次朝着临传殿飞去。豢兽园是烛龙道中专门用来豢养、驯服妖兽的地方，占地极广，以豢兽殿所在的山谷为中心，方圆数十万里都是豢兽园的区域。

这些区域环境各异，有崇山峻岭，有林间巨潭，还有湿地沼泽……这些地形并不是自然形成的，而是由烛龙道改造而成，每一处都设置了禁制法阵，即便在白天也能清楚地看到闪耀着不同颜色的禁制光芒。豢兽园被划分成大小不一的区域，每个区域都豢养着数量不一的灵兽。

宗内有专司驯兽之道的修士负责管辖豢兽园，宗门豢养的灵兽基本都拥有奇异的能力，有些灵兽可以代步、看门，有些灵兽能用来追踪敌人、探索险地，甚至御敌。

正是缘于此，宗内不少弟子在外出执行任务时都会来此临时租借一只灵兽，回来后再归还，毕竟只有真传弟子和内门长老才有资格长期拥有灵兽。

豢兽殿所在山谷的附近有一座临传阁，此时阁内门庭若市，颇为热闹。

韩立从临传阁出来之后，环顾四周，迈步踏入谷中。

他首先看到的是一个开阔的广场，广场一侧有几座高大的建筑，最中间的大殿上悬挂着匾额，写着“豢兽园”三个大字。

“这位师兄，可是来租灵兽的？”韩立刚刚踏进山谷，一名身穿灰色长袍的青年男子立刻迎上来问道。此人圆脸大耳，双目灵动，一副聪明伶俐的模样。

韩立闻言，直接翻手取出自己的长老令牌。

“原来是长老大人，弟子失礼了。”圆脸青年见到长老令牌，吓了一跳，急忙向韩立请罪。

“我要开辟洞府，过来选一只守山灵兽。”韩立摆了摆手，说道。

“根据宗内的规矩，内门长老初次领取灵兽可免扣功绩。不过请长老大人见谅，弟子必须先核实一下大人的身份。”圆脸青年脸上露出为难之色，躬身说道。

韩立闻言，将长老令牌递了过去。

圆脸青年告了一声罪，翻手取出一块青色玉圭，飞快地念了几句咒语，将玉圭放在长老令牌之上。

下一刻，青光从玉圭上浮现，凝聚成脸盆大小的光幕。

“原来是厉长老，您可以在豢兽园内挑选一只灵兽。请随我来。”圆脸青年恭敬地将长老令牌还给韩立，一边说一边在前面引路。

“这豢兽园如此之大，若是全部看一遍不知得花多久，你可有省时一些的查阅方式？”韩立朝谷内看了一眼，问道。

“有的。厉长老请随我来。”圆脸青年立刻答道，然后带着韩立来到一座大殿。

殿内已有不少租借灵兽的人，稍微有些喧闹，圆脸青年带韩立来到一个安静的房间内，取出两本玉册。

“豢兽园分为外园和内园两部分，外园有灵兽一万六千三百多种，内园有一千八百多种，详细的资料都记录在这两本玉册之中。”圆脸青年说道。

韩立接过玉册，将神识没入其中。

玉册中记录的灵兽品种极多，飞禽、走兽、鱼怪、虫类几乎都有，千奇百怪，尽显天地造物的神奇。

韩立原本打算快速地选一只灵兽便走，但是这一看，他竟然越来越感兴趣，不知不觉就翻阅了大半日，几乎将整个豢兽园内的灵兽都看了一遍，才意犹未尽地收回神识。

那圆脸青年一直陪在韩立旁边，没有丝毫不耐烦，见韩立翻阅完毕，他恭敬地问道：“前辈有目标了吗？”

“有几只妖兽，厉某倒是有些兴趣，我们直接去内园看看吧。”韩立点了点头，将玉册还给圆脸青年。

根据玉册记载，豢兽园内达到合体期的灵兽一共只有四五十种。这也难怪，实力越强的妖兽，被驯服的可能性自然也就越低。

其实对韩立而言，合体期妖兽未必能派上什么大用场，他来此本就抱着长长见识以及不要白不要的心态。

这豢兽园内肯定还有一些区域是自己目前的身份无法涉足的，其中或许有大乘期甚至真仙级别的仙兽。

不多时，韩立和圆脸青年出现在一片金灿灿的沙漠前，整片沙漠都被一个巨大无比的青色光罩笼罩着。

圆脸青年取出一块青色玉牌，玉牌一晃发出一道青光。

不多时，一声嘹亮的清鸣响起，接着一股数百丈高的冲天飓风由远及近席卷而至，一只金翅巨禽从中飞出，在半空中盘旋。

“厉长老，这只金翅青光雕有合体中期的实力，它拥有真灵金翅大鹏雕的一丝血脉，遁速极快，是一种不错的守山灵兽。”圆脸青年介绍道。

韩立点了点头，没有说话，看了一会儿便离开了，来到附近另一个圆形山谷之中。

这个山谷里面豢养的是一只长得像犀牛的灵兽，通体莹白如玉，它每走一步，都发出沉重无比的声音，在山谷内回荡。

“这是一只望月玉犀，拥有合体中期实力，擅长土属性神通。”圆脸青年介绍道。

韩立看了巨犀一会儿，摇摇头走开了，来到下一个山谷之中，这里同样栖息着一只异兽。

此兽身长二三十丈长，高七八丈，外形像雄狮，全身长满浓密的鬃毛，蹄子却如同鹰爪一般锋利。最为奇特的是它长着两个脑袋，一个是紫色，另一个是赤红色。

“这只双首狮鹰兽虽然只有合体初期的实力，但是它具有雷、火两种属性。”圆脸青年继续介绍道。

“我就选这只双首狮鹰兽吧。”韩立闻言，点了点头道。

“厉长老真是好眼光，这只双首狮鹰兽的实力虽然不算很强，但它的潜力是所有合体期灵兽中最大的。”圆脸青年笑嘻嘻地说道。

韩立笑了笑，没有说话。

“这是双首狮鹰兽的本命牌，您驱动此兽自然没有什么问题，若是交给侍从，还是拿着本命牌保险一些，虽然这灵兽已经被驯服，但是不能大意。”圆脸青年翻手取出一块紫黑色玉牌交给韩立。

那块紫黑色玉牌表面笼罩着一层红光，上面还有一个缩小版的双首狮鹰兽图案。

“嗷！”

那只双首狮鹰兽瞪着四只眼睛死死地盯着紫黑色玉牌，发出一声低吼。

“叶师兄，这只狮鹰兽看起来不错。”就在此刻，一个声音从谷口传来。

紧接着，一行七八人迎面走来。除了一名剑眉方脸的男子是豢兽园的外门弟子外，其余几人都是内门弟子。

为首之人是一名个子颇高的黑肤青年，看似瘦弱，眼睛却精光四射，看起来颇有几分灼灼逼人之感，是几人中唯一的大乘期修士。

说话之人是黑肤青年旁边的紫发大汉，他脸上带着一丝讨好之意。

黑肤青年看着双首狮鹰兽，眼睛一亮，点头道：“不错，此兽拥有雷电血脉，确实适合我。很好，我就选它了。”

身为豢兽园外门弟子的剑眉男子听到黑肤青年的话，正要开口，余光突然看到韩立手中拿着的玉牌，笑容微微一僵。

“叶师兄，这只双首狮鹰兽看来已经被这位师兄租下了……要不，您再看看别的灵兽？”剑眉男子看了韩立两眼，有些为难地对黑肤青年说道。

黑肤青年眉头微皱，望向韩立，眼中流露出一丝疑惑之色。韩立身上的气息若有似无，以他的神识竟然感应不出强弱。

黑肤青年的视线从韩立手中的玉牌上一扫而过，然后瞥了身旁的紫发大汉一眼。

紫发大汉会意，向前一步拱手道：“阁下看着眼生得很，不知是哪一位长老座下的弟子？”

“我是什么人，就不用阁下关心了。所谓先来后到，这只双首狮鹰兽是我先看中的，几位还是去另选一只灵兽吧。”韩立淡淡地说道。

说完，韩立转过身，不再理会紫发大汉等人，对圆脸青年道：“我还有事要办，你这就开启禁制，放此兽出来吧。”

圆脸青年瞅了黑肤青年等人一眼，不禁有些迟疑，不过他还是答应了一声，翻手取出那块青色玉圭。

黑肤青年见此，脸色一沉。

紫发大汉被韩立的话激怒，冷冷地道：“阁下好大的口气，你可知道叶风师兄的身份，竟敢用这种口气和他说话？！识相的就马上交出这只双首狮鹰兽，我们自会给你双倍租金作为补偿。否则的话……”

“哦，否则会怎么样？”韩立神色不变，眼中闪过一道寒光，一股无法言喻的气势从他身上散发出来，让紫发大汉把接下去的话硬生生地咽了回去。

韩立之前为了避免引人注意才收敛气息，毕竟作为一名新出现的真仙，还是低调一些为好，如今看来，一味低调未必是好事，有时反而会惹来不必要的麻烦。

韩立心中念头一转，一步踏出。

“轰隆！”

一股恐怖的灵压从他身上散发出来，周围的空气“嗡嗡”狂颤，浮现肉眼可见的波纹，朝着叶风等人冲击而去。

那几名修士脸上的笑容瞬间消失，变为惊骇和畏惧，被这股灵压一冲，他们全都往后退去，退出了十几丈远仍然站不稳。

紫发大汉手中黄光一闪，祭出一个黄色玉如意，幻化出一个黄色光罩护住全身，即便如此，他也连退了七八丈才勉强站稳。

那黑肤青年身上“噼啪”声大作，浮现一道道银色电弧，缠绕在他全身上下，他仿佛一尊雷神屹立不动，挡住了灵压的冲击，没有被震退，不过他的脸色微微变白了。

在韩立有意的控制下，这股庞大的灵压只冲击黑肤青年等几人，并未波及其他人和灵兽。

双首狮鹰兽身为妖兽，对气息的感应极为敏锐，它清楚地感应到韩立散发出来的恐怖气息，眼中流露出敬畏之色，庞大的身躯匍匐在地，簌簌发抖。

就在此刻，韩立心中一怔，望向黑肤青年的目光中闪过一丝不易觉察的惊喜。他发现黑肤青年身上竟然带着一丝蟹道人的气息，虽然很微弱，但是他确实感应到了。

韩立深吸一口气，神色恢复如常，庞大的灵压也随之收回。

“真仙……”那几名修士终于勉强站稳，眼中满是畏惧。

紫发大汉满头大汗，心中追悔莫及。他平日里没少狐假虎威，今天真是倒霉，竟然招惹了真仙。

黑肤青年身上的银色雷电逐渐消散，他的脸色阴晴不定，沉默地站在原地。他虽然实力不错，但是也有自知之明，自己和真仙还是无法相比的。

场内一时安静下来，落针可闻。

“他是什么人？行事竟然如此嚣张？”韩立看向圆脸青年，平静地问道。

“厉长老，这位是仙元殿摩邪长老的弟子叶风，已经修炼到大乘期巅峰，近些年便打算渡劫成仙，是内门弟子中的风云人物。”圆脸青年低声答道。

“原来是内门的骄子，难怪行事这般嚣张。我问你，你真的想要这只双首狮鹰兽吗？”韩立笑了笑，不以为意地说道。

“既然这只双首狮鹰兽是厉长老先看中的，自然属于您。在下先前鲁莽无礼，还请长老不要和晚辈计较，望多多见谅。”叶风微笑着拱手说道。

“你修炼的是雷电神通，这只双首狮鹰兽拥有不弱的雷电血脉，确实适合你，难怪你想要。我虽身为长老，但也不是恃强凌弱之人。这样吧，我就站在原地不动，并且不使用任何法宝，接你一招，如果你能让我的脚移动半分，这只双首狮鹰兽我就让给你，如何？”韩立含笑说道。

叶风一怔，诧异地看着韩立，不明白对方为何突然向他示好。但是，下一刻他便恍然大悟，眼前这人定是听那圆脸青年提及他是摩邪长老的弟子，故而心生忌惮。

摩邪长老在内门长老中名气极大，实力已达真仙后期，又执掌着仙元殿，眼前这人既然是执事长老，八成是刚刚加入宗门的外来散仙，没有任何背景，他哪里敢得罪摩邪长老。

一想到这里，叶风心中又有了底气，脸上露出和煦的笑容，朝韩立拱手行礼道：“既然厉长老有此意，在下便斗胆冒犯了。”别的不敢说，论攻击力，他对自己绝对有信心，即便对方是真仙，那又如何？

在场其他人听到两人的对话，主动退开，让出一大片空地。

韩立一挥衣袖，数十道黄光飞射而出，落在周围形成一个半透明的黄色光罩，笼罩了两人。

叶风见此，眼中光芒一闪，两手掐诀。

“轰隆隆！”

一道道粗大的银色雷电从他身上浮现，发出巨大的雷鸣声。

下一刻，叶风嘴巴一张，一颗拇指大小的银色圆珠飞射而出，悬浮在他头顶，银色圆珠散发出骇人的灵力波动。

接着，叶风两手一举，他身上的银色电弧尽数朝着银色圆珠汇聚而去，一阵疯狂旋转后，凝聚成一个直径达百丈的银色雷球。

银色雷球体积巨大，表面闪耀着银色电光，散发出可怕的雷电威压。

即便隔着黄色光罩，紫发大汉等人仍然被银色雷球散发出的恐怖威压波及，又往后退了几步，几人眼中皆流露出惊叹之色。就连隔着两层护罩的双首狮鹰兽，也忍不住发出不安的低吼声。

韩立看着银色雷球，神色如常，心里却一动。

“轰隆！”

下一刻，只见韩立身上也浮现出无数粗大的银色电弧，虽然亮度不及叶风身上的银色电弧，但异常灵动，恍如无数灵蛇在游走。

接着，韩立身上紫光一闪，浮现出无数紫色电弧，散发出强大的气息。

银紫两色电弧散发出的气息截然不同，显然是两种完全不同的雷电，两者却非常和谐地交织在一起，没有互相排斥，甚至隐隐有融为一体的感觉。

银紫两色电弧不断从韩立身上散发开来，朝着周围荡漾而去。

叶风见此，脸色顿时一变，他没想到韩立也精通雷电之术，甚至对方的控雷手段比他还要厉害。

他心中微微一沉，猛地大喝一声。

只见他身上再次浮现无数银色电弧，尽数没入他头顶的银色雷球之中，使银色雷球又变大了一圈。

“去！”

叶风双臂一挥，将银色雷球猛地掷出，朝着韩立狠狠地砸去。

一眨眼的工夫，银色雷球便出现在韩立头顶，狠狠地砸落。

韩立面色平静，左手在空中一抓。

“轰隆！”

只见韩立身上的银紫两色电弧朝着手臂汇聚而去，一闪化为一柄百丈长的雷电巨剑，巨剑表面浮现许多细小的银紫两色雷电符文，疯狂跳动。

他手臂一挥，雷电巨剑一斩而出，和银色雷球撞在一起。

伴随着一声惊天动地的巨响，两种雷电光芒交织在一起，掀起巨大的气浪，朝着周围席卷而去，被黄色光罩挡了下来。

雷电巨剑和银色雷球陷入了僵局，两者的威力似乎不相上下！

巨力反震而回，叶风身躯一抖，连连后退了几步才站稳。

韩立的右手仍然背在身后，神情看起来轻松无比。

叶风见此，脸色一沉，两手不断变换法诀，张口喷出一道银色光芒，没入银色雷球中。

银色雷球顿时一阵剧烈地滚动，光芒大放，从中飞出数个银色雷电符文，每一个雷电符文都有磨盘大小，散发出法则之力，朝着雷电巨剑射去。

“轰轰轰！”

每一个雷电符文打在雷电巨剑上，巨剑都会震动一下，表面的光芒也随之变暗一些。

经过十几个雷电符文的轰击后，雷电巨剑表面的光芒暗淡了许多，但是韩立对此仿佛没有看到，他一直盯着银色雷球，有些失神。

第99章

火脉现踪

叶风见此，一咬牙，两手飞快地掐动，又接连喷出两道银光没入银色雷球之中。

银色雷球的体积又变大了一圈，银光大放，赫然将雷电巨剑的光芒压倒。

一道道粗大的银色雷电从银色雷球中迸射而出，仿佛一只只恶魔巨爪，迫不及待地想将韩立撕碎。

“果然……”韩立喃喃自语一声，似乎刚刚回过神来。只见他左手五指连动，雷电巨剑之上陡然亮起银紫两色光芒，发出轰鸣声。

雷电巨剑瞬间变大了一倍，绽放出冲天的银紫两色电光，不但挡住了银色雷球的攻击，还占据了上风。

叶风脸色大变，不等他做出应对，雷电巨剑再次光芒大放，原本半透明的雷电巨剑瞬间变得凝实起来，一道道锐利的气息从巨剑表面散发出来，狠狠地斩下。

“刺啦！”

银色雷球被斩成两半，露出中间的那颗银色珠子，散发出刺目的雷光。

雷电巨剑精准无比地劈在那颗银色珠子上，将珠子周围的雷光劈散。

那颗银色珠子顿时倒射而出，表面灵光变得暗淡，显然受了损伤。

叶风“哇”的一声，吐出一口鲜血。

“轰隆！”

被斩成两半的巨大雷球化为无数银色雷光，朝着周围飞射而去，方圆数十丈顿时化为一片银色雷海。

没有人注意到，一道近乎透明的银光从地面悄然冒出，无声无息地没入了叶风体内。

雷电巨剑丝毫不停，继续向下斩去，到了叶风的头顶上方。

叶风眼中流露出惊恐之色，他试图抵挡，但周围都被雷电巨剑散发出来的威势笼罩着，他根本动弹不得。

雷电巨剑在距离叶风头顶一尺的地方猛地停住，电光四射。

叶风紧紧盯着雷电巨剑，吞了一口口水。

下一刻，雷电巨剑光芒一闪，倒飞而回，化为银紫两色电光，瞬间没入韩立体内。

“看来你还差一些火候。”韩立淡淡地说道，抬手掐诀，周围的黄色光罩随之消失。

“厉长老神通惊人，在下认输。”叶风脸色难看地说了一句，然后挥手收回那颗银色珠子，转身快步离去。

紫发大汉等人见此，急忙跟了上去。一行人很快走远，那名剑眉男子也悄然退下。

韩立看着一群人远去，目光微闪。

一旁的圆脸青年麻利地打开禁制，将双首狮鹰兽放了出来。

双首狮鹰兽走到韩立身旁，温驯地趴在他脚边。

韩立拍了拍双首狮鹰兽的脖子，脸上露出一丝笑容，挥手打出一道青光笼罩了它的身体。

“嗖！”

双首狮鹰兽的身躯飞快缩小，最后化为一道灵光飞入韩立腰间的灵兽袋。

“厉长老，您真是神通广大！不过，叶风的师尊摩邪长老是得道真仙，据说他参加过副道主的竞选，您以后还是多加小心为好。”圆脸青年小声提醒韩立。

“关于这个叶风，你还知道些什么？”韩立略一沉吟，问道。

“弟子拜入烛龙道的时间不长，对于叶风师兄的情况知道得不多，不过据说此人以前只是一名寻常的内门弟子，在门内并不起眼。三百年前，此人不知从何处学会一种威力极大的雷电神通，修为突飞猛进，这才得到了摩邪长老的重视，成为内门弟子中的风云人物。他的这段经历颇具传奇色彩，在烛龙道广为流传。”圆脸青年想了想，说道。

“原来如此。”韩立点点头，眼神闪动，不知在想什么。

圆脸青年安静地站在一旁，不敢出声打扰。

韩立很快回过神来，取出一只白色玉瓶扔给圆脸青年，道：“今日你陪了我一天颇为辛苦，这些丹药就赐予你了。”

圆脸青年连忙接住玉瓶，眼中流露出惊喜之色。

“多谢厉长老赏赐！”

韩立则一闪身化为一道青光，朝着远处飞去。

半日后。

一道青色遁光落在赤霞峰峰顶，遁光一敛现出韩立的身影。

赤霞峰峰顶颇为开阔，有一座依着山势而建的院落，占地近十亩，里面亭台楼阁、廊桥水榭一样不少，在云海的掩映下，风光相融，平添了几分仙家气息。

在院落深处的山壁上，有两扇紧闭的石门，石门背后是用于闭关的洞府。

院落左侧有一片空空如也的灵药圃，也许是洞府的原主人陨灭后，长期没人打理，所以荒废了。

梦云归等人正在院落和灵药圃各处打扫整理，他们看到韩立，急忙停下手中事务，纷纷迎了上来。

“厉长老！”

韩立点了点头，将一块紫黑色玉牌和腰间的灵兽袋交给梦云归，吩咐他安排人在山腰处开辟一个洞穴豢养双首狮鹰兽，然后他就在赤霞峰各处转悠起来。以后这里就是他的家了，各处的情况自然要全部探察一遍。

兜了一圈后，韩立来到了赤霞峰的山脚处。

越靠近地面，周围的赤红火瘴越浓郁，温度也越高。此刻他到了地面，一股灼热的气息扑面而来。

他眉梢一挑，不惊反喜。

之前他看墨灵山河图时，便从山势的走向和赤霞峰的情况推测出此地拥有不弱的火脉，所以才选择此处作为洞府，果然如他所料。

从眼前的情景看，此地的火脉之力似乎在他预想之上。

韩立如此想着，眼中突然闪过一丝惊讶之色，朝着左侧一个方向望去，然后一闪身飞射而出，几次呼吸的工夫便来到一处瀑布前。

韩立朝着前方望去，伸出手指一点。

“刺啦！”

一道手臂粗细的银色雷电飞射而出，朝着瀑布而去。

银色雷电一碰到瀑布，瞬间消失无踪。

“果然！”

韩立见此，脸上露出一丝笑容。眼前的瀑布是由禁制幻化而成，具有屏蔽神识感知的作用，手法极为高明。

他之前用神识探察过整座赤霞峰，并没有注意到这里，方才若非他就在附近，这里的禁制又刚好有破损，恐怕他仍然无法发现这个秘密。

韩立稳定心神，眼中蓝光闪动，朝着瀑布望去。

片刻之后，他身上青光一闪，飞入了瀑布之中，瞬间消失。

“轰隆隆！”

瀑布附近的空间陡然波动起来，一连串轰鸣声从里面传出，同时各色光芒从中射出，朝着四周飞去。

空间波动越来越剧烈，从里面射出的光芒也越来越亮。

小半个时辰之后，突然爆发出一声“轰隆”巨响！

只见瀑布猛地一抖，仿佛镜面一般碎裂开来，韩立的身影在半空浮现，他的脸色有些苍白，显然破开此处的禁制费了他不少力气。

他取出一颗丹药服下，朝着原本瀑布所在的位置望去。

前方是一个不大的山谷，地面和山石都呈现赤红色，一股炙热的气息从里面冒出，赤红火瘴滚滚涌出，仿佛这里便是整个赤霞峰火瘴的源头。

韩立见此，飞入其中，直接进到山谷的最深处，里面的温度更高。

山谷最深处有一个很大的洞口，有七八丈高，两侧洞壁呈现红黑色，滚滚热浪和浓烟般的火瘴从洞口涌出，阵阵“隆隆”巨响从这里传出。

韩立见此，眼睛一亮，一闪身飞入了洞口。

这是一条长长的甬道，朝着地下延伸，洞壁上不时浮现一道道裂纹，浓郁的红色火瘴不断涌出，朝着外面飘去。

炙热的气息充斥着整条甬道，若是普通修士到了这里，只怕瞬间便会化为灰烬。

以韩立的修为，这点炙热自然影响不到他，他径直朝着深处而去，同时抬起手臂。只见一团银色火焰飞射而出，幻化成一只银色火鸟，正是精炎火鸟。

精炎火鸟一出现，立刻朝着甬道深处望去，眼中浮现出兴奋之色，双翅一展，“嗖”的一声朝着里面飞去。

韩立微微一笑，当即不紧不慢地跟了上去。

他选择赤霞峰作为洞府，其中很大一个原因是为了这精炎火鸟。

精炎火鸟实力大减，至今没有恢复，之前他四处奔波顾不上它，现在终于有了一处相对安稳的住处，他自然要让此鸟尽快恢复实力。

魔光曾提及，即便在仙界，精炎之火也大有作用，相信此鸟在完全恢复后，将再次成为自己的一大臂助。

他刚到这片钟鸣山脉时，便隐隐察觉到地下有数条火脉。赤霞峰地处偏僻，拥有的火脉估计是钟鸣山脉庞大火脉中的分支，但只要肯花时间，他相信这里的火脉应该足够让精炎火鸟恢复了。

韩立不断深入地下，周围的温度随之攀升，变得越发炙热，不过这条甬道也变得越来越宽大，最高处已有十几丈高。

韩立跟着精炎火鸟继续朝前飞去，目光不时扫过两旁的洞壁。洞壁颇为平整，不少地方还残留着人为修缮的痕迹。

“难道是火炼长老……”韩立猜测道。

从名号便能看出，那个火炼长老修炼的八成是火属性功法，此处的火属性气息如此浓郁，正是最佳的闭关修炼场所。由此可见，在外面布下瀑布禁制之人，应该就是他了。

又过了一炷香的时间，“隆隆”声越来越大。

精炎火鸟不知为何，突然将速度提升了一倍。

韩立见此，飞快提速跟上。

结果没飞多远，他就觉眼前一亮，一个巨大的地下溶洞出现在他眼前。

溶洞顶上垂下来数根钟乳石，呈现赤红色，表面覆盖了一层火焰，在熊熊燃烧。下方是一个巨大的岩浆湖泊，湖泊上方飘着一层赤红色云雾。

湖内的岩浆翻滚涌动，不时冒出一个个巨大的气泡，然后炸裂开来，发出声响。

一个个拳头大小的火红光球从气泡中浮现，朝着周围飘散。

“火精！”韩立眼睛一亮。

整个溶洞内充斥着火焰一般的赤红色光芒，温度已经高到离谱，连拥有强悍肉身的韩立也觉得口干舌燥。一股股热风从湖面吹来，刮得他皮肤生疼。

然而，精炎火鸟却显得异常兴奋，它突然振翅飞翔，化为一道银白色的影子在半空中盘旋，不时吞噬火精，有时甚至直接飞入下方的岩浆湖泊中，片刻之后又从另一个地方飞出，惬意无比。

韩立见此，心中一动。

此处的火脉异常丰富，远超他的预料，难怪那个火炼长老要用禁制将此处隐藏起来。如果让精炎火鸟在这里吸收火焰之力，相信它很快就能恢复。

不过，似乎还缺了点什么……

他深吸一口气，用力一挥衣袖。

数百道红光飞射而出，一杆杆火红色阵旗落在岩浆湖泊上空，组成一个巨大的法阵。

韩立口中念念有词，打出一道道法诀，整个法阵缓缓地运转起来，每一杆阵旗都绽放出数道红光，凝聚成一个巨大的火红色法阵。

精炎火鸟似乎领会了主人的意图，当即停止嬉闹，振翅一飞落到法阵中。

下一刻，整个地下空间的火焰之力尽数朝着法阵汇聚而去，在精炎火鸟周围盘绕，很快形成了一个巨大的火红色蚕茧。

韩立一闪身，飞到溶洞的某处洞壁前，翻手取出一支火红色巨笔挥舞起来，很快就画出了一幅火焰形状的图案。

接着他身形一晃，出现在另一处洞壁前，再次挥动巨笔，画出另一幅火焰图案。

很快，八幅火焰图案浮现，将火红色蚕茧围在中间。

韩立这才收起巨笔，念起咒语来。

“嗡！”

八幅火焰图案绽放出耀眼的光芒，彼此连接再次形成一个巨大的法阵，罩住了火红色蚕茧。

双重法阵互相呼应。

“轰隆！”

地下空间微微一震，更多的火焰之力涌来，融入火红色蚕茧中。

韩立能够清晰地感觉到，火红色蚕茧内精炎火鸟的实力正在缓缓地提升，他眼中流露出满意之色。他又在地下溶洞中巡视了一圈，确认两个法阵都运行正常后才从甬道原路返回。

到了外面，他四下打量，然后一挥衣袖，射出数道光芒，形成一个巨大的光网禁制，将整个山谷笼罩。

做完这些，他才松了一口气。

解决了精炎火鸟的问题，韩立心情大好，他没有立刻飞回山顶，而是朝着赤霞峰外面飞去。

既然赤霞峰周围六十万里都是他在烛龙道的领地，他自然要好好地看一看，为以后做一些准备。

韩立花了小半日时间将整个领地逛了一圈，并在各处布下了感应法阵，以防有人偷偷地潜入。

整个领地内，作为核心的赤霞峰自然是灵脉汇聚之地，此处的天地灵气也最为浓郁。除了赤霞峰外，他还发现了两处不错的小灵地和十多条不错的矿脉。

这些矿脉大都被开采了大半，那两处小灵地则被开辟成一块块灵田，只是不知多少年没有人打理，早已荒废了。

对于此类灵田矿脉，其他真仙长老自然会派仆从进行开采，作为一份长期的灵石收入。

韩立对此却没有什么兴趣，至少暂时他还不打算去管，所以他很快就飞回了赤霞峰峰顶。

“厉长老！”

梦云归等人并排站在院子门口，朝着飘然落下的韩立躬身行礼。

山顶各处都已被打扫得干干净净，亭台楼阁也都焕然一新。修竹松柏仿佛被洗过一般翠绿欲滴，小河中多了一群金鱼，在莲叶间穿行嬉戏。

韩立满意地点了点头，将洞府外围的几个房间分给梦云归等人居住，便打发他们下去休息。

韩立在洞府各处察看了一番，布下禁制，随后来到了灵药圃。

此处灵药圃位于洞府外面，他自然不会在这里种植重要的灵药，不过就这么空着难免会惹人怀疑。

韩立沉吟片刻，将灵药圃分成几个区域，取出一些寻常的灵药种子播下。这些事情他做过很多次，早已驾轻就熟。

没过多久，一个新的灵药圃便打理好了。

韩立翻手取出一个玉壶，轻轻一挥，一股淡青色的灵液从中飞射而出，洒在灵药圃各处。然后他单手一挥，一道青色光芒从他手中射出，笼罩了整个灵药圃。

下一刻，点点绿芽从地下冒出，散发出嫩绿的生机。

韩立脸上露出笑容，随后转身从院子中穿过，径直来到山壁处的洞府，他将衣袖一扬，洞门随之打开，他走了进去。

这洞府从外面看没什么特别之处，里面却别有洞天，总共有十几个房间，炼丹室、炼器室一应俱全，倒是省了他很多工夫。

比起前面的那处院子，韩立自然更加喜欢这里的环境，恐怕之前那位洞府主人也是这样想的吧。

韩立略一思量，便开始动手对这里进行改造。他先将一间最为隐蔽的石室改成一个小型药园，又在靠近山壁的地方开辟出一间石室，并在墙上打了数个小孔，以便让星月光芒照进房间，供掌天瓶吸收。

将洞府内部的一切布置妥当后，韩立才走出洞府，打算在最外围再布下几个禁制。

正当他准备施法时，忽然浑身一僵，转身朝着院子旁的那片灵药圃望去。只见那些刚刚发芽的灵草大半已经枯萎，只有少数还活着。

“怎么回事？”

韩立脸色一沉，快步走了过去，拔出一株枯萎的灵草。只见灵草的根系完全枯萎，呈现漆黑色，仿佛被火烧过一般。

他又拔出几株灵草查看，发现情况都是一样，不过灵药圃里也有几类灵草长势良好，生机勃勃，没有丝毫枯萎的迹象。

韩立当即将神识散发开来，没过多久，他便找到了原因。

因为此处的地下火脉常年没有人控制，充沛的火灵力逐渐渗透上来，以至于赤霞峰的所有土壤内都蕴含着浓郁的火属性灵力。

这样的环境非常适合火属性灵草的生长，但是，若是在这灵药圃中种植其他属性的灵草，便无法成活了。现在灵药圃内长势良好的那几株灵草，都是火属性的。

他眉头微皱，没想到赤霞峰竟然还有这个麻烦，难怪无人问津，他也终于明白了为何当初他选择这里，余贤胜和祁良脸上的神情都有些古怪。

韩立略一沉吟，眉头很快舒展开来。

眼下这种情况虽然看起来有些麻烦，但也并非无法可解，想要隔绝地下火脉的影响还是有不少办法的，只要布下一些有隔绝功效的禁制法阵即可。

只是如此一来，灵草吸收地脉灵气会受影响，不过他并不怎么担心，毕竟他主要是靠掌天瓶中凝聚的绿液来催熟灵草，对地脉灵气并无太多要求。

至于院子旁的这个灵药圃，反正是掩人耳目之用，到时候直接改种火属性灵草就可以了。

一想到这里，他便不再多想，再次忙碌起来。

第 100 章

真言化轮经

一间光线幽暗的大殿之中，密密麻麻的青黑锁链铺满地面，在绿色火焰的映照下，反射着青色的光芒。

大殿中央的漆黑大椅上坐着一名身穿雪白大氅的干瘦男子，他身体微微向前倾，青紫色的脸庞刚好落在火焰的阴影中，遮住了脸上的表情。

就在这时，门扉开启之声忽然响起。

两扇厚重的石门向内打开，风声传了进来。殿门处显现出一道魁梧的身影，来人身高接近一丈，脸色焦黄，方面阔口，头戴青铜护额，身穿类似于斗篷的暗黄色长袍，长袍上落满黄沙，仿佛他是从外面的沙暴之中穿越而来。

焦面大汉缓步走进大殿，两扇殿门又重新合上，将所有的嘈杂声挡在了门外。他步履沉重，踩在满地青黑锁链之上，发出一连串声响。

"师尊，我去过老七陨灭之处了。"焦面大汉来到漆黑大椅前，单膝跪下，冲着那名干瘦男子恭敬地说道，他的声音在大殿之内"嗡嗡"回响。

"哦，如何？"干瘦男子将身子稍稍向后挪了挪，用沙哑的声音问道。

"对方做得很干净，没有留下任何线索。"焦面大汉脸色微沉，回答道。

"老七之死，应与他三百年前追杀的一名强敌有关，这件事就交给你去查清楚吧。"干瘦男子缓缓地说道。

"是！"

入夜，赤霞峰顶的院落灯火通明，经过梦云归等人的忙活，里里外外的一切都已布置一新。

洞府深处的一间密室中，身穿烛龙道内门长老服饰的韩立正闭目盘膝坐在一个蒲团上，旁边摆放着一块巴掌大小的金属圆牌，正是那块记录着《无相真轮经》第一重功法的灵述牌。

不知过了多久，韩立蓦然睁开眼睛，眼中闪过一丝精光，伸手将灵述牌抓入手中，贴在了眉心处。

金属圆牌上光芒一闪，他脑海中立即出现了一连串密密麻麻的金色文字。

这些金色文字大致分为两部分，前面一部分是类似于总纲一样的几句介绍，后面一部分则是《无相真轮经》的第一重功法。

根据总纲内容记述，这《无相真轮经》的功法总共分为三重，最终可以通过修炼掌握一种名为“真言宝轮”的神通。

与敌人对战之时，只要施展出此神通就可将接近真言宝轮的所有攻击的速度减缓，使之失去原有的速度优势。

按照总纲所说，将无相真轮经功法由第一重修炼到第三重，神通属性不会发生变化，只是威能的大小会逐层递增。

据说只要修成第一重功法，在施展真言宝轮后，就可使敌人的速度减缓到二分之一，修成第二重的话，则可以将敌人的速度减缓到十分之一，至于第三重功法，金属圆牌上并未阐述，但料想若能修成，威能必将十分惊人。

看到这里，韩立心神震动，惊讶不已。

莫说将敌人的攻击速度减缓到十分之一，就算减缓到二分之一，也是了不得的神通了，若是他一早就掌握了这一神通的话，在面对方磐时他就不至于那么被动了。

按捺住心中的激动，韩立继续查看另一部分内容。

结果片刻之后，他的眉头紧紧地蹙了起来。

记载第一重功法的文字他并不陌生，正是他早已经掌握的金篆文，可所有他认识的文字组合在一起的内容，他就有些无法理解了。

不知道是因为什么，这第一重功法的字词用法和行文方式与金阙玉书残页上的内容相差极大，显得佶屈聱牙，晦涩难懂。

他揣摩了半天，只看了不到百分之一的内容，对其表达的意思还是一知半解，根本无法准确领会。

韩立有些灰心，却不愿放弃，他仔细回忆之前在金阙玉书上看到的内容，相互比对一番之后，硬着头皮继续研究。

第二天清晨，耗费了大量心神的韩立将灵述牌从眉心处移开，抬手揉了揉眉心，不由得有些郁闷。

这一功法的艰深玄奥程度远超他的预估，经过一夜的参悟，他竟然无法将所有内容弄明白，那种感觉就好像抓到了一些东西，却又似乎什么都不明白，总之是不得要领。

韩立摇了摇头，收起那块金属圆牌，正要起身忽然又想起一件事。昨日他离开传功殿的时候，方长老说过，自己近日若有需要可再去传功殿。当时他就觉得有些奇怪，现在看来那句话果然是大有深意的。

韩立脸上露出一抹无奈的笑，起身出了密室，化作一道光远掠而去。

朝阳映照在御龙峰上，裸露的岩石和宫殿的瓦片上全都反射着淡金色的光泽，那光泽并不刺目，反而显得柔和且温暖。

身着长老服饰的韩立落在传功殿前的白玉广场上，他整个人沐浴在清晨的阳光中，身体周围亮起一圈淡淡的光芒，看起来颇有几分仙人的风范。

落地后，他没有丝毫停留，直接朝大殿内走去。

殿内依旧如昨日那般空荡冷清，方颢长老依旧坐在几案后方，捧着一本青色封皮的古籍在阅读。

稍微不一样的是，在方长老的左手边摆着一只紫砂茶杯，里面盛着碧绿色的茶水，从中散发出淡淡香气，溢满了大殿。

见韩立步履匆匆走进大殿，方颢放下手中的古籍，端起茶杯轻啜了一口，又缓缓地放下，然后才抬起头望向韩立，微笑道：“厉长老，你来了。”

“方长老，想必你早就猜到我来此所为何事了吧？”韩立朝着方颛拱了拱手说道。

“呵呵，不瞒你说，所有兑换了《无相真轮经》功法的人，七日之内都会再次来到我这传功殿。厉长老，你算是来得快的了。”方颛没有拐弯抹角，缓缓地说道。

“哦，这是何故？”韩立疑惑地问道。

“《无相真轮经》的内容晦涩难懂，若没有用以辅助理解的注解经，别说修习功法，就是入门都不太可能。那些人不是来更换其他功法，就是来换取注解经的。”方颛笑着答道。

“还有这种东西，那为何方长老昨日不告知我一声呢？”韩立有些郁闷地说道。

“以前我倒是每次都会提醒一声，不过总有人自视甚高，反倒显得我区区一名大乘期修士多事，所以后来我干脆不说了。等你们发现问题后自然会再过来找我，如此既省得我多费口舌，也更有说服力。你说是不是？”方颛笑眯眯地答道。

“方长老所言甚是，的确是这个道理。不知这部注解经，需要多少功绩才可兑换，是否真的有用呢？”韩立闻言，只得苦笑一声，又问道。

“不多不少，正好十点功绩。这部注解经是根据许多前人的修炼感悟总结而成的，内容难免泥沙俱下，具体有多大功用我就不得而知了。”方颛微笑答道。

“好，我换了。”韩立没有考虑，直接将自己的长老令牌递了过去。

拿到复制的注解经后，韩立与方颛又闲聊了几句，便返回了赤霞峰。

回到洞府，韩立又一头扎进了密室之中。

对照注解经又研究了半日，看了许多人对《无相真轮经》第一重口诀的注解后，他才恍然大悟。

原来这《无相真轮经》的本名叫作《真言化轮经》，原本的功法内容更加晦涩难懂，修炼难度实在太大，其中修炼真言宝轮这一关就直接将九成的修炼者挡在了门外。

剩余的一成修炼者，即使能够侥幸炼制出真言宝轮，最多也只能将这部功法修炼到第二重，想要真正地领悟时间法则，凝炼出法则之丝是根本不可能的。起码在已知的传闻中，烛龙道中还没有人将此功法修炼到第三重。

因此，许多人在突破无望的情况下，意外地发现了另外一种十分取巧的办法，可以避开修炼真言宝轮这一难题。

他们用蕴含法则之力的材料直接造出一个类似真言宝轮的实物，而后再将参悟出来的特殊符文印在宝轮之上，使得宝轮能够发挥出各种意想不到的惊人威力。

由于与正统的做法相差极大，通过这种方式炼制出来的真言宝轮减缓敌人攻击速度的效果变得微乎其微，却因为所用材料附带的法则属性不同得以展现出其他法则之力的效果。

譬如，若是用来炼制真言宝轮的材料蕴含金属性法则，则可以使宝轮的锋利程度大大增加；若是材料蕴含速度法则，则可以使宝轮的攻击速度提升数倍。另外，诸如火焰神通、迷幻、冰冻、轻重如意等效果，也都可以借此来获得。

所以，之后选修此功法的人，几乎无一例外全都选择采用这种取巧的方式。正因如此，《真言化轮经》才被改成《无相真轮经》，取的便是这门功法无有本相，可根据修炼者的需要随意改变修炼方法的意思。

韩立看到这里，陷入了沉思，良久之后，他才根据各种注解，慢慢地参悟起来。

时间一晃，就过去了数日。

烛龙道东部有一个偏僻的雪谷，因为临近宗门试炼之地的熔雪森林，一向人迹罕至。

雪谷内生长着许多高达百丈的雪松，每次降雪过后，雪松都被厚厚的积雪覆盖，远远望去就如一座座洁白的雪塔。

此时雪谷之中不时传出“隆隆”的雷鸣之声，中间还夹杂着树木枝干碎裂的声音。

山谷两侧因为巨声震动，导致山坡上不知积攒了多少年的冰雪纷纷滑落涌向山谷中央，最终汇聚成一股声势浩大的雪崩洪流，朝着谷外涌去。

由于积雪实在太多，不断冲叠堆积的雪块一直推到山谷之外，声势才渐渐变小，只是空气中仍旧飘着晶莹雪粉。

就在这时，谷口上方的天空中，一道光飞掠而下，落在积雪堆的边缘处，从中显出身穿内门长老服饰的韩立。

“轰隆！”

一声霹雳轰鸣之声响起。

韩立目光微闪，望向雪谷深处，就见一道巨大的银色雷柱缓缓升起，直冲高空。

“果然在这里。”

韩立双指一夹，一张紫色的太一化清符随即浮现。接着，一道紫光亮起，他的身形逐渐模糊不清，最终消失在原地。

在积雪的冲击下，无数雪松被冲垮，雪谷内到处都是断枝。

在雪谷最深处，某处高高凸起的石崖之上，有一名身形瘦弱的黑肤青年盘膝而坐，眼中闪烁着灼灼光芒，此人正是前几日在豢兽园与韩立起了冲突的叶风。

叶风身上光芒闪动，周身不断浮现丝丝缕缕的银色电光，看起来像是在修炼某种相当厉害的雷电秘术。

他周围方圆数百丈，无论是积雪树木还是裸露的岩石土地，全都是焦黑一片，还冒着缕缕白烟。

“哈哈哈……”

发觉自己的雷电威力再度得到提升，叶风不由得开怀大笑。

然而他的嘴巴还没合上，整个人就突然一滞，像是被人施了定身咒一般，一动不动地僵在原地，他身上的电光“啪”的一下，尽数消失。

这时，叶风身前的空间忽然一阵扭曲，韩立的身影浮现，只见他双指并拢点在了叶风的眉心。

与此同时，韩立的眼中还亮着两道撼人心神的深邃蓝芒，竟是直接以神魂秘术对其搜起魂来。

先前在豢兽园时，他就给叶风种下了神魂标记。不过这几日他一直忙于参悟《无相真轮经》，那叶风也一直待在自己的洞府没什么动静，故而直到今日他出来试炼雷法，才瞅着机会追到了此处。

在搜魂的过程中，韩立的面色也微微起了变化，先是有些谨慎，后又变得有些意外，最后脸上竟露出了一抹略带无奈的笑。

片刻之后，他眼中的蓝色光芒逐渐敛去，点在叶风眉心处的手指也收了回来，他喃喃自语道：“你这家伙，倒真是走了狗屎运。过去之事既和你无关，那我就不计较了，但今日也该物归原主了。”

说罢，他探手将叶风手腕上的储物镯取了下来，略一查看之后收入怀中。

然后，他身上光芒骤亮，化作一道光冲入天空，一闪而逝。

苏醒过来的叶风抬起手揉了揉有些发酸的脸颊，眼中闪过一丝迷惘之色，对于方才发生的事他自然是没有半点印象。

当他看到空空如也的手腕时，顿时慌了神，他连忙站起身，在身上狂摸，继而又放出神识扫向四周一通搜寻。

“不——”

很快，雪谷中响起了绝望的喊声。

韩立一刻不停地赶回洞府，直接进了密室，连途中遇到梦浅浅满脸欢喜地向他行礼都没注意到，惹得小姑娘郁闷了半天。

韩立在密室中央盘膝坐定，立即将那个储物镯取了出来，将之炼化后便从中取出一个鸡蛋大小的金色圆球。

金色圆球初看没有丝毫奇特之处，可当韩立以明清灵目观察时，就发现圆球表面遍布精美至极的浅细纹路，连成一幅幅神秘的图纹，散发出阵阵令韩立感觉十分熟悉的气息。

他将金色圆球捧在掌心，眼中闪过蓝光，一缕神念晶丝从他的眉心处射出，蜿蜒着探向金色圆球，缓缓地融入其中。

“嗡”的一声颤鸣响起，金色圆球之上符文骤亮，发出耀眼的金色光芒，将密室照得熠熠生辉。

只见金色圆球上如机关开启一般，裂开数条深深的沟壑，从中探出数条金属细肢，一阵金属碰撞声过后，赫然变作一只巴掌大小的金色螃蟹。

“蟹道友？”

看到黄金螃蟹，韩立试探性地轻唤一声。

密室之内一片寂静，没有半点声音。

片刻之后，他的识海之中响起了一个熟悉的声音。

“韩道友，是你啊……你可算是找到我了……”

即使是以神念交流，蟹道人的声音仍然十分微弱，听起来像是随时会消失一般。

听到这句话，韩立心头顿时泛起一阵酸楚。

“蟹道友，你是否还记得三百年前到底发生了什么事？为何你会沦落到如此地步？”韩立努力控制着自己的情绪，直接问道。

“哦，已经……过去三百年了吗？”蟹道人略一迟疑，有些木讷地说道。缓过一阵之后，他的声音稳定了许多。

长久的沉默之后，蟹道人将当年发生的事情一一讲给韩立听。

韩立起先还能保持冷静，越听到后面他的神色就变得愈加阴沉，拳头也越攥越紧，手臂上青筋暴起。

原来，当年他被方磐三人伏击之前，就已经遭遇了另外一名强敌。

那人的境界修为比他高许多，身上的仙元力更是远胜于他，交手没多久，他的蟹道人和青竹蜂云剑就先后被那人封印了。而他自己在身负重伤之后，留下噬金虫王和魔光等人断后，才得以勉强逃脱。

之后，魔光与噬金虫王联手短暂地缠住了那人，蟹道人不惜自爆仙傀儡躯体破开了封印，只余下一颗傀儡核心带着青竹蜂云剑落荒而逃。

“……在逃走的途中，我的核心灵力消耗完毕，无法再控制飞剑，只能看着飞剑自行破空离去。后来我便失去了意识，陷入沉睡之中，直到今日才被你唤醒。”蟹道人缓缓地述说道。

“后来，蟹道友你所化的傀儡核心被人捡走，带到烛龙道附近的一个坊市出售，被当成普通的炼器材料卖给了烛龙道一名资质平平的内门弟子。此人在一个偶然的机会下通过神识发现了傀儡核心上铭刻的隐藏灵纹，竟从中悟出了一套威力不小的雷法秘术，从而咸鱼翻身成了内门骄子。我也是机缘巧合之下从他的雷法秘术上发现了端倪，这才顺藤摸瓜找到了你。”韩立叹息一声，解释道。

“原来如此……”蟹道人听罢，心中感慨万千。

“我原先还担心那内门弟子与你口中所说的强敌有关，用过搜魂术之后才发现，那小子只是走了天大的狗屎运。在此之前，我已经杀了两名当年截杀过我的仇敌，得知在他们的背后还有一个大人物，想来多半就是你口中所说的那人了，不过可惜的是我至今都没弄清那人的身份。你可还记得那人的模样？或是你已经知道那人的身份了吗？”韩立试探着问道。

听闻此言，站在韩立掌心中的金色螃蟹用两只蟹钳抱住脑袋不断地抖动，看起来有些痛苦。

良久的沉默之后，韩立的识海中才重新响起蟹道人的声音：“不知为何，我的记忆好像出了问题，明明有一个大致的轮廓，却始终想不起那人的面孔来……我唯一记得的是那人的仙灵力远胜于你，似乎还掌握着一件能够操控影之力的砚台状仙器……”

“果然如此……其实不只是你，就连我和魔光也是一样，非但对那人的长相没有任何印象，甚至连三百年前发生过什么都忘得一干二净。”韩立闻言，早有所料地说道。

“若是如此，就实在不妙了……”蟹道人有些担忧地说道。

“据我猜测，青竹蜂云剑也在这钟鸣山脉之中，只是我一时半会儿还没有找到。不过，好在我已经找回了蟹道友你，之后我会想办法再为你炼制出新的躯壳，只是能不能达到你之前的水准就不好说了。”韩立说道。

“那就多谢韩道友了。除此之外，还望韩道友莫要忘了我们在灵界时的约定。”蟹道人提醒道。

“这个自然，待我的修为略有所成之后便会履行约定。”韩立点了点头，说道。

蟹道人闻言，没有再多说什么，周身光芒一闪，再次由螃蟹变回金色圆球。韩立见此，将圆球收了起来。

第 101 章

北斗天星盘

韩立将蟹道人所化的金色圆球收起后，陷入了沉思。

他将目前为止掌握的所有信息仔细地推敲了一遍，还是没找出与那幕后之人有关的线索。

半晌后，他轻吐出一口气，摇了摇头。

不管那人是谁，当时既然能够将自己逼到那种境地，恐怕不是现在的他能匹敌的，他还是先不要见那人为好。既然方磐能找到自己，那位神通广大的幕后之人恐怕也不会放过自己，只是不知此人是否已经知道自己重返仙界之事。无论如何，他必须尽快增强实力，才能让自己在随时可能出现的变故中不至于太被动。

在此之前，他还有一件事需要处理。

韩立想到这里，手一翻，取出一块黑色阵盘，正是星移子母盘。

如今他到了烛龙道，距离黑风海域不知多少亿万里，与那边的阵盘联系已是十分微弱，更别说借助星移子母盘传送重水了。如此一来，不仅地祇化身的修炼会受到影响，他炼制重水纹雷的事情也将暂停，因为原料重水供应不过来。这两件事都是他颇为看重的，不能就此中断。

自从踏足古云大陆后，这个问题便一直困扰着他，来烛龙道的路上他无暇考虑，现在他终于得空了。

韩立当即换了一件外袍，翻手取出青色面具戴在脸上。

星移子母盘是他在无常盟购买的，想要解决这个问题还得从无常盟入手，这种支持远距离传送的宝物在灵界是罕见之物，但是在仙界好像并没有那么神秘。

究其原因，应该是与法则之力有关，此类宝物或多或少要借助空间法则之力，抑或是蕴含空间法则之力的灵材。

柔和的青光从面具上亮起，青色光幕浮现，光幕表面出现无数大大小小的文字及图案。

韩立直接前往易物区域，在上面飞快地寻找。

没过多久，他眼睛一亮，伸出手指在空中一点，然后静静等待。

半个时辰后，一道青色光芒从光幕上射出，凝聚成一道戴着青色猛虎面具的男子虚影，那男子身材高大，穿着一件青色羽袍。

“道友是……哦，我想起来了，道友先前从我这里购买了一套星移子母盘。怎么样，那套阵盘道友用得还顺手吗？”虎面男子打量了韩立一眼，笑着问道。

“还行吧！”韩立不置可否地回答了一句。

“道友莫不是在使用的过程中遇到了什么问题？”虎面男子追问道。

“阵盘的功能倒是和描述的差不多，不过道友当年可没和我说此盘在距离方面有不小的限制。”韩立语气微沉地说道。

“哎呀，你看看我这记性，忘了和道友说明，这套阵盘只能在一块小型大陆的范围内自由传送。超过这个距离，受到空间之力的影响，阵盘的传送能力将会大减，甚至失效。”虎面男子以手拍额，一副抱歉的模样。

“算了。我今日联系道友是想问问，可有增加星移子母盘传送距离的方法？”韩立眉头皱了皱，问道。

对方当年分明是故意隐瞒，不过自己并未注意到这一点，如今交易既成，倒也不好再计较此事。

“这个……恐怕不行，一块大陆的距离已是星移子母盘的传送极限了。道友如想进行更远距离的传送，倒也不是没有其他办法。”虎面男子先是摇了摇头，接着话锋一转说道。

“愿闻其详。”韩立闻言，心中一动。

“其实这套星移子母盘是在下一位好友在多年前参悟某件仙器后炼制的一件仿制品，仅能发挥出那件仙器百分之一二的威能。如今他经过多次试验，已经炼制出相当于那件仙器十分之一威能的仿制品了，并取名为‘北斗天星盘’。不知道友可有兴趣？”虎面男子说道。

“哦，此宝要价多少？”韩立不动声色地点点头，直接问道。按照对方所述，这北斗天星盘若能拥有星移子母盘五倍以上的威能，倒也够用。

“若是道友能拿出六千块极品灵石，此物就归你。”虎面男子笑着答道。

“阁下真是狮子大开口，这个价位是星移子母盘的十倍都不止。”韩立闻言，面色一沉。

“话不能这么说，所谓一分钱一分货，这个价格虽然贵了些，但绝对物超所值。”虎面男子呵呵笑道。

“在下一时之间实在拿不出这么多灵石，你我已经是第二次做生意了，能否打个折扣？”韩立略一沉吟，说道。

“这……并非在下不近人情，实在是此物颇为贵重。若非我这位好友最近手头有些拮据，此物他原本是不打算出售的。”虎面男子连连摇头。

韩立又还了几次价，好不容易将价格谈到五千三百块极品灵石，之后任凭韩立如何劝说，虎面男子都铁了心，一块也不肯少了。

“既然如此，七日内我给你一个答复，如何？”韩立轻叹一口气，说道。

“可以。”虎面男子笑着点了点头，身影一闪便消失不见了。

韩立取下面具，周围的青色光幕随之消散，他陷入了沉思。

片刻后，他放出神识探入手上的储物镯中。

储物镯内的各种东西早已被他分类摆好，总共分成十几类：妖兽材料、灵草、矿石、灵石、丹药、法宝、功法典籍等等。

离开黑风海域的时候，他将身上的东西全都换成了灵石，这些东西大多是从方磐的储物镯中搜刮而来。他手上有极品灵石三千两百多块，距离目标还差两千多块，不够的只能卖掉别的东西来凑。

方磐的这些东西他不敢随意出手，以免被人顺藤摸瓜查到什么线索，但若是在无常盟中交易，就没有这个顾虑了。

说起来，韩立本来对于方磐储物镯中的妖兽材料、灵草矿石等物颇为陌生，只能勉强认出小半，好在他遇到了孙克。在跨海雷舟上，他旁敲侧击地向孙克打听了一番，才将那些不认得的东西基本都搞清楚了。

方磐能够修炼成一名初步掌握速之法则的真仙境中期修士，这么多年积累的身家颇丰，他的储物镯中不乏价值不菲之物，有些珍品的价值更高，加起来应该能换两千多块极品灵石，也许还有富余。

韩立当即将储物镯中的灵草、矿石等物取出来，他打算这几日将它们分批售出。当他准备收回神识时，目光微微一闪，手一挥，取出了一大一小两个盒子。

大的盒子是用玉石做成的，里面放着一颗白色巨蛋，由于玉盒能够持续不断地提供灵气，所以这巨蛋至今还带有不少生气。

小的盒子长丈许，里面放着三根青色羽毛，羽毛表面隐隐有青光在闪烁，看起来颇为神秘。

这两件东西原本是方磐的珍藏，显然不是凡物。连孙克都认不出这两件东西，看来他要在无常盟发布一个鉴定任务，看是否有人认得出。

七日后。

密室之中，戴着青色面具的韩立单手一挥，青色光幕浮现，很快就联系上了那名虎面男子。

“不知道友考虑得如何？”虎面男子微笑着问道。

“这里是五千三百块极品灵石，阵盘可在你身边？”韩立从怀中掏出一个储物袋，说道。

“那是自然。”虎面男子眼睛一亮，点了点头。

两人很快完成交易，两块崭新的阵盘到了韩立手中。阵盘呈湛蓝色，散发出柔和的蓝色光芒，表面布满纹路，看起来比星移子母盘还要复杂。阵盘图案中有七个醒目的白点，组成北斗七星的形状。

两块阵盘上镶嵌着八颗移星石，颜色明显比阵盘深，散发出耀眼的光芒，一看就是高等级的移星石。

韩立轻抚两块阵盘，脸上露出满意之色，不过，很快他就眉头一蹙。

传物阵盘是到手了，但他此刻身在烛龙道，距离黑风海域不知多少万里，他要如何将其中一块阵盘送到自己的地祇化身手中？

"怎么了，这两块阵盘哪里有问题？"虎面男子见韩立面色有异，有些疑惑地问道。

"这套阵盘确实不凡，只是我有个问题想请教阁下，当真没有办法让星移子母盘的传送距离增加吗，哪怕只是一次？"韩立略一沉吟，问道。

虎面男子看了看韩立手中的两块阵盘，眼中浮现出了然之色："看来道友是想将其中一块阵盘送到别的地方，倒也不是没有办法。"

"哦，是何办法？"韩立心中一动，追问道。

"很简单，道友只需将星移子母盘上镶嵌的移星石换成二品移星石，再强行催动，即可令它的传送距离增加数倍，但是这次传送之后，星移子母盘便会彻底崩溃。"虎面男子淡淡地说道。

"二品移星石？"韩立听闻，不禁一怔。

"就是北斗天星盘上镶嵌的这种移星石，星移子母盘上镶嵌的是一品移星石。"虎面男子解释道。

韩立点了点头，只要他将北斗天星盘送回黑风海域，以后就不需要星移子母盘了，毁了也无妨。于是，他立即向对方买了一些二品移星石。

告别虎面男子后，韩立在无常盟中发布了一个任务，希望有人能认出那白色巨蛋和青色羽毛，随后他取下了面具。

将面具收起后，他当即取出星移子母盘，将上面的一品移星石取下来，换上八颗二品移星石，然后施法催动。

耀眼的光芒从星移子母盘上绽放，子母盘随之剧烈地颤动起来，从中散发出一种莫名的空间波动。

有了虎面男子的提醒，韩立没觉得意外，略一犹豫后，他取出一块北斗天星盘和一些移星石放在星移子母盘上，然后催动法诀。

“嗡！”

星移子母盘上顿时亮起强烈的光芒，散发出一阵阵空间波动，时强时弱。

韩立看到这一幕，瞳孔微微一缩。

“砰——”

这种异变持续了两三息后，星移子母盘终于支撑不住爆裂开来。在它碎裂之前，那块北斗天星盘消失在光芒中。

韩立见此，心中仍有些不放心，毕竟这套新的阵盘花费了他大半家当，若是就此毁了，他着实有些心疼。

他连忙吟诵咒语，催动北斗天星盘。

阵盘表面的玄奥铭文一圈圈亮起，接着“嗡”的一声，散发出明亮的蓝光，在阵盘上方凝聚成一个蓝色光阵，无数白色光点浮现，仿佛夜空中闪烁的星星。

蓝色光阵中央的空间一阵扭曲，一大团黑色液体突然出现，正是重水。整个传送过程顺畅无比，没有丝毫迟滞。

韩立见此，总算是松了一口气，他单手一挥，便将这团重水收了起来。

北斗天星盘连连闪动，一团团重水不断出现，地祇化身这些年炼制出来的重水只用了小半个时辰便尽数传了过来。

韩立摸着腰间的真水袋，满意地点了点头，有这么多重水在手，他能做好多事。虽然付出了不小的代价，但只要能够解决这个困扰他多年的问题，一切都是值得的。

将北斗天星盘收好后，韩立在原地盘膝静坐了一日，待彻底恢复平静后，他取出《真言化轮经》，将第一重功法的法诀从头到尾仔细地领悟了一番，然后开始修炼。

时光飞逝，转眼间过了三个月。

洞府之内，韩立盘膝静坐，仿佛一座雕像般一动不动，他身上不断浮现淡金色的光芒。

良久之后，他缓缓地睁开眼睛，眼中浮现出一丝惊喜之色。

《真言化轮经》虽然晦涩难懂，但这三个月来，他修炼起来无比顺畅，连注解经上提及的难以突破的瓶颈，他也是不费吹灰之力就直接突破了。

第一次出现这种情况他还以为是偶然或是侥幸，当第二次、第三次仍是如此后，他不禁开始犯嘀咕。

“莫非……是我的体质恰好适合修炼这门功法不成？”

难怪韩立会如此想，毕竟根据注解经上所述，每个修炼此功法的人都逃不过被瓶颈卡住的命运，少则数年，多则数十年上百年，甚至每年有不少人因此放弃修炼。若不是有什么特别的原因，他绝不相信自己的修炼之路会如此顺遂。不过从踏入修仙之途伊始，他自知资质平平，甚至比不上大多数人，更谈不上是天赋异禀的灵体了。

然而当修炼到每一个难以突破的瓶颈，他都没花多少工夫就成功突破后，他心中疑窦丛生，但同时又很开心。

不管怎么说，自己的修炼如此顺利，总不是什么坏事。按照这个进度，绝大多数人耗费成百上千年都未必能修炼成功的真言宝轮，自己没几年便可成功了。一想到这里，他决定不再去多想这些，继续潜心修炼。

三年时间转瞬即逝。

云在赤霞峰上飘过，如丝绸飘舞，一轮红日从东方缓缓地升起，洒下金色的光芒，将峰顶映照成淡淡的金色。

赤霞峰上一切如故，但也有小小的变化，那就是原本弥漫在整座山峰周围的火瘴变少了。半山腰之下，仍然弥漫着赤红火瘴，半山腰之上却已经恢复了清朗。

天刚蒙蒙亮时，梦云归等人便早早来到峰顶，他们迎着朝阳进行了一番呼吸吐纳后，便各司其职打扫峰顶各处。

所有人分工明确，虽然只有十个人，但是他们将偌大一个院子包括附近的灵药圃以及山腰处的守山灵兽洞穴，都打理得井井有条。

虽然在整个钟鸣山脉中，赤霞峰算不上是上佳灵脉，但此处天地灵气的浓郁程度远非古云大陆其他地方可比，所以，此处算得上是一处适合修炼的洞天福地，加上韩立此前赐下的丹药相辅，梦云归等人的修为都有了不同程度的提升。

尤其是梦浅浅，她的修为竟然一连突破了两个小境界，如今她已是一名筑基后期的修士，且距离凝结金丹也只有一步之遥，算是到了假丹境。

梦浅浅与三年前相比，脸上的稚气少了，五官变得越发精致，更加清纯秀美了。

“厉长老这次闭关挺久了吧。”

梦浅浅打扫着灵药圃，眼睛不时朝后面紧闭的洞府大门望去。

“像厉长老这种级别的仙人，一次闭关成百上千年都属寻常。你最近到了凝结金丹的关键时刻，是不是缺灵石丹药了？”梦云归问道。

“才没有。”梦浅浅轻声道。

“浅浅，你要记住，我们蒙厉长老选中来到这里侍奉已经是天大的幸运。虽然厉长老对我们没什么架子，但我们身为仆从，千万不可忘记自己的身份。”梦云归停下手中的活，语重心长地叮嘱道。

“浅浅明白了。”梦浅浅低下头，缓缓地点了点头。

“我这里还有一些灵石，你先拿……”梦云归见此，面色放松下来，揉了揉梦浅浅的脑袋，说道。

“轰隆隆！”

一声巨响骤然传来，整个赤霞峰都为之晃动起来，栖息在山中的飞禽走兽纷纷朝远处飞去。

紧接着，原本晴空万里的碧蓝天空陡然变色，大片黑云出现，笼罩在整座赤霞峰上空，翻滚不定。

天地灵气疯狂涌动，形成一个巨大的灵气旋涡，旋涡的中心，正是后山的洞府。

梦云归和梦浅浅面对如此剧变，都面露惊讶之色，不过并没有太过震撼，其他人的反应也都差不多。

厉长老高深莫测，修炼的不知是什么神功妙法，经常会弄出这种天地变色的景象，他们早已习以为常。

梦云归看着半空中的乌云，眉头微蹙，眼前的场景和平日的剧变似乎有些不一样。

“梦云归啊梦云归，你刚刚和浅浅说过的话自己怎么反倒忘了？厉长老的事情岂是你能猜度的，安心做你的仆从，无知便无过！”梦云归摇了摇头，掐断了心中的想法，继续埋头打扫。

洞府密室之内，韩立全身被耀眼的淡金色光芒笼罩，整个人看起来有些模糊。天地灵气从四面八方汇聚而来，他身上的淡金色光芒越来越亮，最后形成一片让人无法直视的淡金色光海，淹没了密室。

巨大的灵气波动朝周围扩散而去，却被洞府周围的禁制挡了下来。

一个时辰之后，天地灵气的汇聚之势才慢慢地停了下来。

赤霞峰上空的黑云逐渐消散，天空重新变得蔚蓝，刚刚黑云笼罩的情景仿佛虚幻一般。

洞府密室内，淡金色光海突然朝着韩立的身体汇聚而去，几次呼吸间便尽数没入他体内。

韩立的小腹上浮现一个金色光点，忽明忽暗，明亮时耀眼夺目，暗淡时几乎看不见。

金色光点仿佛一张小嘴在呼吸，它每闪动一次，就有大量的天地灵气没入其中。

与此同时，他背上“嗡”的一声浮现出一个直径大约一尺的淡金色圆轮，在缓缓地转动。

一道道金色瑞气化成祥云出现在圆轮周围，与天地灵气产生强烈的共鸣，发出奇妙的声音，仿佛在赞颂这个淡金色圆轮。

瑞气祥云围绕着圆轮飞快地转动，逐渐化为一道道半透明的光线汇聚到一起，接着一闪化为两团半透明的符纹刻在了圆轮之上。

那半透明的符纹无比灵动，仿佛活物一般不断闪动扭曲着，一股不甚明显的法则波动从符纹上散发开来。

韩立缓缓地睁开眼睛，低头观察了一下自己的身体，当他看到那个金色光点时，眼中闪过一丝喜色。

经过三年苦修，他终于打通了第一个仙窍，总算是迈出了真仙境修炼的第一步。他背后的那个淡金色圆轮，正是“真言宝轮”。

第 102 章

重水真轮

据《真言化轮经》所述，真言宝轮上的那两团半透明的符纹名为时间道纹，是时间法则的一种外在表现，真言宝轮上的时间道纹越多，真言宝轮这门神通的威力便越强。

按照正常情况，修炼者在炼出真言宝轮之后，每打通一个仙窍都有一次机会凝聚成一团时间道纹，不过也只是有机会而已，成功概率差不多是一半。

打通十二个仙窍就相当于进阶到真仙境中期，只有凝聚出六团时间道纹之人才算是将《真言化轮经》的第一重真正修成，拥有六团时间道纹的真言宝轮的减缓效果是普通真言宝轮的一倍。

若是修炼之人运气不好，修炼出来的真言宝轮上的时间道纹少于六团，那他永远没有机会修炼《真言化轮经》的第二重了。

烛龙道中成功炼出真言宝轮之人已是极少，能将《真言化轮经》修炼到第二重的人更是屈指可数，并不是他们不想，实在是无能为力。

而且，真言宝轮上的时间道纹以六为基数，时间道纹达不到六团，哪怕有五团，减缓效果也是微乎其微。

至于那些走捷径用法器替代真言宝轮之人，在他们打通仙窍后，伪宝轮上凝聚出时间道纹的概率会大大降低，一般修炼完第一重，也就是打通十二个仙窍之后，大多数伪宝轮上只能凝聚出两三团时间道纹。

不过借助炼制伪宝轮的材料本身所蕴含的法则之力，有可能增添其他法则之力的道纹，只是能出现多少团其他法则之力的道纹，就要看所用材料的好坏和运气了。反正，听说有人在伪宝轮上一口气增添了七八团其他法则之力的道纹，使其威能不亚于一件后天仙器；也有人十分倒霉，只增添了一两团，令伪宝轮如同鸡肋。

韩立看着真言宝轮上的两团时间道纹，惊喜之余又有些难以置信。

按理说，即便他运气不错，在打通第一个仙窍时就能够凝聚出时间道纹，那也应该只是一团而已，为什么自己这真轮上却出现了两团？无论如何，能一口气凝聚出两团时间道纹总是好事，如此一来，自己之后的修炼压力将会小很多。

韩立深吸一口气，猛地掐起法诀来。

他背后的真言宝轮立刻加速转动起来，淡金色波纹从他体内扩散而出，瞬间笼罩了周围十丈空间。

淡金色波纹的笼罩范围内，空间微微扭曲，随即恢复如常。

韩立闭目感应周围的变化，他感觉空气的流动、声音的传递，甚至天地灵气的运转都有些迟缓，似乎在此范围内的一切都变得迟缓了。初看起来，真言宝轮的减缓效果和速度法则、重力法则的减缓效果颇有几分相似。

“这就是时间法则，还真是神奇！”他心中不由得感叹。

只可惜减缓的效果微乎其微，几乎可以忽略不计，在对敌方面似乎还不如伪宝轮有威力，估计这也是其他修炼者甘心修炼伪宝轮的另一个主要原因。

韩立笑了笑，将身上的金光一收，他背后的真言宝轮也随之消失。

他站起身走出密室，来到旁边的一个房间内。这间房间的桌子上摆着一个青色传讯阵盘，正在“嗡嗡”颤动，阵盘散发出青色光芒，在阵盘的上空凝聚成一个青色光罩，光罩内飘着两张白色的传讯符。

韩立单手一招，青色光罩立即消散开来，两张传讯符飞到他手中，他将神识没入其中。

过去的三年中除了最后一年多的时间他在全身心闭关冲击瓶颈外，其余时间他都在宗内的各大山峰走动，探察青竹蜂云剑的下落。可惜青竹蜂云剑仿佛彻底消失了，他丝毫感应不到它的气息，哪怕他以本命八灵缸来感应也是一无所获。

他虽然没有达成目的，但在宗内算是勉强混了个脸熟，认识了不少真仙，尤其是和几位原本同样是散修的执事长老关系处得不错。

他很快将神识收回，查看传讯符的内容，原来是两名内门长老邀他一同去执行任务，不过他想也没想直接取出两张空白的传讯符，言明情况后婉言谢绝了。

现在他可没有心情去执行什么任务。不多时，韩立出现在洞府内的药园之中，他将掌天瓶凑到眼前打量，在他身旁站着一只身高丈许的巨猿，双目有些呆滞，显然是傀儡。

他闭关期间，自然没有继续修炼晶粒，不过也没有让绿液白白浪费，他安排了一只巨猿傀儡，让它用绿液浇灌出几株万年灵草，以备不时之需。

韩立一边思考，一边蹲下身将绿液滴到身前的一株灵草之上。

就在此时，异变突生！

他身上陡然亮起淡金色光芒，背后金光一闪，真言宝轮竟然自行浮现。

一株距离他最近的万年灵草轻轻地颤动，表面闪烁着一层晶光，仿佛在呼应真言宝轮。

韩立不禁大吃一惊，站了起来。

他身上的金光一闪，随后消失，背后的真言宝轮也随之消失，那株万年灵草也立刻恢复了原样。

韩立见此，心中有些愕然，略一沉吟后，他再次蹲下，试图靠近那株万年灵草。

“嗡！”

那株万年灵草再次轻轻地颤动，表面浮现一层淡淡的晶光。

他身上再次亮起淡金色光芒，真言宝轮也随之浮现，二者之间仿佛真的存在某种联系。

“这是怎么回事？”

韩立眉头紧锁，更加靠近药园。

下一刻，年份超过万年的数株灵草全都颤动起来，而且年份越久的灵草颤动得越厉害，那些千年灵草倒是没有什么反应。

他略一沉吟，突然想到了什么，站起身来，翻手取出两个玉盒，并打开了盒盖。

盒内各放着一株灵草，散发出浓郁的灵气，年份都达到了万年以上。

突然，左边玉盒中的墨绿色灵草“嗡嗡”颤动起来，右边玉盒中的淡红色灵草却毫无动静。

墨绿色灵草是韩立用绿液催熟的，而那淡红色灵草是从方磐的储物镯中得来之物。

“莫非我修炼《真言化轮经》如此顺遂，并且一次就在真言宝轮上凝聚出两团时间道纹，都与此有关？”韩立将两株灵草收了起来，喃喃自语。

一年后，赤霞峰。

夕阳西下，橘红色的余晖洒满峰顶，透出一股暖意。

一座宽敞的院落掩映在夕阳的阴影中，显得十分宁静。院落中，一名身着红衣的清秀女子趴在石桌上，双手托脸，有些无精打采。

小半日前，她刚刚结束闭关，成功修得金丹，成了一名结丹期修士。她本想着与哥哥分享这个好消息，却发现整个府邸的人都在忙着修炼，根本没有人理她，这让她很失落。

“不知道厉长老现在在干什么呢……”

女子转头望向洞府的方向，喃喃自语。除了哥哥梦云归之外，她最想将修为提升这个好消息告诉厉长老。

虽然府内包括哥哥梦云归在内的其他人都对厉长老敬畏有加，但是她打心底里觉得厉长老并不像宗门内的其他长老那般高高在上、冷漠无情，反倒像是一位兄长。

此刻，韩立洞府的密室之中，墙壁上的白色圆珠散发出的白光，将密室照得明亮。

身穿长老服饰的韩立，正盘膝坐在蒲团上。

一块青黑色的方形阵盘悬浮在他身前的半空中，阵盘上镶嵌的两块移星石光芒大亮，凝聚成一个蓝色光阵。

不一会儿，蓝色光阵上白光闪烁，一阵阵奇异的波动从中传出。接着，光阵中央的空间微微扭曲，一团拳头大小的黑色重水浮现而出。

韩立见状，伸手一招将那团重水抓入手中，然后将北斗天星盘收了起来。

眼前这团重水的体积虽然不大，但与之前传送的重水有所不同，其中蕴含着一丝韩立特意让地祇化身传送过来的水法则之力。

他如今想做的，便是通过这团含有水法则之力的重水炼制出一个“山寨版”的真言宝轮。

其实早在他发现自己在修炼真言宝轮和时间道纹上出现异常时，就已经决定要炼制一个伪宝轮了。

毕竟，他虽然无法完全肯定此事与掌天瓶的催熟有关，但不管怎么说，他都不能让外人发现任何蛛丝马迹，否则自己的麻烦就大了。

韩立想到这里，一只手抓住重水，另一只手在身前一挥。

数道光芒接连闪烁，一块巴掌大小的黑色陨铁，一颗水蓝色的晶莹明珠，一滴蓝色液体和一块乌黑的水翳矿石依次浮现，纷纷落在他的身前。

眼前的材料都是韩立这些日子以来通过各种途径收集来的，虽然不是什么逆天灵材，但也费了不少工夫。

找到炼制伪宝轮的方法心得倒不是什么难事，在注解经中早就有过记载，而且不止一种。炼制真言宝轮不易，而伪宝轮由于颇为实用，炼制之人非常多，注解经中便收集了许多人的炼制心得。这些人在摸索炼制的过程中，所采用的材料不同，故而炼制过程也有差异，不过总体的流程都差不多。

此刻，在韩立身前的地面上早已摆好了炼制伪宝轮需要使用的符阵，其形状如古钱，外圆内方，看似寻常实则暗合天数。

韩立将四种灵材一一放在符阵内侧的四个角落，然后张口一喷，一团婴火在符阵正中腾起。

他口中传出低沉的咒语声，无相真轮经也在体内运转起来，地面上的符阵随即光芒大作，与婴火交融在一起。

“呼呼呼——”

一阵风声在密室之中响起，婴火在符阵光芒的映照下竟然飞快地旋转起来，化作一个小型的火焰龙卷，散发出阵阵令人心悸的炽热温度。

紧接着，韩立手掌一挥，将那块乌黑的水翳矿石卷起，投入婴火形成的火焰龙卷之中，那块矿石很快就变得赤红无比，几乎透明。

韩立再次挥动手掌，那滴蓝色液体也随之飞旋而起落入火焰龙卷，滴在了那块水翳矿石之上。

只听“刺啦”一声响，一股浓浓的白烟升腾而起，那块水翳矿石顿时化为液态。

韩立见状，眼中精光一闪，手掌再次一挥，另外两种材料也飞快地跃起落入了火焰龙卷之中。

接着，韩立手中的法诀一变，那火焰龙卷随即上下一合化作一个硕大的火焰圆球，将所有材料都包裹在里面。

与此同时，密室中的温度也随即降低，似乎大部分的炎热火力都被封存在火焰圆球之中了。

接下来便是漫长的融合炼制过程，他只需要控制好婴火即可，不需要再做其他事情，于是他便拿出《真言化轮经》继续参悟。

一晃过去了数十日。

待在密室中一步未出的韩立，一双眼睛紧紧地盯着身前的火焰圆球。

半晌后，他的双手在身前缓缓地分开，那个火焰圆球便慢慢地拉长，重新变成火焰龙卷的模样。

韩立目光微凝，只见在火焰龙卷的中心处正悬浮着一件尺许大小，赤红无比，呈圆盘状的物事，上面沟壑纵横，遍布着许多复杂细密的灵纹，观其气息不过是一件品相不错的法宝，并无任何特殊之处。

韩立心中微微一动，那团蕴含着一丝水法则之力的重水便飞舞而出，在他单手隔空操控下，从火焰龙卷上方缓缓地下降，落在了赤红圆盘之上。

“啪”的一声轻响，赤红圆盘猛地一颤，顿时被黑色重水包围，像是裹上了一层颜料一般迅速由红转黑，变成了一块黑色圆盘。

与此同时，圆盘上的灵纹纷纷消失，变作镂空状，而在圆盘的边缘位置，一团水蓝色的光芒亮起，自行凝聚出一团水之道纹。

半晌之后，整个圆盘之上已经遍布镂空纹路，从中散发出一阵阵水之法则的气息。

韩立见状，张口一吸，将那团婴火吸入口中。

炼成的伪宝轮没了火焰的包围，径直坠落，砸入了密室的地面。

只听“轰隆”一声巨响，密室的地面骤然下陷，裂开一条条触目惊心的蛛网状裂纹，一直蔓延到四周的墙根处。

韩立的整个洞府和院落也受到了波及，发生了宛如地震般的巨震，惊得处于院落各处的梦云归等人以为发生了什么异状，纷纷中止修炼跑出来查看。

赤霞峰上嘈杂声四起，无数鸟雀受到惊扰振翅高飞，乌压压一片遮住了半边天空。所幸此处位置偏僻，不至于惊扰到其他人。

洞府密室内，韩立从地面站了起来，将砸入地面的伪宝轮拔了出来。

他仔细探察之后，发现这个伪宝轮上半点时间法则之力的气息也没有，倒是蕴含了精纯的水法则之力，因为有重水的加入，伪宝轮的重量比它看起来要重得多。

“既然如此，日后便叫你‘重水真轮’好了。”韩立满意地打量着手中的伪宝轮，喃喃自语。

没过多久，韩立走出密室。

他先去了一趟山脚下的火脉山洞，在那里他见到了在火脉中欢快飞翔的精炎火鸟。

精炎火鸟已经吞噬了大量火脉灵气，身上的气息暴涨，不过因为时间尚短，还没有稳定下来，所以韩立不知道它最后究竟能恢复到什么状态。不过通过心神联系，他知道火鸟对此处颇为满意，便放下心来。

之后韩立回到府邸院落，将梦云归等人召集到一起，给他们发了一些丹药，又分别就他们修炼上的问题点拨了几句，然后便离开了赤霞峰，继续外出寻觅青竹蜂云剑的踪迹。

数日之后，没有收获的韩立回到洞府的密室内继续修炼《真言化轮经》，毕竟这是他如今主修的功法，时间法则之力也是他眼下最想要掌握的。

只是每隔一段时间他就会外出一趟，在钟鸣山脉中搜寻青竹蜂云剑的踪迹，无奈每次都是一无所获。

转眼间，四年过去了。

赤霞峰上空忽然浮现出大片黑云，天色骤变。

天地灵气疯狂地向一处汇聚，形成一个巨大的灵气旋涡。

良久之后，半空中的黑云缓缓消散，灵气旋涡也在轻轻的一震之后，发出一声凤鸣般的清啸，而后爆裂开来，化为无数五颜六色的灵光在半空闪动，很快消失无踪。

洞府的密室之内，韩立盘膝而坐，一脸欣喜之色，在他的小腹之上有两个金色光点闪烁，他又成功打通了一个仙窍！

七年时间打通两个仙窍，此事若是说出去，烛龙道内不知有多少人会大跌眼镜，而且他修炼的还是极为玄奥难练的《真言化轮经》。

要知道，一旦渡劫成功升入真仙境，修为的提升就比以前艰难不知多少倍，打通一个仙窍起码得花数百年的时间，资质差些的修炼者花上千年都非常正常。

七年内打通两个仙窍，不仅在烛龙道内实属罕见，恐怕在整个北寒仙域的历史上也没有几人做到过。

韩立对于自己打通仙窍的速度之快也十分震惊，这不禁让他想起在灵寰界修炼的《小北斗星元功》，当时他便是借助星光炼体，最终打通七个玄窍成就了真极之体，成为一名玄仙。

《小北斗星元功》是冷焰老祖自北寒仙域传下，二者之间或许有什么关联吧。他没有对此深究，而是闭目感应起两个仙窍来。

过了大半个时辰，他才再次睁开双目，眼中闪过一丝古怪之色。

他心中念头一动，灿烂的金光在他身上浮现，凝聚成一个真言宝轮，散发出柔和的淡金色光芒。宝轮之上，赫然多出了两团时间道纹！

韩立见此，惊喜不已，不禁暗暗推测，或许自己以后每打通一个仙窍，真言宝轮上便会凝聚出两团时间道纹？如果自己将真仙境初期的十二个仙窍全部打通，宝轮上是否会凝聚出超过功法描述的二十四团时间道纹？

当然这些都是他的胡思乱想，若真是如此，他的这个真言宝轮可就有些逆天了。

韩立感受着四团时间道纹中传出的“嗡嗡”轻颤，他觉得自己与这真言宝轮之间似乎产生了某种共鸣。

下一刻，真言宝轮上金光一闪，比之前明亮许多的金色波纹扩散开来，蔓延到周围十丈。

韩立放出神识感应了一下，脸上露出一丝苦笑。

即便有了四团时间道纹，真言宝轮的减缓效果还是微乎其微，看来只能等集齐六团时间道纹后再试试看了。

韩立按捺住激动的心情，心念一催，他身上的金光一闪，随后消失，真言宝轮也随之隐入他体内。

他定了定神后，起身朝外面的客厅走去，他不知想到了什么，眉头微微蹙了起来。

他修炼《真言化轮经》虽然顺遂无比，但是他的好运气似乎都用光了，这四年中他一直在苦寻的青竹蜂云剑仍然毫无下落。

他几乎将整个钟鸣山脉搜寻了一遍，却仍然一无所获。他十分无奈，心中也多了几分焦躁。

就在此刻，一道白光从外面飞来，光芒一敛，现出一张传音符。

韩立的眉头微微一挑，挥手抓住传音符，放出神识探入其中。下一刻，他的面色微变，朝着洞府大门走去。

第103章

初入太玄殿

韩立挥手打开洞府大门，只见梦云归站在门外，旁边还有一名身穿内门长老服饰的方脸中年男子，正是祁良。

“厉道友，在下打扰了。”祁良笑道。

“祁兄，今日怎么有空来在下这里，快请进。”韩立忙将对方让了进来，然后吩咐梦云归去泡茶。

祁良是散修出身，当年是他引领韩立进入烛龙道，这些年来两人交往颇多，不过，这还是他初次造访韩立的洞府。

“认识厉长老这么多年，今日才发现阁下还是一名苦修之士，洞府居然只有十名仆从，倒也将府邸打理得井井有条。”祁良踏入洞府之中，环顾四周，微微颔首道。

“呵呵，厉某的洞府简陋，让祁兄见笑了。”韩立笑道。

他的客厅中除了桌椅，再无一物，空荡得很。而祁良的洞府他去过，里面富丽堂皇，布置得既奢华又大气，和自己这里简直是天壤之别。

“哈哈，你我既已成就真仙修为，又岂会在乎这些身外之物？厉兄不被外物迷惑，一心一意修炼，这份心性着实令在下佩服。”祁良哈哈大笑道。

“所谓无事不登三宝殿，祁兄今日来访，不知有何要事？”韩立没有再寒暄，直接问道。

“我是从太玄殿来的，顺路过来看看你。熊山副道主今日发布了一个新任务，你应该还不知道吧？”祁良眼中流露出一丝兴奋，说道。

韩立知道太玄殿是烛龙道内门发布和承接任务的地方，不过他这些年忙于修炼和寻找青竹蜂云剑，并没有承接任务的打算，所以他一次也没有去过太玄殿。

“熊山副道主……什么任务让祁兄这般兴奋？在下洗耳恭听。”韩立脑海中浮现出熊山矮胖的身影，好奇地问道。

“熊山副道主想寻找十名精通飞剑之道的真仙境修士，辅助他祭炼一件法宝，任务奖励极为丰厚，完成后每人可以获得这个数的功绩。”祁良神秘兮兮地说道，伸出一只手，比出一个“五”。

“五十点功绩？”韩立一怔。

“是五百点功绩！祁某知道厉兄精通御剑之术，所以过来邀请你一同前去。”祁良眉飞色舞地说道。

韩立一听，有些心动。

他虽然没去过太玄殿，但是对于那里的情况还是知道一些的，五百点功绩绝对算得上是非常丰厚的奖励了。

“奖励如此丰厚，又没有什么危险，这样的好任务可是许久都不曾出现了，很多略懂飞剑之道的长老都抢着去报名了，厉兄对此不会没有兴趣吧？”祁良微笑着问道。

“既然祁兄亲自来相邀，厉某岂有不答应之理？”韩立心中念头一转，当即点了点头。

他虽然事情不少，没有心情做任务，但是祁良亲自来邀请，两人关系还不错，他总不好驳了他的面子，况且五百点功绩实在是很有吸引力，他着实有些心动了。

韩立吩咐梦云归看好赤霞峰后，就和祁良化为两道遁光消失在远处天际。

望着两人飞速远去的遁光，梦云归眼中浮现出深深的羡慕。

太玄殿坐落在惊云峰上。顾名思义，惊云峰的峰体笔直高耸，从山脚到山顶鲜有树木植被，而且山壁光滑无比，连猴子都难以攀爬，可谓惊险至极。

峰顶的上空被人施法凝聚出一大片七彩云海，散发出七彩光芒，方圆千里内都清晰可见。

七彩云海之上的太玄殿高十几丈，通体青黑，无论墙壁还是砖瓦的用料都极其厚实，给人沉重如山的感觉，让人不由得担心下面的七彩云海能否承受得住。

大殿前面是一个面积很大的青石广场，广场边缘耸立着十几根粗大的石柱，通体苍青，每根石柱上都刻有天龙、彩凤、白虎、玄武等奇兽的浮雕，栩栩如生。从广场望出去视野开阔，万里碧空如镜，让人心生豪情。

太玄殿是烛龙道内最为热闹的几处地方之一，大殿前面的广场上有一座临传阁，不时有人进进出出，还有一道道遁光从四面八方飞射而来，落在广场之上。

虽然太玄殿在原则上并没有限制接取任务之人的身份，哪怕是外门弟子，若有足够的实力也可以来此接取任务，但来此的绝大多数都是内门弟子。

就在此时，两道遁光从远处天际呼啸而至落在广场之上，现出韩立和祁良的身影。

附近的弟子们看到两人都穿着内门长老的服饰，纷纷面露恭敬之色，朝两人旁边绕行。

韩立朝周围望了一眼，不禁对烛龙道的底蕴和实力有了一番新的评估。

初看之下，进出这里的人修为高低不一，绝大多数人都在元婴期以上，偶尔还能看到合体期甚至大乘期修士的身影。

可以说，此时此刻站在太玄殿前面广场上的这些修士，若是放在灵界，恐怕比一个大宗门的实力要强大不知道多少倍。

祁良对此显然早已见怪不怪，当即迈步朝着前面的太玄殿走去。

韩立眉梢一挑，跟了上去。

一跨进大殿，韩立顿觉眼前的空间似乎一下子扩大了十倍，这种感觉颇为玄妙。从外面看，大殿并不大，但是在内部看，大殿的面积都快赶上外面的广场了。

“莫非这大殿内施加了空间法则之类的玄妙禁制？”韩立不禁暗暗猜测。

跨入大殿后，祁良只是略作停顿，便熟门熟路地朝着大殿里面走去。

大殿内最为显眼的是耸立在中央的三面巨大石壁，每面都有二三十丈高、十几丈宽，一面白色，一面青色，一面暗金色，三面石壁以白、青、金的顺序依次排列。

白色石壁坐落在大殿最靠外的地方，青色石壁位于大殿中央，暗金色石壁则处在大殿最深处。

三面石壁的表面皆显现出一行行清晰的文字，上面灵光闪烁，正是一条条任务的内容。

从数目来看，白色石壁上的任务数量最多，密密麻麻足有上千条，青色石壁上的任务数量少一些，暗金色石壁上的则更少。

“这三面石壁颜色不同，代表上面的任务难度也不同。白色石壁上的任务最为容易，一般适合化神期以下修士；青色石壁上的任务相对难一些，一般炼虚期以上的修士才会关注；而暗金色石壁上的任务，是为我们这样的真仙境修士准备的。”祁良说着，径直来到最里面的暗金色石壁前。

殿内人很多，有些拥挤，白、青两面石壁附近更是人头攒动。而暗金色石壁前面只稀稀拉拉地站了几位真仙境长老，其余的修士似乎都不敢过来。

韩立这些年虽然也认识了一些内门长老，暗金色石壁前面的这几位长老他却不识得。

祁良交友比韩立广，他和这几人颇为相熟的样子，很熟稔地和他们打招呼，这几名长老也都笑脸相迎。

“诸位，我来给大家介绍一下，这位是前几年入门的厉飞雨厉道友，现居于赤霞峰。至于这几位长老分别是……”祁良介绍了一番。

韩立含笑和几位长老略一寒暄后没有深谈，而是朝着暗金色石壁上望去。祁良却和几位长老谈笑起来。

暗金色石壁上面的任务数量不多，难度却不小，奖励的功绩有多有少，有奖励数十点功绩的，也有奖励上百点功绩的。

韩立是首次看到接取宗门任务的详细情形，他心中不禁微沉，看来，功绩的赚取比他想象中要困难，换取《真言化轮经》的第二重功法需要九千点功绩，他不知道要做多少个任务才能凑齐。

高额奖励的任务并非没有，在暗金色石壁最顶端有十几个以红色字体显示的任务，看说明，是宗门发布的特殊任务。

这些特殊任务的奖励都非常丰厚，最少的一个都是奖励八百点功绩，大多数特殊任务的奖励都高于一千点功绩，只是难度极高，无比凶险。

奖励最少的一个特殊任务，要求接任务之人猎杀一只真仙境大圆满的风火狸，并将完整的尸体带回。

风火狸这种妖兽韩立在典籍中看过，是一种群居灵兽，只在古云大陆极北之地出没，它们一出生便拥有相当于化神期的实力，身负风火神通，成年后更是拥有合体期以上的实力，至于达到真仙境大圆满的，则当属风火狸王了。

韩立亲眼见识过达到真仙境后期的章鱼海怪的厉害，他知道以自己如今的实力想将其斩杀还办不到，更别说在一群灵兽中猎杀一只真仙境巅峰的风火狸王了。

至于其他任务的难度则更大，诸如深入某个极其危险的地方寻找一种近乎绝迹的材料，或者追杀某个恶名昭彰、修为接近金仙境的邪仙。

韩立苦笑，这些任务他只能看一看增长见识，拓宽一下眼界，想接取却是根本不可能，奖励再多也与他无关。

但下一刻，他的目光一转，视线落在了一条特殊任务上。这个任务夹在两个注解冗长的任务中间，以至于他之前没有看到，任务内容极为简短，只有十几个字：将《真言化轮经》修炼至第二重。任务奖励却异常丰厚，足有五千点功绩！

韩立望着这一行红色小字，眼中闪过一丝疑惑之色。

这个任务没有任何注解，难道接任务的人只需将《真言化轮经》修炼到第二重，便可直接获得五千点功绩的奖励吗？

这个任务对于烛龙道的其他人来说，或许极为困难，但以韩立修炼此功法如此顺遂的情况来看，他打通十二仙窍，进阶第二重，似乎并不是遥不可及的事情。

这五千点功绩虽然诱人，但若是领取的话，恐怕会惹来无穷无尽的麻烦，最起码他想继续在烛龙道中低调修炼的计划八成要被打乱了。

他在短短数年内就成功打通了两个仙窍，并且凝聚出四团时间道纹，这种进度实在太惊人，他自然不愿意让人知道此事。

一想到这里，韩立就打消了接取这个任务的念头，将目光移开了。

他大略扫了一遍剩下的特殊任务后，将目光转回用白色字体显示的任务上，飞快地浏览起来。

有了祁良此前的提醒，韩立很快便找到了那位熊山副道主颁布的召集任务，奖励正是五百点功绩。

“怎么样，这任务很不错吧？”祁良不知何时走了过来，笑道。

“果然和祁长老所述一般无二。”韩立点了点头。

“既然如此，我们快接下这个任务，我听那几人说已经有不少长老来此接这个任务了，别等我们过去时那边名额已经满了。”祁良有点着急地说道。

说完，他翻手取出长老令牌，对着暗金色石壁一点。那个召集任务上立刻飞出一道光芒，没入他的令牌之中。

韩立见此，也取出自己的长老令牌，对着暗金色石壁凌空一点。一道光芒飞射而出，射入他的令牌，令牌上顿时浮现一个奇怪的图案。

接下任务后，两人没有继续停留，很快离开了太玄殿。

祁良在烛龙道待了数万年，对于宗内的情况，他比韩立要熟悉得多，一直是他在带路。

两人先是乘坐临传阁的传送阵，随即又以遁光飞驰，小半日后才来到了一座巨峰前，此处天地灵气浓郁，远胜韩立的赤霞峰。

远远望去，这座山峰仿佛一柄直刺向天空的金色巨剑，峰顶高耸入云，整个山体的岩石呈现淡金色，看起来像是某种矿石。

峰顶有一片依山势而建的宫殿，在金光的笼罩下显得有些朦胧，平添了几分神秘。

巨峰附近还有一座小一些的山峰，峰顶也有一片宫殿建筑，两座山峰的峰顶都设有禁制，并无积雪。两座山峰之间架着一座长长的金色拱桥，仿佛悬挂在半空，闪闪发光，气势恢宏。

“这里就是熊副道主的洞府所在——天剑峰了。”祁良悬在半空，指着不远处的巨峰，说道。

“果然壮观！”韩立神色未变，发出一声赞叹。

“壮观是壮观，不过熊副道主规矩甚多，这主峰更是被列为禁地，轻易不允许外人踏足。来访的人必须先到那座副峰上落脚，请人通传过后，才能到主峰去拜见他老人家。”祁良低声介绍道。

韩立闻言一怔，缓缓地点头。

片刻之后，两人在那座副峰峰顶的一处平台上落下。

副峰峰顶的面积不大，只建造了几间偏殿和阁楼，不过布局非常精巧，没有丝毫寒酸之感，反而给人一种清幽脱俗的感受。

“见过两位长老！两位可是接了太玄殿的任务？”一个白袍青年快步迎上来恭敬地问道，看起来应该是天剑峰的侍从。

“正是。不知能否代我们通传一声？”祁良直接问道。

“副道主此刻就在主峰之上，两位长老请随我来。”白袍青年说完，当先朝前面走去。

祁良和韩立对视一眼，迈步跟上。

白袍青年带着两人来到金色拱桥旁，迈步走了上去。

“你不先通报你家副道主一声，就直接带我们过去？”祁良问道。

“他老人家吩咐过了，凡是接了任务的长老，我们都不得怠慢，可以直接带你们去主峰。”白袍青年恭敬地说道。

祁良闻言点了点头。

“不知现在已经有多少位长老接下了这个任务？”韩立问道。

“目前已经来了二十七位。”白袍青年答道。

祁良闻言脸色微变，任务名额可是只有十人。

“无妨，此人既然带我们过去，说明熊副道主还没有确定最终的人选，之后应该还需要进行一些测试，并非先到先得。”韩立的声音在祁良耳畔响起。

“当是如此，多谢厉兄提醒。”祁良脸色一松，暗道一声惭愧。他最近修炼到了关键时刻，急需这笔功绩，关心之下竟然乱了方寸。

在金色拱桥上行走，脚下是万丈深渊，身旁山雾缭绕，若是凡人恐怕要吓得腿脚发软了。

韩立三人自然不会出现这样的情况，他们很快走过金色拱桥，来到了主峰之上。

主峰峰顶的面积极大，是赤霞峰的十倍以上。一座座雕栏玉砌的宫殿坐落于峰顶，每一座都华美精致，其中的楼阁亭台、小桥流水更是不计其数。

所有宫殿建筑以及地面铺设的地砖都是用名贵树木或者珍贵材料所制，其中以金色的材料居多。宫殿绽放出道道光芒，散发出一种雍容华贵之感。

在白袍青年的引领下，韩立两人沿着一条宽阔的白玉大道走了一刻钟，来到一座金色大殿。

这里是一个大厅，里面已经坐了二三十人，分成两个圈子，分别坐在大厅左右两侧，隐隐有些对峙的感觉。

左边的十几人神情放松，略带优越感，在轻松地谈笑。右边的那一群人却大都沉默不语。

见韩立两人进来，大部分人都看了过来，由于韩立加入宗门没多久，不少人对他只是看了一眼便移开了目光。

“呵呵，我就知道这次的任务祁兄定然不会错过，你怎么现在才来？”一个虬须披发的大汉从右边的人群中站起身，走了过来。

“祁某哪有南兄这般消息灵通，在下一知道这个任务便立刻赶来了，还是慢了南兄一步啊。”祁良笑道。

“南某性急而已，早早来到这里也不过是枯坐。这位是？”虬须大汉哈哈一笑，随后看向韩立问道。

“这位是厉兄，前些年新晋的内门长老，现居于赤霞峰。”祁良介绍道。

“南兄，久仰。”韩立拱了拱手，寒暄道。

“原来是厉兄，快请就座。”虬须大汉拉着两人到大厅右边坐下。

祁良刚一坐下，便有不少人过来打招呼。

在场的这些人里，韩立也认识一两个，虽然只是点头之交，但此刻见面也寒暄了几句。

一时间，大厅右边的气氛倒是活跃起来了。

大厅左边的人见此，脸色微沉，有人甚至轻哼了一声。

左边那些人韩立虽然不认识，但是对于他们的来历也知道一些。他们大多是从内门弟子修炼成仙的内门长老，其中不少人是烛龙道内某些大家族的嫡系，一出生便获得了内门弟子的身份。他们算得上是土生土长的烛龙道门人了，在他们眼中，像韩立这种因各种机缘得以半途加入烛龙道的散修，只能算是外来之人，他们一向是看不顺眼的。

一则是大宗门弟子一贯的心态，看不起散修；二则是因为散修的加入，大大地占用了原本属于他们的修炼资源。所以，他们对半途加入的散修自然不会有什么好脸色。

韩立虽然来烛龙道才数年，但也明显地感觉到了这种矛盾和敌视。

烛龙道高层对于这个情况心知肚明，却没有化解的意思，甚至还默认双方争斗，毕竟这种争斗有利于宗门的进步。这些年来，烛龙道的势力越来越大，修为高强之人层出不穷。

韩立朝左边望去，很快他的目光就落在一个人身上。

那是一名看起来三十岁上下的男子，他头戴金冠，身姿挺拔，双肩宽厚，双目开合之间光芒闪动，仿佛道道剑光迸射而出。男子安静地坐在那里，便给人一种鹤立鸡群之感，其他人仿佛都是陪衬。

“那人名叫逐锋，早在一万年前，他便已打通十二仙窍，成就真仙境中期。他修炼的是一门剑道典籍，因为他居住的地方叫琅邪峰，所以他被人称为‘琅邪剑仙’，在内门长老中名气不小。本次任务只有十个名额，以他的剑道修为，一定可以占据一席。”祁良注意到韩立的目光，低声说道。

韩立缓缓地点了点头。

逐锋看起来颇为高傲，身旁的人不时和他说话，他却很少回应，对于韩立等人这边，他更是连看都没有看一眼。

韩立收回目光，闭目静坐。

时间一点点过去，很快就过了大半日。

在此期间，又有七八位长老陆续来到这里，殿内人数超过了四十，座位差不多快坐满了。

对于真仙境修士而言，大半日不过是弹指一挥间，加之所等之人身份尊贵，所以无人露出不耐烦之色。

此时殿内比之前要安静不少，大多数人都停止了交谈，开始闭目养神。

第 104 章

逆元石剑

众人又等了一个时辰，才看到熊山缓缓地走出来，一脸肃然。

看到殿内济济一堂，熊山脸上露出几分满意的神色。

“参见熊副道主！”殿内众人同时起身，朝熊山躬身行礼。

“不必多礼，都随我来吧。”熊山略一摆手，便自顾自地转身朝着大殿的角门走去。

殿内众人急忙跟上，跟着熊山走过角门，穿过一条长廊，来到一个仿如演武场般的地方。

此处颇为宽敞，除了平放在地上的十柄巨大石剑外，就没有其他任何东西了，看起来空空荡荡。

这些石剑都有七八丈长，剑身极厚，上面铭刻着一道道复杂的花纹，散发出一股像是剑气但又和剑气不同的气息。

韩立的目光在这些石剑上扫过，眼中流露出诧异之色，随即明白了什么。

“关于此次任务的内容，你们应该都知道了。本座需要十个精通剑道之人，助我祭炼一件法宝。今天总共来了四十几人，所以我安排了一个测试来考量一下你们在剑道方面的修为。”熊山开门见山说道。

在场众人此前或多或少都有一些猜测，所以并没有人露出惊讶之色，只是有些长老在望向其他人时敌意加深了几分。

“熊副道主是本宗三十六位副道主中的剑修第一人，我们即便只是参与了这一次测试，相信对于我们往后的修行参悟也大有好处。熊副道主正可谓用心良苦。”逐锋突然朗声说道。

之前，他面对其他人时一直是一副傲然的样子，此刻他却满脸堆笑，十分谦恭。

此话一出，顿时有不少人转头看向逐锋。

熊山也朝逐锋望去，神色虽没有太多变化，但原本冷淡的目光变得温和，他淡淡地道："本座安排的测试其实很简单，想必你们也看到旁边的那些石剑了，那是本座以独门手段炼制的'逆元石剑'，每柄剑里面都设有特殊禁制，只有真正精通御剑之术的人才能操控。你们一一上前尝试吧，测试的结果便以操控的石剑数量为准。"

众人听闻，都将目光投向那些石剑。

这个测试方法确实新奇。不过逆元石剑这个名字在场众人都是第一次听说，虽然总共只有十柄，但熊山说得这般郑重，众人一时都有些犹豫起来，没有一个人敢上前尝试，连刚才发话的逐锋也面露迟疑之色。

"厉兄，你觉得如何？"祁良有些不安地靠近韩立，传音问道。

"暂时看不出端倪。不过这逆元石剑绝对不是表面看上去那么简单，要催动它肯定不容易。"韩立想了一下，传音回道。

其他人也都在用神念交流。

"本座只要找十个合我心意的人，当十个名额选满，测试便宣告结束。"熊山见众人迟疑着没有行动，顿时有些不悦，冷哼道。

此言一出，众人脸色都是一变，当即便有一位秃顶的内门长老飞身到那些逆元石剑前，大声说道："我先来！"

熊山见此，点了点头。

"厉兄准备何时下场一试？"祁良望了一眼周围目光热切的众人，向韩立传音问道。

"不急。虽然话是这样说，但怎么算合心意完全由熊山说了算。既然来了这么多人，我相信他肯定会看到最后再择优录取。就让前面这些人先探探这逆元石剑的虚实，我们正好多观摩一下。"韩立传音回道。

“厉兄高见！”

祁良一怔，立刻也明白了。

还有几人也抱着和韩立一样的看法，一脸悠然自得，并不急于上前尝试。

身处场中的秃顶长老轻呼一口气，身上亮起淡淡的白光，周围顿时冒出一股刺骨的寒意。

“嗡！”

白光从秃顶长老身上爆发，凝聚成一柄雪白巨剑的虚影。

一股寒冰的剑意散发开来，天空中飘落无数晶莹的雪花，漫天飞舞。

韩立眉梢微挑，看来这秃顶长老的剑道修为不低啊。

这些雪花看似寻常，却不是由空中的水汽凝结成的，而是由释放的剑气幻化出来的，必须对剑道有精妙的把控才能做到。

“起！”

秃顶长老低喝一声，同时手掐剑诀，一指点出。

他头顶的巨剑虚影中立刻飞出一道雪白剑影，射入一柄逆元石剑内。

巨剑虚影一闪，立刻缩小了一些。

被射中的那柄逆元石剑之上顿时浮现出一层雪白光芒，剑身上的符文图案骤然亮起黑色幽光并且飞快地闪烁起来，仿佛火焰在跳动。剑身上的雪白光芒仿佛遇到了克星，立刻消散了大半。

秃顶长老见此情形，急忙再次掐起剑诀，他头顶的巨剑虚影一亮，又分出一道剑影，比之前的大了数倍，一闪射入了那柄逆元石剑内。

巨剑虚影猛地一颤，又缩小了一圈。

那柄逆元石剑上浮现出更多的雪白光芒，光芒中隐现无数形状像小剑一般的白色符文。

逆元石剑表面的黑色幽光再次闪烁，冲击着那雪白光芒，雪白光芒此刻却坚韧得多，并没有被冲散。

“起！”

秃顶长老双眼一瞪，再次大喝一声。

只见那柄逆元石剑一阵颤抖，缓缓地飘了起来。

虽然逆元石剑飞了起来，但是剑身上的黑色幽光并未消失，反而闪烁得更加剧烈，使得石剑颤抖起来。

秃顶长老脸色一变，手中飞快掐诀，连连施展秘术，终于让石剑稳定了下来。

秃顶长老呼出一口气，他的额头已经微微出汗，接着他把目光投向了第二柄逆元石剑。

众人看见秃顶长老的情况，脸色纷纷变得凝重。

韩立眼中浮现出一层淡淡的蓝光，紧紧地盯着悬在半空中的那柄逆元石剑，陷入了沉思。

秃顶长老并没有多做停顿，他再次掐诀施法，将一道白色剑影射入第二柄逆元石剑中。

第二柄逆元石剑表面白光狂闪，好一会儿，终于也慢慢地飘了起来。

秃顶长老的额头上浮现出一颗颗豆大的汗珠，他的面色已经变得苍白如纸，仿佛承受了极大的重负。

他略一喘息，一咬牙，猛然转头看向第三柄逆元石剑，两手掐诀。

驱动两柄石剑，已经接近秃顶长老的极限，他再次分心施法，悬在半空中的两柄石剑立刻颤抖起来。

秃顶长老低喝一声，双目圆瞪，一边竭尽全力稳住半空中的两柄石剑，一边施展御剑之术操控第三柄石剑。

“嗡！”

秃顶长老头顶的巨剑虚影一颤，飞射而出，没入第三柄逆元石剑中。

第三柄逆元石剑表面白光狂闪，仿佛下一刻便要飘起来。

就在此刻，三柄逆元石剑表面猛地亮起黑光，仿佛相互呼应一般，同时光芒大放。

“砰砰砰！”

三柄逆元石剑表面的光芒尽数消散，只听两声闷响，悬在半空中的那两柄石剑重重地掉落在地，将地面砸出两个深坑。

秃顶长老不停地大口喘息，眼中满是失落之色。

“两柄石剑。”

熊山淡淡地开口，微微地摇了摇头。

后面的众人见此，皆鸦雀无声，神情凝重。

秃顶长老看到熊山摇头，心中不禁一沉，猜想自己多半无望当选，他轻叹一口气，退到了一旁。

“我来试试！”

一个浓眉赤发的青年轻喝一声飞身入场，耀眼的红光顷刻间从他身上绽放开来。

“哧哧！”

一道道剑气飞射而出，在他周围凝聚成一朵巨大的赤色莲花，瞬间将他的身影淹没。

“嗡！”

赤色莲花猛地一亮，赤色波纹从莲花花蕊中飞射而出，没入一柄石剑中。

那柄石剑之上顿时浮现一层红色光芒，接着，石剑表面的纹路一闪，浮现一层状如液体的黑色幽光，狠狠地冲击着红色光芒。

“原来如此……所以这些石剑才叫逆元石剑。”韩立眼中蓝光闪动，微微点头。

“厉兄，这些石剑果然古怪，你可看出了什么端倪？”祁良传音问道。

“如果我没有看错，石剑上的那些纹路并非单纯的某种禁制，而是会根据驱动之人的情况做出不同的反应，以干扰驱动之人施法。”韩立传音说道。

祁良听闻，若有所思地点了点头。

两人交谈之际，那赤发青年已经接连驱动了两柄石剑，但似乎也达到了极限，只见他周围的赤色莲花发出的光芒开始变得不稳。

“嗡！”

赤色波纹再次从赤色莲花中飞射而出，没入第三柄石剑。

第三柄石剑一阵颤抖，似乎马上就要飘起来了。

就在此刻，第三柄石剑表面的黑光再次出现，光芒大放。

“砰砰！”

悬在半空的两柄石剑立刻失去控制，掉了下来。

“两柄石剑，下一个。”熊山见此，面无表情地说道。

赤色莲花一闪消失了，现出赤发青年的身影，他脸上露出无奈之色，沉默地退到一旁。

“看来同时驱动三柄石剑是个瓶颈……”韩立暗道。

当即有第三人走上前去，不过此人的剑道修为有点弱，只驱动一柄石剑便到了极限，一脸羞愧地退到了一旁。

紧接着，又有第四人、第五人……接连上去参加测试。

很快，就有八人参加了测试，可惜八人中最多都只能催动两柄石剑，第三柄石剑仿佛一面无形的墙拦住了所有人。

在第八人下台后，一名长相颇美的白袍女子走了上去，她神情冷漠，脸上仿佛结了一层寒冰一般。

白袍女子口中念念有词，两只手在身前掐诀结印。

一丝丝白色光芒犹如流水一般从她身上散发出来，凝聚成一个满月般的白色光团，光团滴溜溜旋转，发出轻微的“哧哧”声。

下一刻，白袍女子手中的法诀猛地一变，她周围的白色光团裂开，陡然一分为三，同时一闪没入了三柄石剑之内。

众人见此都是一惊，纷纷屏气凝神，显然是要看看白袍女子究竟能不能一口气催动三柄石剑。

白袍女子周身白光大放，手中的法诀不停变换。

“嗡！”

只见三柄石剑上各浮现出一个白色光环，套住了剑身，接着光环猛地向上一提。三柄石剑同时轻轻一颤，仿佛下一刻便要一齐飞起。

然而下一刻，石剑表面的纹路亮起黑色幽光，一道道黑光仿佛利剑般狠狠地刺向剑身周围的白色光环。

白色光环狂闪，但还是硬生生地支撑下来了。

三柄石剑再次一抖，缓缓地飞了起来。

当即有不少人发出几声惊叹，终于有人能驱动三柄石剑了！

韩立也有些赞赏地点了点头。

他记得这名白袍女子，她是一名散修出身的长老，故而刚刚发出惊叹之人都是散修长老，而那些本土长老的脸色都有些不太好看，他们有一种被对方压下去的憋屈感。

白袍女子驱动三柄石剑显然已经到了极限，但她并没有放弃尝试驱动第四柄石剑。

结果当白光没入第四柄石剑后，石剑表面的纹路再次亮起黑色幽光，那光芒陡然比之前明亮了一倍，轻易地就斩断了套在石剑上的白色光环。

“三柄石剑！”熊山轻轻地点头说道。

白袍女子松了一口气，默默地走到一旁。

测试继续进行，有了白袍女子驱动三柄石剑的成绩后，接下来参加测试的人仿佛开了窍一般，表现是越来越好，十几个人中接连出现了三个成功驱动三柄石剑之人，三人之中除了一名是散修长老外，其余两人都出自宗门本土长老。

虽看似试剑，但外来的散修长老与本土长老却在隐隐较劲，只是由于熊山在场，没人敢过分声张，最多也就是发出几声低声的赞叹。目前看来，双方算是暂时打平。

熊山对此心知肚明，他显然对哪一方会胜出并不感兴趣。

祁良忽然想到了什么，他闭上双眼开始感悟。

片刻之后，他睁开眼睛，脸上露出一丝激动之色。

观摩到现在，加上韩立的提点，他已经有把握能驱动三柄石剑。

“只有三柄石剑，恐怕不能确保万无一失，祁兄何不再进一步，做到稳操胜券？”韩立看了祁良一眼，传音提醒道。

“我何尝不知，只是驱动四柄石剑实在太艰难，以我的剑道修为，就是再苦练千年也未必能成功啊。”祁良苦笑一声答道。

“不必真的驱动四柄石剑，只需借助一些巧劲，表现得比其他驱动三柄石剑之人好一些便足够了……”韩立嘴唇微动，又说了几个驱动四剑的要点。

祁良眼睛一亮，再次陷入沉思。

两人交流的时候，大半长老已经参加了测试，成功驱动三柄石剑之人已经达到了七人，其中有四人是本土长老，三人是散修长老。

本土长老这一方隐隐有一种扬眉吐气之感，望向另一方的目光中带着一丝轻蔑的味道，散修长老这一方众人的脸色自然变得不太好看了。

只可惜，还是没有人能够成功驱动四柄石剑。

“熊副道主的这套逆元石剑果然玄妙，在下来试一试，还请副道主指点。”逐锋突然走了出来，朝熊山拱手行礼道。

“这逆元石剑并非熊某首创，是当年在北寒仙域赫赫有名的无生剑宗用来检测门人剑道修为的特殊法宝，本座当年偶然得到后，颇费了一番工夫才将其炼制出来。据说唯有对剑道的感悟达到登峰造极的程度，才有望成功驱动十柄石剑。你的剑道修为不错，试试看能否突破四剑境界。”熊山面对逐锋，态度明显不同，话语中透露出几分期许。

“是。逐锋献丑了。”逐锋恭敬地说道。

当韩立听到“无生剑宗”几个字时，心中不由得微微一动。他在一部典籍上看过关于这个门派的介绍，这是一个非常古老的剑修宗门，信奉以剑破万法，以攻为守，一剑在手，神鬼不留。

有些特别的是，据传此宗门人数十分稀少，最多时也不超过十人，显得十分神秘。不过，此宗门的名气却不小，因为宗主无生道人当年曾一人一剑驰骋北寒仙域，留下了许多不败传说。

不知为何，在百万年前，这个宗门突然销声匿迹，彻底消失了。

韩立思量间，逐锋已经入场并开始施法，只见他全身蓝光大放，却不见他有什么动作。

“哧哧！”

无数蓝色细丝从逐锋身上飞射而出，蓝光朝着周围弥散而去，凌厉无比的剑意陡然爆发开来，笼罩了整个天剑峰主峰。

在场众人觉得身体仿佛在被万千柄小刀切割，一阵阵寒意渗入心底。

这股剑意对韩立来说自然是没有什么影响，不过他旁边的祁良却忍不住一个激灵清醒过来，眼中闪过一抹怒色。

韩立提点祁良的那几句话隐隐为他拨开了剑道修为的迷雾，他正感悟到关键时刻却被打断了。看到眼前的情况，祁良轻哼一声，收起眼中的怒色，继续闭目冥想。

逐锋手中掐诀，万千蓝色细丝立刻飞射而出，直接缠绕在三柄石剑之上，没入其中。

“轰隆隆！”

三柄石剑一颤，缓缓地飞了起来。

明亮的黑色幽光从石剑上爆发，试图挣脱那些蓝色细丝，但是那蓝色细丝坚韧无比，紧绷不断。

逐锋此刻面色凝重，却并无多少吃力的感觉。接着，他嘴巴一张，又是无数蓝色细丝飞射而出，缠绕在第四柄石剑上。

“嗡！”

四柄逆元石剑黑光大放，一股股黑色剑气幻化而出，狠狠地斩在那些蓝色细丝上。

“砰砰砰！”

蓝色细丝立刻被斩断大半，逐锋的脸色陡然一白，忍不住闷哼了一声。

这些蓝色细丝并非寻常剑丝，而是逐锋以本命元气混合神魂之力幻化而成，此刻被斩断已经伤及了他的神魂。

蓝色细丝虽然被斩断大半，但仍有一部分顽强地支撑下来了。

逐锋眼中光芒一闪，大喝一声。

剩下的蓝色细丝光芒大放，扯住了第四柄石剑。

“轰隆！”

伴随着一声巨响，第四柄石剑赫然离地而起，悬浮在半空中。

下一刻，更加凌厉的黑色剑气从石剑上浮现而出，将剩下的蓝色细丝尽数斩断。

逐锋喷出一口鲜血，脸上却闪过一丝兴奋之色。

虽然只是片刻，但是他确实成功地驱动了四柄石剑。

“这逆元石剑每多驱动一柄剑，难度便提高十倍，虽然勉强，你也算是达到了四剑境界。以你修炼的时间来看，已经非常不错了。”熊山点了点头，脸上露出满意之色。

“多谢熊副道主夸奖。”逐锋闻言脸色一喜，拱手称谢。

“继续测试，下一位。”熊山挥了挥手，扬声道。

逐锋退了下去，取出一颗丹药服下，他的脸色很快就恢复了。

他刚退下，本土长老立刻围了上来，说着各种赞扬的话。

与之相反，散修长老的面色变得更加难看，在气势上他们已经大不如前。

测试继续进行，还没有参加测试的已经不足十人，观摩了这么久，他们倒也得出了一些感悟，很快又有三人获得了驱动三柄石剑的成绩，其中有两人是散修长老一方的。

如此一来，达到三剑境界的双方都有五人，但本土长老一方却有个逐锋达到了四剑境界，在气势上稳稳压过了散修长老一方。

祁良面色微沉，如今想要入选，他必须得在驱动三剑的基础上再表现得突出一些才有希望了。

“祁兄，我先去一试。”就在此刻，韩立的声音传来。

“以厉兄的手段，应付这小小的测试自然是毫无问题。若是可以，请厉兄挑战一下四剑，让本土长老看看我们这些散修长老的厉害！”祁良闻言，传音回道。

“厉某竭尽全力吧。”韩立的嘴角抽动了一下，说道。

韩立深吸一口气，像是鼓足了劲一般走到逆元石剑前。

其实韩立心中早已有了决断，他之所以观摩到现在，不是担心自己无法驱动更多的石剑，而是担心万一自己驱动的石剑过多，太引人注目就不好了。尤其是在熊山这个达到了真仙境巅峰的副道主面前，他必须掌握好分寸，他可不想出风头。

熊山看到韩立，微微一怔，立刻就认出了他。韩立刚刚刻意站在角落里，他倒是一直没有发现。

看到韩立，熊山立刻回想起当年发生在招摇殿的事情，不禁冷笑一声直接将目光移开了。

第 105 章

天剑冢

韩立站在逆元石剑前，吸了一口气，口中念念有词，手中掐起剑诀。

一道道青色灵光如剑般飞出，一闪就没入了第一柄石剑。

附近的散修长老见韩立的手法如此平凡，脸上不禁浮现出失望之色，至于以逐锋为首的本土长老则纷纷面露不屑的神色。毕竟在他们看来，韩立此等笨拙的手法能驱动一柄石剑就算不错了。

不少人失去了观看的兴趣，直接移开了目光。

第一柄石剑被数道青光笼罩，发出一声剑鸣后，缓缓地飘起。

石剑上亮起黑色幽光，不断冲击着青光，剑身周围的青光虽然狂闪不已，但一时没有碎裂的迹象。

韩立见此，再次一指点出。

只见一道道青光从他的指尖飞射而出，没入第二柄石剑。

青光再次笼罩了第二柄石剑，在清脆的剑鸣声中，第二柄石剑也缓缓地飘起。不过，这次的剑鸣声比第一次的小了很多。

不少人向韩立投去惊讶的目光，眼中的轻蔑之色顿减，那些移开的视线再次向他看了过来。

接连驱动两柄石剑，韩立的面色微微发白，却没有表现出很吃力的样子。

莫非又是一个三剑境界?

祁良面带微笑地望着韩立，对于韩立的剑道修为，在场之人没有比他更了解的了，驱动三柄石剑韩立绝对没有任何问题。此刻他关心的是韩立能否成功驱动四柄石剑，好挫一挫那些本土长老的锐气。

韩立调整了一下气息，再次一指点出。

一道青光再次没入第三柄石剑。

他不断变换手中的剑诀，低喝一声。

又听一声剑鸣响起，第三柄石剑也飘了起来，只是相较前两柄，第三柄石剑飘起的动作有些迟滞，似乎稍显勉强。

“三柄剑了！”

周围响起一阵惊讶的欢呼声。

熊山也有些诧异地看向韩立，似乎提起了一丝兴趣。

韩立的资质他当初可是亲手测试过的，可以说是奇差无比，想不到此人的剑道修为竟然不弱。

三柄石剑上同时亮起黑色幽光，将剑身周围的青光冲击得剧烈闪动，似乎下一刻便会碎裂。

韩立的面色猛地变白，他的额头沁出豆大的汗珠。

只见他两手不停掐诀，一道道青光飞射而出，大半青光没入半空中的三柄石剑，稳住它们后，剩下的小半青光则没入了第四柄石剑。

熊山见此，眼中闪过一丝惊讶之色。

“什么？此人竟然想挑战四剑！”众人哗然。

原本看都不看韩立一眼的逐锋，此刻也微微蹙起了眉头。

祁良忍不住向前踏出一步，死死地盯着第四柄石剑，脸上满是紧张之色，仿佛此刻是他在参加测试一般。

耀眼的青光浮现而出，笼罩了第四柄石剑。

一声响亮的剑鸣响起！

在场所有人皆屏气凝神，死死地盯着第四柄石剑。

第四柄石剑轻轻一颤，摇摇摆摆地抬起了几分，下一刻，耀眼的黑色光芒同时从四柄石剑上爆发出来，将所有青光尽数撕裂。

“砰砰砰砰！”

四柄石剑全都落回原地。

韩立闷哼一声，嘴角流出一丝鲜血。

在场众人见此景，有人高兴，有人失望。

“唉……”

祁良垂下眼帘，长叹了一口气。

逐锋仍是面无表情，但他的眼神流露出一丝轻松。

熊山似乎也有些惋惜，点头道：“想不到你在剑道方面的天资如此出众，你如今的修为离四剑境界并不远了。”

“多谢副道主夸奖，在下还差得远。”韩立谦逊地说道。

“你是散修，能达到这种剑道修为已经算是不易，你日后需多加努力，莫要辜负了这份天资。”熊山看着韩立，一反常态勉励了他几句。

韩立对熊山态度的转变微感奇怪，口中连连应是。

“哼！”逐锋看着两人，眼中闪过一丝阴郁，不过很快便消失不见。

韩立很快退场，找了一处空地盘膝而坐，取出一颗本打算赐给梦云归等人的结丹期丹药服下后，闭目调息起来。

那些散修长老原本想过来和韩立攀谈几句，看见此景，只好停下了脚步。

测试继续进行。

到现在为止，熊山并未宣布任何一人通过测试，在场众人都明白他定然是想看到最后再决定人选。

那些抢先参加测试的人不由得都有些后悔，如果自己多观摩几次再测试，或许成绩会更好。

还没有参加测试之人都是抱着多观摩别人的心态，所以，韩立坐下好一会儿后，竟没有一个人再次上前。

“怎么，你们这些人是打算放弃参加测试吗？那今日的测试便到此结……”熊山见此，脸一沉，呵斥道。

“熊副道主，我来一试。”祁良的声音蓦然响起。

祁良深吸一口气，迈步走到石剑前。

韩立身上青光缭绕，似乎在尽力调息恢复，其实他的心中却有无数念头在转动。

这逆元石剑果然有些门道，无生剑宗以此作为测试，也算是别具一格了。

以刚刚驱动石剑的情况来看，他应该能达到五剑境界，甚至可以挑战一下六剑境界，可惜没有办法真的尝试一番，算是一种遗憾。不过……

他突然想到了什么，嘴角露出一丝浅笑。

“轰隆！”

地面一阵晃动，三柄石剑从天而降，砸在地面上。

祁良面色苍白，眼中却满是欣喜。

听了韩立的指点，祁良虽然没有达到四剑境界，但在三剑中的表现已经很不错，他同样晃动了第四柄石剑，入选应该是没有问题了。

韩立微不可察地点了点头。其实此番他指点祁良，算是回报了对方当日引领自己进入烛龙道的恩情。

“三剑。”熊山缓缓点头，说道。

片刻之后，测试终于结束，自从祁良之后，并无一人能催动三柄石剑。

韩立睁开眼睛，站了起来。

接下任务赶来天剑峰的四十几名真仙境内门长老中，成功驱动三柄剑及以上的一共有十三人。

其中本土长老一方有六人，而散修长老一方有七人，其中来自本土长老一方的逐锋达到了全场最高的四剑境界，不过散修长老一方的韩立与祁良也能勉强晃动或是抬起第四剑，故而算下来双方算是不分伯仲。

由于本土长老一方在资源地利等各方面都占据优势，故而在宗内的各种争斗中，他们基本上每次都能稳压散修长老一头，今天这个结果，本土长老心中自然不太痛快。

熊山缓步走到广场中央，目光扫过众人。

那些只驱动了一柄剑、两柄剑之人自知入选无望，神色反而显得平静轻松，逐锋自然也是毫无悬念会被选中的，唯有驱动三柄剑的十二人，个个面露紧张的神色，屏住了呼吸。

“逐锋、厉飞雨、祁良……甄琪。你们十人留下，其他人可以离开了。”半晌后，熊山平静地说道。

留下的十人中，散修长老和本土长老各占五人。

“恭喜厉兄、祁兄。说起来，此番若不是你们两人，我们可又要被那些人给看低了！”那名南姓虬须大汉走了过来，拱手道。

此人的剑道修为并不强，只勉强驱动了两柄石剑，自然没能入选。此人倒也拿得起放得下，并不觉得有什么不快。

“侥幸而已。”祁良笑着说道。

其他落选的散修长老向韩立等五人道喜一番，便告辞离开了。场内很快就只剩下熊山和十名长老。

看着眼前的十人，熊山脸上露出满意之色，他刚准备开口说话，一道黑色遁光出现在远处天际，恍如一道闪电呼啸而来，伴随着震耳欲聋的轰鸣声，眨眼间就到了众人头顶。

黑色遁光轰然而至，令演武场都轻轻地震颤了一下，黑光消失，现出一名身穿紫袍的大汉。

此人长相并不难看，只是全身上下漆黑无比，仿佛被烟熏过一般，身高极高，比寻常人高了一倍，手臂有常人的腰粗，拳头也有脸盆大小，结实的肌肉将身上的紫袍撑得鼓了起来。

“摩兄，此处是我的洞府，可不是你的仙元殿，你如此横冲直撞，视本座为何物？！”熊山冷哼一声，沉声喝道。

“哈哈，熊兄莫怪。摩某听说熊兄召集了剑修要开启大阵，所以才急匆匆赶过来，冒犯之处还请见谅。”紫袍大汉笑着说道，他的声音仿佛能洞穿金石，震得韩立等人耳膜有点疼。

虽然是致歉的话，但是听紫袍大汉的口气，哪里有半分歉意。

熊山冷哼一声，似乎不打算再跟紫袍大汉计较了。

“说起来，熊兄要启动那剑阵，为何不通知摩某一声？根据你我当初的约定，我借你那些东西的前提是，你祭炼本命法宝时可得让我旁观，莫非熊兄不打算兑现承诺了？”紫袍大汉突然发问。

“我天剑峰有什么风吹草动，摩兄一向了如指掌，还用得着本座去通知你吗？”熊山淡淡地说道。

“熊兄说笑了！”紫袍大汉听闻，哈哈大笑。

“厉兄，此人是仙元殿的摩邪长老，他天赋异禀，万年前参加过副道主的竞选，落选后闭关苦修近万年，如今实力大增，据说距离真仙境巅峰也就一步之遥了。”祁良的声音在韩立的耳畔响起。

韩立微微点头，没想到此人真的是叶风的师傅——摩邪长老。

“这些人就是熊兄找来的剑修？看起来似乎都不怎么样嘛，可别耽误了熊兄的大事。”摩邪看了韩立等人一眼，不客气地说道。

“此事就不劳阁下费心了。走吧，出发！”熊山哼了一声便不再理会摩邪，而是直接招呼韩立等人跟他走。

话音刚落，熊山立即化为一道金光，朝着远处飞射而去。

韩立等人见此，纷纷腾空而起，跟了上去。

摩邪再次哈哈大笑，他也没有生气，化为一道黑色闪电跟了上去。

在熊山等人离去后没多久，从广场四周走出来一群身穿白袍的天剑峰侍从，修为都只有结丹期的样子，他们一齐动手，将放置于此处的逆元石剑一柄柄地抬去远处。

这些逆元石剑不仅难以操控，而且沉重无比，十多名结丹期修士合力才能勉强抬起一柄。

当这些人抬起第四柄逆元石剑时，其中一人突然大叫一声，引来了其他人的注意。

“我说王师兄，什么事值得你这般大惊小怪？”

“你们快看，这剑下面……下面……”

众结丹期修士闻言，循声朝着第四柄逆元石剑下方望去，众人的面色突然变得古怪。

只见此剑下方有一行小字：“天南第一剑修到此一游”。字锋犀利如剑，看起来似乎是被人硬生生刻上去的。

“这是怎么回事？之前好像没有这行字吧……”

“莫非……是方才那些参加测试的内门长老干的？”

“不可能，熊副道主说过，这逆元石剑虽然没什么攻击力，但坚不可摧，堪比仙器！”

“那是谁干的？”

“都给我记住，此事只准烂在肚子里，就当作没看见，若是让熊副道主知道了，我们可都得吃不了兜着走！”

“那是自然！”

“对，对，绝对不能说。”

“你们说天南……是什么地方？”

“大概是什么犄角旮旯的小地方吧……”

这一行结丹期修士一边讨论一边抬着第四柄逆元石剑朝广场外走去。熊山带着摩邪长老及韩立等十名长老，直接落在了天剑峰的后山脚下，悬浮在一面金色山壁前。

熊山衣袖一抖，顿时有四道金色剑气从他的袖口飞出，没入前方的山壁。

起初山壁没有丝毫变化，但下一刻，山壁表面突然金光大放，无数令人眼花缭乱的金色符文从山壁表面浮现而出，在半空中交织缠绕成一个奇异的图案，看着像是剑阵的阵图。

被金光笼罩的山壁逐渐变成半透明状。

“呵呵，原来这里便是大名鼎鼎的天剑冢的入口，今日在下真是大开眼界。”摩邪长老见此，笑着说道。

熊山面色凝重，没有回应摩邪长老，他不断吟诵咒语，舞动衣袖，一股股金色剑气从他的袖口飞出，纷纷没入那阵图之中，使其变得越发清晰。

“天剑冢……”

韩立好奇地望着眼前浮现的阵图，透过此图他似乎可以看到在山壁上有一条黑色甬道隐隐浮现。

他身边的祁良和逐锋等人的眼中却纷纷浮现出激动之色。

“祁兄，怎么了？”韩立见此，传音问道。

“厉兄加入本宗的时间还不长，不知道天剑冢也正常……熊山副道主是宗内有名的剑痴，据说他收藏的名剑不计其数，这天剑冢便是他的藏剑之地，在宗内名气极大。只是此地极为神秘，宗内见过之人寥寥无几……想不到，他今日竟会带我们来天剑冢，看来他是想在天剑冢内祭炼他的法宝了。”祁良传音解释道。

“哦，原来如此。”韩立若有所思地点了点头，也被勾起了一丝兴趣。

此时，熊山的施法已经到了最后阶段，山壁上的金光变得越发明亮，逐渐由半透明变成一层厚厚的金色光幕，上面有无数禁制符文在闪烁。

数声闷响传来！

金色光幕上浮现出七个凹陷，围成一个圆形。

熊山口中的咒语声一停，只见他单手一挥，七团白光飞射而出，白光中是七张半月状的金色符箓。

他掐诀一点，七张金色符箓飞射而出，镶嵌在金色光幕上的凹陷处。

“嗡！”

无数符文从金色光幕上飞出，金色光幕则逐渐变得稀薄，一刻钟后，金色光幕彻底消失。

一条黑色甬道呈现在大家面前，甬道不知通往何处，韩立放出神识竟然无法探察到，显然甬道内被施加了某种玄奥的隔绝禁制。

“走吧！”熊山当先走了进去。

摩邪长老一言不发迈步而入，韩立等人自然是紧随其后。

众人进入甬道后，山壁上一阵金光流转，甬道入口随之消失，恢复成山壁的样子。

黑色甬道不短，众人往前走了一刻钟才到头。甬道尽头是一扇巨大的青色石门，上面铭刻着无数符文，看起来极为古朴神秘。

熊山挥手从腰间取出一块令牌朝着青色石门轻轻一晃，石门表面立即泛起一丝青光，仿佛从沉睡中苏醒过来一般。

青光一阵扭曲，逐渐凝聚成比外面的山壁上更复杂的阵图。

紧接着，熊山单手一扬，九柄青色小剑飞射而出，分别刺入了石门的九个地方。

青色石门上的阵图狂闪，片刻之后逐渐消退。

“隆隆！”

青色石门缓缓打开。

就在此刻，耀眼的光芒陡然从石门里面射出。

那光芒出现得太过突然，门外所有人，包括摩邪长老在内都下意识地闭上了眼睛，下一刻，他们就被那耀眼的光芒笼罩，消失在甬道内。

当韩立再次睁开眼睛时，只觉耳边有风声传来，仿佛有无数道剑意此刻正带着无比凌厉的气势朝着他迎面袭来。

他略一定神后，朝着周围扫视了一眼，目之所及处处皆是青翠碧绿之色，呈现在他眼前的竟是一片广阔的草原。

草原之上鼓着数个青色坟茔，而在每一个坟茔之上都插着一柄飞剑，放眼望去数量竟有上千柄。

在这些密密麻麻的坟茔之间矗立着十根巨大的黑色石柱，每根石柱之间的距离都有百里，整片天剑冢草原便以此为核心，被划分成十个区域。

这些区域分别由三队修士驻守，每一队都有一名大乘期修士作为领队，外加九名合体期修士，共计有三百人。

韩立的目光从眼前的草原扫过，将这里的布局尽收眼底，他脸上露出讶异之色，心中震惊不已。

这些坟茔之上的飞剑，有的纤细如柳叶细眉，有的宽大如宫殿门扉，有的剑身寒气森森，直将周围数十丈的青草冻成冰锥，有的剑身燃烧着熊熊火焰，将方圆百丈都烧成了一片焦土……

这些飞剑小幅度地晃动着，发出阵阵颤鸣之音，惊人的剑气直冲上天，将这方天地上空的白云都切割成细碎的云絮，使之无法凝聚成形。

有一些飞剑不时剧烈地震颤，发出阵阵刺耳的摩擦声，竟是想从坟茔之中挣脱出来，每当这时，驻守在附近的修士便会手掐法诀联手将之压制。

无奈草原上的飞剑实在太多，这边刚压制住，那边又有飞剑挣扎甚至飞身而起，修士们来回奔波，颇为忙碌。

不过，这些修士对此事似乎早已习惯，处理起来有条不紊，丝毫没有露出慌乱之色。

草原上的这些飞剑，每一柄都能令合体期甚至大乘期修士不惜倾家荡产来换取。某些品质更高的飞剑，就算是修行万载岁月的真仙境修士看到了，都会觉得眼馋。

当这些飞剑汇聚一堂同时呈现在世人眼前之时，无论是心境如何沉静之人也无法不感到震惊，因为这并不是单纯依靠雄厚的财力所能做到的事情。

韩立这一行人全都是以飞剑作为本命之物的修士，他们每个人都精通御剑之术，所以当他们看到眼前这番景象时，心中的震撼自然更加强烈。

逐锋眼中的神色一变再变，他艰难地将目光收回来，仰慕地望向熊山，赞叹道：“早就听闻熊副道主的天剑冢非同一般，今日有幸一见，方知过往传言非但没有言过其实，反而有些言犹未尽。纵观整个烛龙道，恐怕没有谁的藏剑能超过熊副道主，当真是令人羡慕啊……”

逐锋这一番话说得多少有些奉承之嫌，在场众人听在耳中却并不觉得刺耳，因为他们心中也是这么想的，只是没有说出来罢了。

“没什么。数万年来本座四处搜寻，费尽心力才收集这一千零八十柄飞剑，实属不易……”熊山摆了摆手，眼底闪过一抹自得之色。

韩立此刻根本顾不上这些，他的目光死死地盯着天剑冢草原西北的方向。因为在那一片区域中，七十二个坟茔上各插着一柄青色飞剑，那些飞剑不断发出颤鸣，剑身上射出纤细的金色电光，似乎正试图从坟茔中挣脱。

这七十二柄青色飞剑不是他物，正是韩立不慎遗失又苦苦寻找了很久的“青竹蜂云剑”！这些飞剑似乎感应到了韩立的存在，挣扎得越发剧烈，剑身射出的电光越来越亮，眼看就要彻底挣脱。

第106章

千锋聚灵剑阵

韩立见此，瞳孔微微一缩，心中念头急转。

他当然想立刻就将自己的飞剑拿回来，可直接找熊山讨要自然是不可能的，而他想凭借一己之力将飞剑强行夺回更是自寻死路了。

这些念头如电光石火一般在他脑中一闪而过，下一刻他便做出了决定，直接切断了与青竹蜂云剑的神魂联系。

没了韩立的神魂感应，青竹蜂云剑上的电光顿时消失，但不知为何，剑身仍在不停地挣扎，仿佛要从坟茔中挣脱出来。

驻守在青竹蜂云剑所在区域的修士见状，纷纷面色一变，立即朝着坟茔打出一道道法诀，坟茔上随即亮起青色光芒，散发出强大的禁锢之力。

纵是如此，也没能完全压制住青竹蜂云剑的异动，仍有数柄飞剑在剧烈地挣扎，试图挣脱束缚。

“叶风师兄，这是怎么回事？这些飞剑虽然每隔一段时日就会闹腾一番，可从来没有像今日这般难以压制。”一名紫发大汉面带疑惑之色，向身旁之人问道。

紫发大汉身旁的那名个子颇高的黑肤青年没有答话，直接从地面上站了起来，来到那几柄飞剑附近，手中掐诀，抬手一抛。

只见数块巴掌大小的黑色石块飞掠而起，在半空中划出柔和的弧线，不偏不倚地落在那几个坟茔之上。

这些石块纹理粗糙，发出星星点点的乌黑光芒，看起来十分寻常，实际上却是一种能够短暂压制飞剑灵性的异石，被称为“镇剑石”。

随着一块块镇剑石的落下，坟茔上的光芒愈加明亮，那几柄飞剑的声势骤然减小，剑身上的电光也都尽数消失。

事实上，那些坟茔看似普通，实际上却暗藏玄机，它们不仅能够养护飞剑，使飞剑在离开原主人的蕴养后不至于灵性流失，同时也有禁锢的作用，确保飞剑不会脱离。

看到所有青竹蜂云剑都安分了，叶风又一言不发地坐回原处。

紫发大汉见此，只能默默地叹息。

数年前的某天，叶风不知为何突然性情大变，变得十分沉默，他的修炼也受到了影响，惹得摩邪长老极为不满。

紫发大汉正暗自叹息，身旁突然凑过来一人，说道："师兄，今日便是我们在这天剑冢驻守的最后一天，以后可就没有这么轻松又没有什么危险，每个月还有稳定功绩可赚的任务喽。"

"嘿嘿，你小子上次不是还抱怨这任务太无聊，怎么现在倒不舍得了……"紫发大汉嘿嘿一笑，与旁人开起了玩笑。

与此同时，远在入口处的韩立虽然切断了与青竹蜂云剑的神魂联系，但是他的注意力并没有离开青竹蜂云剑。当他看到叶风作为镇剑之人出现在这里时，他心中的疑团解开了。

刚到钟鸣山脉时，他与蟹道人和青竹蜂云剑之间的气息曾同时被人切断，故而他一直以为这二者必然在一起，后来他找回了蟹道人却没能找到青竹蜂云剑，他一直耿耿于怀。

想来当日叶风恰巧在此执行养护任务，而青竹蜂云剑又出现了异状，所以他们才一同被禁制法阵遮蔽了气息，导致韩立产生了误会。

"时辰差不多了，本座现在就说一下各位的任务吧。"熊山的目光扫过众人，说道。

一众长老闻声，连忙竖耳聆听。摩邪长老也一脸严肃地朝熊山望去。

"你们现在看到的大阵名为'千锋聚灵剑阵'。凭借此阵本座可将这剑冢中上千柄飞剑上的烙印尽数抹去，转化为精纯剑元。本座要做的便是将这些精纯剑元全部融入我的本命飞剑中。”熊山朗声说道。

此言一出，在场的所有人都为之一震。韩立同样暗暗咋舌。

若真能将这些品质极佳的飞剑剑元融为一炉化作一柄飞剑，那此柄集万金之气的飞剑极有可能冲破灵宝壁障达到后天仙器的层次，其威能之大，简直无法想象。

“诸位也看到了，除开中心处的祭剑台，这里总共分为十个区域。诸位要做的，就是驻守其中某个区域，负责操控那一区域内的所有飞剑，辅助本座抹去飞剑上原本的烙印，吞噬其中的剑元。”熊山继续说道。

众人闻言，纷纷将目光投向草原，都在心里盘算自己要选哪一个区域。

韩立表面上如其他人那般四下观察，心中却在揣摩熊山刚才所说的内容，想从中找出一些有用的线索。

这剑冢中的坟茔看起来杂乱无章，仿佛是随意建造，实际上却是章法分明，分布有序，比如剑意相近或是出自同源的飞剑往往会被安排在同一个区域，而那些剑意相悖的飞剑，则会被分在两个不同的区域。

在每个区域的中心处竖着的那根直径超过三丈、高逾十丈的黑色石柱，便是每个区域的支柱，每一根石柱上面都镶嵌着十几块龙眼大小的仙元石。不说其他，单单是这一手笔就足以让在场的所有真仙境长老震撼不已了。

“熊兄，照我说，你为何不提早将这些飞剑上原主人的烙印抹去，这样岂不是更加方便？”摩邪突然问道。

“你知道什么？飞剑被抹去标记后，灵性便会丧失大半，且随着时间的推移灵性会继续流失，所以只有在正式祭炼之时抹去才能最大程度地保留其灵性与威能。”熊山哼了一声，没好气地说道。

“哈哈，原来如此，受教了！”

摩邪不以为意地哈哈一笑，点了点头说道。

熊山没有说话，只见他手腕一转，一柄金灿灿的飞剑立即浮现而出。

此剑长逾三尺，宽约两寸，通体金黄，浑身充满沛然剑意，有一股睥睨天下、锐不可当的惊人气势，在剑镡处还铸有一只形状狰狞的古兽，兽口大张，双目含光，看起来恍如活物一般。

周围众人看了此剑一眼，纷纷将目光移开了，似乎是觉得此剑锋芒太盛，再看下去便会刺痛双目一般。

“不愧是熊兄的本命飞剑，经过这几年的淬炼准备，气势更是今非昔比了！此剑一旦炼成，熊兄只需再闭关参悟数百年，相信借此跨过那道门槛成就金仙也指日可待。”摩邪眼睛一亮，赞叹道。

“那就借摩兄吉言了！”

熊山祭出本命飞剑后，身上散发出来的气势更胜之前，只见他意气风发地发出一声长啸，便连人带剑飞身而起，几个起落之后就到了草原中央的祭剑台上。

整座祭剑台直径有三十六丈，高达七十二丈，通体晶莹通透，恍如由美玉砌成，上面刻有各种繁复的阵纹，镶嵌着许多不知名的灵石，阵纹与灵石联结勾勒成一幅覆盖了整个祭剑台的巨大阵图。

“为今日之事，本座已经筹备了数万年。若是成功，自然皆大欢喜。不过丑话说在前头，若是有人在关键时刻掉链子，可别怪本座翻脸不认人。”熊山突然转身，冲韩立等人说道。

“熊副道主放心，在下定当竭力而为，绝不有失！”逐锋抱拳，保证道。

其余几名本土长老也纷纷拍着胸脯做出保证，至于韩立等几名散修长老，则恭敬地点了点头。

“入阵枢！”

随着熊山一声响彻天地的大喝，韩立等十名长老纷纷飞掠而起，朝着草原疾驰而去。

韩立身上青光一闪，立即朝着西北方向疾驰而去，可飞出一半之后，他便在半空中停了下来。

他这一飞一停的瞬间，逐锋的身影从他身旁急掠而过，斜了他一眼，还鄙夷地“哼”了一声，随即向着青竹蜂云剑所在的区域飞去，朝着黑色石柱飘然落了下去。

韩立看着逐锋飞过的背影，身形一转，朝着西南方向的区域飞掠而去。

十个区域的划分并不是很规整，每一个区域的形状也并非四四方方，区域中分布的飞剑数量也并不一样，有的区域只有数十柄剑，有的区域则有上百柄，而青竹蜂云剑所在的区域就只有那七十二柄青色飞剑。

若是非要说整个“千锋聚灵剑阵”像什么形状，那只能说它看起来像是一朵含苞待放的鲜花，处在剑阵中心位置的祭剑台就像是鲜花的花蕊，周围的十个剑阵区域则像是包裹着花蕊的花瓣。

熊山见众人都找好地方站定后，双手在身前一合，掐出一道法诀。

原本悬浮在他身前的金色飞剑骤然金光大放！

接着，他口中念起口诀，这方剑冢禁地之中似乎有一股奇异的力量与之呼应，使他吟诵咒语的声音如梵音一般响彻整个天穹。

与此同时，熊山身下的祭剑台也亮起明亮的光芒，祭剑台上的复杂阵图也浮现出一片金色阵纹。

“隆隆”之声从祭剑台上响起，一座三尺见方的白玉祭台从高台中央缓缓升起。那祭台上遍布符文，中心处露出一个与剑身宽窄相当的黑色洞口。

熊山口中的吟诵声不停，双手握住金色长剑的剑柄，将剑缓缓地插入白玉祭台的黑色洞口之中。

一阵“哧哧”的摩擦声响起。

金色长剑一插入洞口，整个祭剑台轰然一震，亮起一道耀眼的白色光柱，直冲高空而去。

与此同时，韩立等人身下的黑色石柱上镶嵌的仙元石顿时爆发出明亮的光芒，一股股灵力流淌而出，竟如同液体一般填满了石柱上的纹路。

十根黑色石柱同时一震，亮起耀眼的黑光，然后所有的黑光化作一道冲天光柱，射入高空。

只见高空之中，原本散乱不堪的云絮被这道光柱搅得稀碎，一个灰色光罩从中浮现，如同一口大锅一般，倒扣在整个剑冢禁地之上。

身处高台之上的熊山见状，眼中流露出一丝莫名的兴奋之色，忽然将吟诵咒语的声音提高了，声声如雷，炸响九天！

只见那个灰色光罩之上忽然有金光闪动，那些金光凝聚成一条条金色丝线，相互联结，游动不定。

与此同时，整个剑冢禁地之中响起颤鸣之声，而且越来越响。

韩立环顾四周，发现他所处区域内的上百柄飞剑竟然同时剧烈地摇晃起来，看起来似乎想要奋力挣脱坟茔的束缚。

这些飞剑摇晃的速度极快，振幅也极大，竟然在坟茔之上晃出一道道扇形残影。

通过与青竹蜂云剑的神魂联系，韩立感受到了一种强烈的畏惧感，他的本命飞剑和其他飞剑一样，似乎都处在强烈的恐惧中，它们迫切想逃离这里。

一想到自己当年在人界是怎样一点一点培育金雷竹，又是怎样一步一步炼制出七十二柄青竹蜂云剑，韩立心中不禁泛起一丝莫名的滋味。

漫长的修仙途中，除了掌天瓶以外，陪伴他时间最长，与他出生入死，对他不离不弃的就是这些青竹蜂云剑了。

此刻，这些与自己神魂相连的本命飞剑却面临着被人抹去烙印，抽出剑元的境地，这让他焦急万分，更生出了几分愧疚。他恨不得立刻就将自己的青竹蜂云剑解救出来，然后一走了之。

处在阵中的青竹蜂云剑像是感受到了主人的无奈心境，不断发出颤鸣之声，隐隐显出几分悲壮的意味。

韩立似乎从颤鸣之声中读出了青竹蜂云剑的心意。那是一种宁为玉碎不为瓦全的决绝，一旦他无法将它们救出，那么它们宁愿自行毁灭，也不愿被抹去灵识烙印，融入其他飞剑之中。

就在这时，天穹之中忽然传来“嗡”的一声响。

韩立立即仰头望去，就见那个灰色光罩上的所有金色丝线已经停止了游动，转而汇集成无数金色剑影。

这些金色剑影的姿态各异，形状不一，有的剑锋笔直，有的剑身弯曲，有的形如古尺，有的则状若尖锥……

并且，金色剑影的大小也各不相同，有的看起来就如同一艘大型舰船，有的直径却不到寸许。

韩立目力惊人，细看之下他发现即使是最细小的剑影之上也布满了符文，看不出半点瑕疵。

伴随着这巨大的剑影阵图的出现，整个剑冢禁地之中的剑气一下暴涨数十倍，地面上的青草几乎瞬间全部被绞成了齑粉，空气之中似乎也多了几分肃杀的意味。

韩立等十名站在黑色石柱上的长老看到眼前这一幕，一个个面色微变，惊叹不已。

而驻守在每个区域的三支队伍，此刻也都面色肃然，牢牢地驻守在原地，不敢有半点放松，生怕一个不小心就受到剑气的波及，落个被乱剑刺死的凄惨下场。

韩立在惊叹之余，心中多了一些疑惑，他觉得眼前的景象似乎有些熟悉。

就在这时，分散在草原各处，正在仰头观看剑影阵图的长老们都仿佛遭到了无形之物的强力一击，同时发出一声闷哼，纷纷将视线移开了。

就连摩邪也在望了十几息后，便觉得识海刺痛难耐，有些不甘心地移开了目光。

韩立虽然同样遭受了冲击，但他凭借自己远超同阶的强大神识抵挡住了，他只是微微眨了一下眼，便继续观望。

“提醒诸位道友一句，这千锋聚灵剑阵的阵图之中蕴含的剑气对各位的神识有不小的冲击，多看无益。”这时，熊山的声音突然在众人脑海中响起。

众人听闻，自然更加不敢再多看一眼，不敢再去试图窥探阵图中的玄机。

韩立的眼中却骤然亮起一抹异样的光芒，他恍然大悟。

当年他在广寒界仙人的府邸中得到过一幅万剑图，上面的剑阵演化和气息，赫然与眼前的剑影阵图有异曲同工之妙，甚至在某些地方，其玄妙程度似乎还超过了眼前的阵图。

他心中不由得一喜，连忙仔细地参悟起高空中的剑影阵图来。

片刻之后，祭剑台那边忽然传来熊山的暴喝，声如洪钟，震得整片草原都为之一颤。

“砰砰——”

紧接着，便有一阵爆竹炸裂般的声音不断响起。

只见那些密密麻麻的坟茔一个接一个炸裂，插在其上的上千柄飞剑尽数脱离控制，化作一片纷乱的剑光，四处乱飞。

飞剑横冲直撞，似乎是想朝着禁地之外飞去。

守护在剑阵中的三十支队伍立即出手，施展神通，将这些飞剑控制住。

只见草原东部，有一柄浑身缠绕着熊熊烈焰的飞剑笔直地呼啸着冲天而去，将周围的空气都烧灼得噼啪作响。

负责镇守此片区域的三支队伍见状，同时吟诵咒语，联手召唤出一条巨大的水龙，将火剑紧紧地缠住，拉了回来。

在草原南部，一柄宽约三尺、长逾八丈的土黄色巨剑周身浮现土黄色光芒，它没有如其他飞剑一般冲天而起，而是剑尖指地，在一阵“呼呼”声中疯狂地旋转着，朝着地下钻去。

驻守在此处的三支队伍也都早有准备，在他们的施法之下，此处区域的地面早已呈现青黑之色，整个地面坚如磐石，任巨剑如何旋转，都只能激起大片火星，根本不能钻入地面分毫。

韩立的七十二柄青竹蜂云剑脱离坟茔之后，立即集合在一起，周身闪烁着金色雷光，就要朝着韩立这边急掠而来。

好在此刻这方天地到处都是漫天飞舞的纷乱剑影，若不刻意留心的话，倒也看不出这七十二柄青竹蜂云剑的意图。

“速速拦下那些飞剑！”逐锋见状，立即下令。

叶风等三支队伍不敢怠慢，立即施展神通，牵引周围的灵气，编织成一张巨网，朝着青竹蜂云剑罩去。

青竹蜂云剑刚刚飞出十多里，便被灵气巨网罩住了。

“嗞——”

只见七十二柄青竹蜂云剑同时金光大作，电光狂闪，迸射出无数金色电弧，将巨网撕成了碎片。

韩立心中对此有所感应，他甚至能感受到青竹蜂云剑上辟邪神雷爆发时带出的几分愤怒，然而，他现在什么都不能做，只能和其他人一样，施法将自己区域内的飞剑控制住。

“一帮废物！”

逐锋见状，忍不住骂道。

只见他单手在身前一抓，半空中便浮现一只巨大的手，罩住青竹蜂云剑，硬生生将其拉了回来。

对这些飞剑的反扑挣扎，熊山似乎早有所料，他只在一开始的时候分神看了几眼，之后便完全不理会了。

很快，各个区域内遁逃的飞剑陆续被镇住，但仍有一些飞剑试图挣脱，更多的飞剑只能在小范围的区域中挣扎，相互碰撞，发出金石交击之声。

韩立稳稳地控制着自己区域内的飞剑，脑海中却在回忆万剑图。

有了万剑图作为参考，他对高空中剑影阵图的参悟倒是事半功倍，很快他就看出了门道，有一些明悟，但毕竟时间太仓促，要说悟透，他还差得远。

就在这时，高台之上的熊山停止了吟诵，只见他一闪身，骤然腾空而起，径直冲向了东方的高空。

熊山飞入祁良所在的那片区域后，将衣袖一卷，大手在空中一抓，一个硕大的金色手掌从中探出，将一柄银白色的飞剑抓在了手里。

银白色飞剑立即疯狂地挣扎起来，剑身上银光大放，化作数百道银色剑影，朝着四面八方冲击而去，试图将那个金色手掌撑开。

然而，金色手掌攥得死死的，任凭银光剑影肆意冲击，都没有丝毫松动。

熊山见状，伸出另外一只手，并指如刀，在空中又凝出一只金色手掌，朝着银白色飞剑狠狠地抹去。

只见银白色飞剑猛地一震，剑身上那一层半透明的光芒被金色手掌一寸一寸剥落，在半空中凝成一柄半透明的飞剑，看起来似乎是变成了灵体乖乖地悬浮在半空中，不再动弹。

第 107 章

逆转

熊山施展的金色手掌缓缓张开，被抽去剑元而灵性尽失的银白色飞剑向下坠去，还未落到地面，便被充斥在天地间的剑气撕碎了。

熊山看也未看那柄化为碎片的飞剑一眼，他的目光早已移向了另外一柄剑身弯曲、状如游蛇的长剑。

只见他手掌一张，悬在空中的金色手掌立即朝着那柄长剑探了过去……

韩立只在最初的时候看了一眼熊山那边的情况，之后便全心投入到对剑影阵图的感悟之中。

他之前参悟万剑图，是为了修习“念剑诀”这一神通，以及加强对此图的掌控，对于其中有关剑阵演化的内容了解得并不多。结合此次对剑影阵图的参悟，他在这方面收获颇多。

这剑影阵的本质，其实是通过对剑气的运用来构建法阵。只要是法阵，就有阵枢和阵眼，找到这些关窍的所在，就有机会将之破解。

转眼间过去了大半日。

通过一番观察，韩立已经找到不少重要的阵枢，但想要神不知鬼不觉地令法阵失效，他还无法做到。一旦他强行令法阵失效，无疑与明目张胆地夺回自己的飞剑一样，没有任何意义，所以他只得继续参悟，同时等待时机。

在这一段时间内，熊山已经陆续将草原东部和南部那几个区域内的数百柄飞剑的烙印抹去，并将剑中的剑元抽了出来。

此刻，草原上空悬浮着一柄柄化作灵体状的飞剑。

只见熊山一闪身，径直飞到草原西部的一个区域，大手一挥，朝一柄宽刃巨剑抓了过去。

熊山的面色有些发白，接连施法令他消耗了不少元气。不过，他的神情十分欣喜，眼中也闪烁着灼热的光芒。

韩立正死死地盯着高空中的剑影阵图，仔细观察着那成千上万的剑影。就在这时，他忽然发觉高空中的剑影阵图变得和一开始有些不一样了，可具体是哪里不一样，他一时半会儿还看不出来。

他隐隐觉得，这不一样的地方，极有可能就是他破解法阵，夺回青竹蜂云剑的契机。

然而，他越集中精神去看，就越无法看清阵眼在何处，不由得有些焦急。

不多时，熊山便将那个区域内的百余柄飞剑上的烙印全部抹去了。至此，剑冢草原上的大半飞剑，都已经被转化为精纯剑元。

熊山完成之后，并没有马上赶往下一个区域，而是翻手取出两颗丹药服下，然后才转过身，朝着韩立这边望了过来。

熊山的目光在韩立和逐锋之间来回移动了几次，似乎是在考虑先去韩立所在的北方区域，还是逐锋所在的西北区域。

韩立心中焦急万分，却仍未找出解除眼前困境的方法。

他深吸一口气，索性双眼一闭，不再去看空中的剑影阵图，而是释放出强大的神识探入其中。

神识一进入剑影阵图，韩立就感到神魂一阵刺痛，仿佛有数百道剑光同时劈在他的神魂上，那滋味简直难以言喻。不过他并没有退缩，而是暗自咬牙，凭借强大的神识忍了下来。

熊山一心都在抹除飞剑原本的烙印这件事上，其余长老知道剑影阵图的厉害，都不敢放出神识对其进行探察，故而在场的所有人没有一人注意到韩立的大胆行径。

吸收了那两颗丹药的效力之后，熊山的面色恢复了一些，他的目光最终落在西北方向，他身形一动，朝着西北方向飞掠而去。

熊山一只手向前探出，一只金色手掌立即在空中浮现，朝着一柄青竹蜂云剑抓过去。

青竹蜂云剑感受到了危机，剑身开始疾速颤动，发出一阵阵“嗡嗡”声。这声音听在韩立耳中，仿佛是青竹蜂云剑在述说自己对其见死不救的哀怨和不满。

就在这时，一直闭目探察的韩立霍然睁开了眼睛。他的嘴角向上微微翘起，脸上露出一抹不易察觉的微笑。

下一瞬，那柄已经被金色手掌握住的飞剑，突然停止了颤鸣，稳稳地悬浮在空中，再没有半点异动。

原本在四处乱飞的其他七十一柄飞剑，也像是得到了指令一般，同时停止了动作，一动不动。

逐锋见方才还闹腾得厉害的七十二柄飞剑突然静止，他先是一喜，下一刻他的心中生出不好的预感。

下一瞬，异变骤生。

就在金色手掌要攥紧那柄青竹蜂云剑的瞬间，剑身上忽然传出雷鸣声，爆发出耀眼的金色电光，化作巨大的金色圆弧，想将金色手掌撑开。

与此同时，另外七十一柄青竹蜂云剑周围也闪烁起金色电光，同时挣脱了逐锋等人的束缚，朝着那柄被金色手掌虚握的飞剑疾射而去。

“轰隆隆——”

滚雷声响起，七十一柄飞剑带着滚滚金雷，直接将那金色手掌撕裂开来，与另一柄飞剑会合。

“真是废物，还不速速让其他飞剑归位！”熊山见状，大声喝道。熊山只当这次异变是这些飞剑又一次的本能抗争，遂责备逐锋道。

逐锋心中十分郁闷，方才不是他不肯束缚这些飞剑，而是他根本就束缚不住它们。

熊山的话音刚落，七十二柄青竹蜂云剑周围便同时弹射出耀眼的金色电光，骤然化作七十二道金光疾射而出，一下子挣脱了逐锋的控制，朝着剑阵东部飞掠而去。

逐锋见状，大惊失色，连忙运转神通想要补救，无奈释放出辟邪神雷的飞剑遁速快得惊人，只是一闪就到了草原东部。

别说逐锋根本操控不及，就连熊山也都没能反应过来。

七十二柄飞剑掠至草原东部之后，并未立即破阵离去，而是突然四散开来，在半空中划出一道道变幻莫测的轨迹，最后分散到区域的各处，仿佛是在千锋聚灵剑阵中构建了一个小型剑阵。

小型剑阵上剑光大亮，迸射出耀眼的光芒射向高空中的剑影阵图，使得阵图中那些由金色丝线构成的剑影纷纷转换，漫天剑气朝着青竹蜂云剑这边蜂拥而来。

牵一发而动全身，几乎就在一瞬间，整片剑冢草原的剑气变得纷乱，千锋聚灵剑阵也跟着发生了惊人的异变。

这种感觉就仿佛是整个大阵在这一刻蓦然反转了。

熊山一闪身就到了小型剑阵的附近，他刚要出手阻止，就因自身气息与剑阵联系紧密而受到大阵反转的影响，全身的仙灵力运转紊乱，他猛然喷出一口鲜血，跌向地面。待他好不容易稳住身形，却发现已经来不及了。

其余的长老都被这一变故吓到了，一时间竟无人做出反应，至于那些大乘期、合体期的弟子，即使有心帮忙也根本无能为力。

一直在阵外观望的摩邪长老，倒是提前看出了一点异常，但从他的角度来看，只当是剑阵自身的变化，压根儿没想要做些什么。

对此变故早有准备的，只有韩立一人。

先前他忍住剑气的冲击，强行以神识探察剑影阵图时便发觉阵图中的剑气流转和各方比重都有所变化。

他发觉在熊山转化了大半飞剑之后，这些飞剑所在区域内的剑气浓度升高了许多，虽不至于太明显，但产生了一定程度的失衡。

于是他通过青竹蜂云剑形成的小型剑阵发挥牵引作用，将这种失衡迅速扩大，最终导致了千锋聚灵剑阵的反转。

这一切说起来容易，做起来却十分困难。

首先，要对剑影阵图的变化有敏锐的感知，发现其中剑气的细微变化。

其次，要准确把握反转千锋聚灵剑阵的时机，若时机不对，反转多半会以失败收场。

最后，要熟知万剑图，因为用来牵引剑气的小型剑阵出自万剑图，与剑影阵图本就有着千丝万缕的关系。

这一切万不能出现一丝一毫的差错，这样才能在不破坏剑阵的基础上反转大阵，否则只不过是破坏剑阵，使之崩溃罢了。

只见悬浮在半空中的数百道飞剑剑元，像是突然受到了召唤一般，纷纷光芒一闪，急掠而出，在半空中划出一道道奇异的弧线。

摩邪长老见此，似乎想到了什么，抬头看了一眼上方的剑影阵图，他惊讶地发现这些剑元飞掠的轨迹竟然全部与阵图上的剑影相同。

而由青竹蜂云剑构成的小型剑阵处形成了一个巨大的青色旋涡，当中剑气翻涌，隐隐有金色电光在不断闪动。

数百道精纯剑元裹挟着无数剑气和剑光，朝着那青色旋涡汇集而去，与天幕中的漫天剑影相互映衬，形成了一幅声势浩大的剑潮奔涌景象，万剑归宗也无法准确形容那种气势。

对青竹蜂云剑来说，这些被抹去了原本主人烙印的精纯剑元仿佛是最上等的补品，不但营养极佳，而且极易消化。

只是一眨眼的工夫，这些剑元就被七十二柄青竹蜂云剑吸收了大半！

所有飞剑同时大震，剑身传出阵阵啸声。

被青竹蜂云剑彻底反转的剑阵，此时已经完全失控，那些尚未被抹去烙印的飞剑，似乎也受到了鼓舞，竟全都疯狂地挣扎起来。

“你们这些废物，还不动手给我控制住这些飞剑，在等什么？”熊山见此景，双目几乎要喷出火来，大声暴喝道。

除了要控制剩余区域内的飞剑的长老之外，其余几名内门长老纷纷施展神通，试图阻断源源不断向着旋涡涌去的剑海大潮。

这些法阵本来只是为了应对少数飞剑的躁动而设，如今几乎所有飞剑都躁动了，这些长老不禁手忙脚乱，应接不暇。

“摩邪道友，还请助熊某一臂之力，他日必有厚报！”

熊山大喝一声，猛地一掐剑诀，冲天一招。

只见原本插在高台上的那柄金色长剑，突然金光大作拔地而起，剑锋一转就朝着这边疾速射来。

金色长剑一离开祭剑台，整个大阵便停止运转，剑影光幕也随之消失。

摩邪略一迟疑，探出双手，朝高空一招。

一阵电流激荡之声响起。只见十几柄乌黑长剑从空中飞出，剑身缠绕着黑色雷电，相互联结朝着剑潮飞射而去。

就在此时，青竹蜂云剑将剑元吸收完了。

“轰隆！”

只见一根粗逾十丈、高达千丈的巨型金色雷柱从那青色旋涡之中升起，如一杆天神雷矛径直刺入苍穹。

“轰隆隆——”

高空之中传出一连串响彻天地的爆鸣声，笼罩着剑冢草原的层层禁制被尽数撕开，众人头顶突然出现一个深邃的大洞，看起来就像是天穹被捅了一个大窟窿。

那雷矛很快就化为点点金光消散开来。七十二柄青竹蜂云剑上的雷光却没有消散，密密麻麻的金色电光相互联结，缠绕在一起，融合成一柄长逾十丈的青色巨剑。

青色巨剑一成型，立即剑锋一转指向高空中的那个大洞，剑身青光一闪，作势就要朝大洞飞去。

然而就在这时，破空声响起，震得众人耳朵剧痛，有些合体期修士承受不住，耳朵渗血，昏了过去。

“给我留下来！”熊山暴喝一声。

下一刻，一道巨大的金色剑影骤然破空而至，朝着青色巨剑斩去。

“铛！”

金色剑影与青色巨剑锋刃相交，顿时掀起一股轩然波动。一道金色光芒在两剑相交之处骤然爆发，朝着四周横扫而去。

所有人只感到头顶上扫过一阵波动，仰头望去，只看到整片天空出现了明显的断层，倒不是空间被撕裂了，而是高空中的云絮和剑气，甚至是悬浮的微尘都被方才那一道金色光芒切开了。

紧随熊山的本命飞剑而来的那十几柄缠绕着黑色雷电的长剑，则极为不幸地挡在了这道金色光芒的去路上，被扫了个正着，无一幸免。

摩邪作为这十几柄长剑的主人，自然受到了不小的震荡，他连忙招手，顺势收回了自己的飞剑。他的眼中闪过一丝冷光，决定袖手旁观。

就在此时，“咔”的一声脆响突然清晰地传入每个人的耳中。

只见那道金色剑影从中部骤然裂开，继而轰然消散，一柄灵光尽失、断裂开来的金色飞剑从高空坠落。

与此同时，刺耳的破空声传来，那柄青色巨剑赫然射入高空的大洞之中，眨眼间就不见了踪影。

熊山猛地喷出一口血来，伸手将两截断剑抓了回来，双眼通红。

所有长老和弟子见状，纷纷飞掠过来，却无一人敢说话，就连摩邪也只是蹙了蹙眉，闭嘴不言。

稍稍落在众人之后的韩立，暗自稳定体内翻涌的气息，方才那一剑的威力实在非同一般，即使被青竹蜂云剑吸收的磅礴剑元抵消了大部分，他还是不可避免地受到了冲击和震荡。

“东北方向，还不去追！”

熊山愤怒到了极点，他的本命飞剑被毁，元气大伤，必须尽快闭关修养，否则很可能连修为都会受到极大的影响。

众人闻言，立即准备去追。

“慢着，西北方向……不对，西南……”

熊山突然叫住了众人，脸上的神情一变再变。

“熊兄，怎么回事？”摩邪忍不住问道，长老们也是一脸茫然。

“不好！我与那些飞剑的最后一点联系也彻底断了。”熊山瞥了摩邪一眼，冷冷地说道。

熊山回头看了一眼一片狼藉的剑冢草原，看到只剩下三百多柄飞剑，他的眼中顿时冒出一片滔天怒火。

他手臂一抬，衣袖无风自鼓，猛然向下挥去。

那三百多柄飞剑立即被一股巨力抛向空中，继而纷纷砸向地面。

“砰砰——”

一连串爆鸣声响起，三百多柄飞剑尽数落地，剑身全都插入地面，只有剑柄还露在地面之上。

周围所有人都感受到了熊山的怒火，得不到他的指示，又不敢擅自行动，一个个战战兢兢，不敢说话。

至于负责镇守青竹蜂云剑那个区域的逐锋，早已吓得面无人色，浑身发颤。他只不过是一名内门长老，若是身为副道主的熊山在盛怒之下要杀他泄愤，他就必死无疑了。就算事后宗门追究熊山的责任，对于逐锋来说已经没有任何意义了。

熊山的目光在众人脸上缓缓地扫过，此刻他虽然愤怒至极，但是并未失去理智。他知道千锋聚灵剑阵绝不会平白无故发生逆转，这当中必定有人做了手脚，而那人极有可能就在眼前这十名长老之中。

负责那七十二柄飞剑的逐锋虽然嫌疑极大，但并不是熊山首要怀疑之人。在熊山看来，最为可疑的是主动要求前来观摩剑阵的摩邪。毕竟这等复杂至极的剑阵，就是熊山自己也无法完全掌控，若说眼前这些人中真有人有能力反转这个剑阵，无疑只有摩邪了，因为所有人当中只有他的修为与熊山旗鼓相当。

“熊副道主，你该不会是怀疑我吧？除了最后你唤我出手以外，其他时间我可是站在原地一动未动，甚至连气息都没有散发出来，若是我动了手脚的话，你怎么可能毫无察觉？”摩邪看出了熊山目光中的怀疑，大声说道。

“摩道友不必如此，熊某可没这么说。”熊山冷哼一声，淡淡地说道。

怀疑归怀疑，没有证据就没有任何意义，熊山从来不是莽撞之人，否则他也不可能身居副道主之位。

“看来今日熊副道主还有不少事要处理，在下就不多打扰了！那些借给熊副道主之物，在下他日再来讨要。告辞！”摩邪闻言，缓缓说道。

熊山没再多说什么，单手一抬，朝空中某处打出数道法诀，那处立即浮现一团白光。

摩邪朝熊山略一拱手，便一闪身没入那团白光之中。

熊山看着摩邪的身影彻底消失在白光之中后，才收回目光，再次看向韩立等十人，眼神冰冷，面沉如水。

现场的气氛如同凝固了一般，所有人噤若寒蝉，不敢发出任何声音。韩立也如其他人一般，略微低头，没有与熊山对视。

“逐锋长老，你就没什么要跟我解释的吗？”半晌之后，熊山的目光落在了逐锋的身上。

“熊副道主，这……我……不是……”逐锋心中猛地一跳，结巴了半天，说不出一句完整的话来。

熊山暗自催动神识将禁地探察了一番，仍然没有发现任何蛛丝马迹，所以说道：“先前我已经说过，若是有人掉链子，就别怪我翻脸无情！既然逐锋长老给我捅了这么大的娄子，不给点赔偿怕是说不过去吧？”

“熊副道主，您要我……如何赔偿啊？”逐锋抬头望向熊山，冷汗淋漓。

“我这次的损失之大，你就是搭上所有的家底恐怕都赔不起。我不是绝情冷酷之人，你就用六千点功绩和三百块仙元石来赔偿吧。”熊山冷冷地说道，语气里透着一股不容反驳的气势。

逐锋闻言，顿时身子一软，瘫倒在地。

这个赔偿价码远远超出了他的承受能力，要他一下子拿出这么多钱财来，简直比要他的命还让他难受。可是，难受归难受，这个结果他不得不接受。

在场众人闻言，纷纷咋舌，一方面暗骂熊山的心太黑，一方面则庆幸自己不是逐锋那个倒霉蛋。

“熊副道主，六千点功绩我勉强拿得出，可三百块仙元石是真的没有，能不能……用极品灵石来代替？”逐锋脸色难看，试探着问道。

“本座可以宽限你一些时日，只要你十年之内凑齐给我，我就不追究此事。”熊山瞥了逐锋一眼，冷冷地说道。

“这……好吧。”逐锋哭丧着脸，艰难地答道。

第 108 章

找回青竹蜂云剑

“你们记住，出了这个门后，不允许跟任何人提及此事，否则我绝不轻饶。好了，都滚吧！”狠狠地敲了逐锋一笔之后，熊山的心情并没有变好，他毫不客气地下了逐客令。

众人闻言，连忙答应。他们辛苦了大半天，半点功绩都没有拿到，还不敢多说什么，只能悻悻地离开。

韩立与祁良出了禁地，一路无话，各自回了洞府。

韩立一回到赤霞峰洞府，立即将全身上下仔细地探察了一遍，确认没有被熊山种下标记后，才稍稍放下心来，进入密室盘膝而坐，闭目调理。

数日后。

钟鸣山脉的东北方向，山脉边缘的一座孤零零的山峰上，一位身穿雪白衣衫、头挽道髻的清瘦老者，正站在一块光秃秃的巨石之上，仰头望向西南方向的高空。

天空一片澄澈，仿佛被水洗过一般，干干净净，空无一物。可老者的眼神闪烁着兴奋的光芒，他的脸上也露出期待的神色。

片刻之后，原本空无一物的天边，突然亮起一道青光。

数息之后，那道青光骤然变大，青光敛去，露出一柄青色巨剑，朝清瘦老者急掠而来。

“果然！”

清瘦老者眼睛一亮，嘴角勾起一抹笑容。

下一刻，他浑身的气势骤然一变，将自己的精气神都提升到最饱满的状态，他一身真仙境初期的修为展露无遗。

他本是古云大陆外的一名海上散修，近日来到钟鸣山脉附近，本来他只是想在这座孤峰上休憩几日，却不想方才打坐之时，他感应到了一柄气息堪比仙器的古怪飞剑正朝着他这边疾驰而来。

清瘦老者本来就是精通剑道的真仙境修士，在没有感应到飞剑主人气息的情况下，他心中顿时生出了一丝贪念，打算将此剑拦截下来据为己有。

看见飞剑临近，清瘦老者瞬间化作一团耀眼的白光，朝着飞剑扑了过去。

化身一柄巨剑的青竹蜂云剑，此刻虽然没有韩立的催动，但仍然凭借本能产生了抗拒之意，剑身之上发出一声轻响。

清瘦老者此刻哪里还顾得上这些，他双手往前探，朝巨剑剑柄处抓去。

“轰隆——”

巨剑上亮起一团刺目的金光，无数金色电光骤然射出，笼罩了方圆数十丈，化作一个密不透风的金色雷球，从里面传出一声凄厉的嘶吼。

紧接着，金色雷球骤然一缩，消失不见了。

只见一具尸体从高空坠落，而那柄巨剑也因为消耗过度，光芒一敛，重新化作七十二柄飞剑朝着下方的一处山谷中落去。

两个月后，钟鸣山脉东北部的边缘地带，一座十分偏僻的雪谷上方，一名身穿青色长袍的青年男子从高空中徐徐下降，落在了山谷之中。

此人身材高大，眼眸如星，正是循着神魂联系一路追来的韩立。

之前因为担心熊山在暗中监视他，他在回到洞府之后的一个月内都留在密室里修炼，没有离开过半步。

正如韩立所料，熊山并没有放过任何一个可疑之人，甚至还悄然派人到他的领地监视他的一举一动，其余几人包括摩邪的领地也出现了类似的情况。

包括摩邪在内的所有人，都对此睁一只眼闭一只眼，否则反而可能弄巧成拙，让熊山更加怀疑自己。

直到确认熊山放松警惕后，韩立才隐匿行踪悄悄地离开了赤霞峰，一路飞驰追寻到这里。

他落地之后，立即朝着山谷深处急掠而去，最终在谷内的一个深潭边停了下来。

他的目光扫过深潭，便见水面看似平静，实则却有无数细微的剑气游弋其中，一旦有细碎山石或是枯木树叶落入潭中，便会立即被绞碎。

韩立猜测青竹蜂云剑就在潭中，随即心念一动，对着潭水召唤起飞剑来。

伴随着“哗啦啦”一阵响，只见原本平滑如镜的深潭水面，立即如同沸水一般翻滚起来。

“噗噗”声接连响起！

七十二柄飞剑一柄接一柄地从水潭中飞掠而出，在半空中略一盘旋后，便纷纷朝着韩立飞来。

韩立见此，嘴角浮现一丝微笑，身体一动不动。

只见这些飞剑通体闪烁着青色光芒，如一群稚童一般围绕在韩立身边，欢快地上下飞舞，发出细微的颤鸣声。

“终于……回来了！”

久别重逢，韩立长长地呼出一口气，抬手在这些飞剑上一一抚过，就像是揽过故友的肩膀，感受到其上传来的有些熟悉又有些陌生的气息，他的心中感触良多。

由于飞剑吸收了数百柄上品飞剑的精纯剑元，剑身上的气息自然得到了大幅提升。出于安全考虑，韩立并没有立刻去试探此剑如今的威能，而是施展秘术将剑身的气息遮掩起来。

确认不会被人发现端倪之后，韩立才爱惜地将飞剑一一收入体内。

想当年，只是两柄飞剑被古魔抢走，他重新夺回之时就已经欣喜异常，如今七十二柄飞剑失而复得，他心中的欢喜自然是不用多说了。

至于飞剑威能的大幅提升，反倒成了额外的惊喜，他也算是因祸得福了。

不久后，韩立没有惊动任何人，悄悄地回了赤霞峰。

一回到洞府，他便让梦云归将所有人召集过来。

“拜见厉长老！”

洞府某间议事大厅内，梦云归、孙不正等十人躬身行礼，齐声参拜。

“这些年你们将我的洞府打理得井井有条，自身的修炼也没有落下，也算没有辜负我的一番心意。云归，这些丹药你拿去，稍后分给大家。”韩立看着众人说道。

话音刚落，他衣袖一甩，一道青光飞入梦云归手中，光芒敛去，露出一个精致小巧的储物镯。

“多谢厉长老厚赐！”梦云归等人见此，再次拜谢韩立。

韩立虽然不经常出现，但时不时就有好东西赏赐给他们，其中不乏一些对结丹期修炼大有裨益的丹药，渐渐地，他们对韩立除了尊崇外，还多了一丝发自内心的感激。尤其是梦云归，跟了韩立之后，他已经成功修炼出元婴，成为一名真正的元婴期修士。

“从今日起，我要开始闭关，不见任何外客，赤霞峰也要封闭一段时间，稍后我会将所有禁制尽数开启！”韩立扫了众人一眼，吩咐道。

梦云归等人听闻，心中一凛，急忙答应。

“我闭关后，由孙不正带领几人负责看护洞府。”韩立看向孙不正说道。

“是，厉长老您放心，我一定用心做事。”孙不正立刻说道。

“云归，这十人里数你的修为最高，所以我给你安排了一个任务，去外面帮我寻找一些新奇罕见的灵草、灵药的种子或者幼苗，种类越多越好，不必太计较花费。”韩立又冲梦云归吩咐道。

“是。”梦云归一怔，立刻答应。

“这里面是一些灵石，你拿去采购，还有两件法宝，给你防身。如果你办好了这件事，两件法宝便赐予你算作奖励。”韩立说着，翻手取出一个储物法器递给了梦云归。

梦云归放出神识探入储物法器，眼睛一亮，激动地说道：“多谢厉长老，我一定完成任务，不辜负您的期望。”

其他人见此，眼中纷纷流露出羡慕之色。那储物法器中的法宝必定非比寻常，否则梦云归不会如此激动。

尤其孙不正，他是既羡慕又后悔。原本他的修为比梦云归还高，但是这些年梦云归刻苦修炼，修为早已经超过了他，在他之前突破了元婴期。早知今日，这些年他就应该更加努力修炼，说不定此刻拿到赏赐的就是自己。

梦浅浅目不转睛地看着韩立，眼中流露出期盼的光芒。今日她换了一身雪白长裙，看起来婀娜多姿。

“好了，你们都去做事吧。”韩立笑着对几人点点头，转身回了洞府。

“恭送厉长老。”众人躬身，齐声说道。

梦浅浅的脸色慢慢变白，没有跟着众人躬身行礼。

只听“轰”的一声响，洞府大门缓缓合拢。

“你们几个随我过来吧。”孙不正点了几个人，立刻忙碌起来。

梦浅浅望着紧闭的洞府大门，轻咬嘴唇，心中说不出的惆怅，刚才韩立看都没有看她一眼。

“浅浅，怎么了？”梦云归注意到妹妹的情绪有些低落，走过来问道。

“没什么……”梦浅浅随即低头，眼中浮现一层水雾。

“哎……厉长老和我们不是一个世界的人，你应该明白的。”梦云归如何不明白妹妹的心事，轻叹道。

梦浅浅闻言，浑身颤抖。随即她抬起头，眼神慢慢变得坚定。

梦云归看到妹妹这个样子，只得摇头叹息。他知道妹妹自小外柔内刚，她决定的事情，谁也改变不了，包括他这个哥哥。或许，这也未必是坏事吧。梦云归微微一笑，将此事抛下，开始琢磨如何完成韩立交给他的任务。

过了一会儿，赤霞峰上亮起各色光芒，浮现数个禁制法阵，将整座山峰笼罩在内。

做完这些，韩立进了洞府密室，盘膝坐下。

此刻在他的体内，失而复得的七十二柄青竹蜂云剑正被精纯的仙灵力包裹着，被婴火慢慢炼化。

青竹蜂云剑离身多年，又在天剑冢中吸收了那么多飞剑的剑元，其威能已然大增，但灵性也变得十分驳杂，若是直接催动怕是会有不小的影响，需要先炼化一遍才行。

韩立将掌天瓶取出，凑到眼前仔细地打量起来。如今他已经基本可以确信这掌天瓶内蕴含着时间法则。

当年在灵界，他从马良身上得到掌天瓶的仿制品后，通过二者合一的方式已能催动掌天瓶攻击敌人，如今三百年过去，此瓶不知发生了什么变故，自己多次尝试，却无法催动它。

韩立催动心念，他的身上立即金光大放，真言宝轮在他身后浮现。

他单手一招，真言宝轮就飞到他的手边，疾速旋转起来。

金色的波纹一圈圈扩散开来，罩住了掌天瓶，隐约有一丝丝微不可察的时间之力没入其中。

在此期间，韩立的目光一动不动地紧紧盯着掌天瓶。时间一点一点过去，掌天瓶自始至终都没有任何反应。

韩立沉吟片刻，将手中的法诀一变。

真言宝轮光芒大放，体积飞快缩小，转眼间就化为一个小金球，在他的操控下，“嗖”的一声没入掌天瓶内。瓶身光芒一闪，浮现出淡淡的符文，下一刻又立刻隐没，再无任何动静。

韩立眉头微蹙，微叹了一口气。

他原本想着《真言化轮经》是修炼时间法则的功法，自己既然修炼出了真言宝轮，或许能借此操控小瓶，抑或是能引起此瓶发生一些变化。不过如今看来，似乎并没有什么大用。当然，也有可能是自己如今的功法太浅薄的缘故吧。

韩立摇了摇头，召来了那只巨猿傀儡，让它在自己闭关时继续凝聚绿液，浇灌灵药。

至于地祇化身修炼所需的晶粒，他自会在闭关间隙修炼，确保地祇化身可以继续炼化重水。

他略一沉吟，忽然想到了什么，立即来到另一间石室内，布下一个小型的聚灵法阵，将从方磐处得来的巨蛋置于法阵中央，看灵气的滋养能否将此蛋孵化出来。

将这些都安排妥当后，韩立再次回到密室，闭目静坐。这一静坐，便是三天三夜。当韩立的心境彻底恢复平静，并且各方面都处于最佳状态后，淡淡的金光从他体表散发而出，充斥了整间洞府密室。

时光流逝，转眼间又过了三年多。

赤霞峰上空浮现无数黑云，天地灵气疯狂涌出，朝着洞府汇聚而来。

洞府内，韩立身上金光璀璨，他的小腹上浮现出三个明亮的金色光点，在吞吐着天地灵气。

他再次打通了一个仙窍！

璀璨的金光之中，他背后浮现出真言宝轮，上面赫然浮现出六团时间道纹。

"嗡嗡！"

强大的时间法则波动从真言宝轮上扩散开来，比以前四团时间道纹时强大了不知多少倍。

韩立睁开眼睛，眼中满是欣喜之色。

又打通了一个仙窍固然可喜，不过他真正高兴的是时至今日他终于凝聚出了六团时间道纹。这是常人修炼《真言化轮经》打通十二仙窍后，才有可能达到的程度！

按照功法所述，修炼出六团时间道纹的真言宝轮，其威力会有一次飞跃，不知会比之前强大多少倍。

他站了起来，迫不及待地想要体验一下该神通的威力。

韩立心念一动，真言宝轮飞快地旋转，无数金色波纹扩散开来，朝着周围蔓延而去，不过仍然只蔓延了十丈的距离。

“嗯，看来只要还是第一重，不管修炼出多少团时间道纹，真言宝轮的作用范围都只有十丈，等突破第二重，作用范围才会扩大。”他心中暗道，随即闭目感应。

金色波纹笼罩的范围内，一切都变得迟缓。就连空气的流动，以及天地灵气的波动都变得前所未有的缓慢。

韩立眼中浮现一层蓝光，他视野内的天地灵气立刻变得无比清晰。

此刻看上去，这种迟缓现象更加明显了。

五颜六色的天地灵气在激荡，彼此冲撞，然后各自散开。所有的一切都清晰可见，这种感觉还真是奇妙。

周围的一切虽然变慢了，但韩立的动作并没有任何改变，相较之下仿佛是他自己的速度陡增了。

他身形一晃，下一刻就出现在数丈之外。

他在移动的过程中引起的空气震荡，还有天地灵气的变化，也一一清晰地呈现在他眼前。

韩立嘴角微翘，翻手一挥，一团黑色液体浮现而出，正是一小团重水。

下一刻，他对着重水屈指一弹！

“砰”的一声，重水顿时炸裂开来，化为无数黑色水珠，朝着四面八方飞射而去。

黑色水珠的溅射也变得迟缓，每一个微小的颗粒都清晰可见。

韩立手臂一晃，幻化出无数幻影，轻而易举就将所有黑色水滴尽数收了回来，再次凝聚成一团重水。

见此情形，他心中一动，手一翻将这团重水再次收了起来。

虽然《真言化轮经》上将真言宝轮的效果讲述得很详细，但他还需要尝试很多东西，才能彻底掌握这门神通。

下一刻，韩立五指一握。

噼里啪啦！

无数银色电弧浮现而出，在他手中跳跃，这些电弧丝毫不受真言宝轮的影响。

他五指一松，数道银色电弧脱手飞射而出，迅疾无比地打在了密室的一面墙壁上。

墙壁上浮现一层白色晶光，迟缓地闪了几下，数道银色电弧在墙壁上蔓延，迅速跳动了几下后消失无踪。

迟缓的晶光和迅疾的银色电弧，形成了鲜明的对比。

韩立点了点头，在看到银色电弧脱手飞出之后仍然没有受到影响，他松了一口气。毕竟，若是自己的攻击也变迟缓了，那真言宝轮的存在就没有任何意义了。

他又尝试了一番神念、实体法宝攻击等，见其都丝毫不受真言宝轮的影响后，这才彻底放下心来。

韩立心念一动，召唤了巨猿傀儡。

“咚咚咚——”

沉重的脚步声响起，巨猿傀儡走了过来。

受到真言宝轮的影响，巨猿傀儡双足踏地传来的声音也被拉长了，听起来颇为怪异。

不多时，巨猿傀儡在金色波纹的范围外站定。

“朝我攻击。”韩立对巨猿傀儡下命令。

韩立的话音刚落，巨猿傀儡立刻大口一张，射出一道粗大的蓝色雷电光柱，同时抬起一只手，五指张开，只见五道蓝色电弧飞射而出，朝着韩立打了过来。

几道电弧的攻击力虽然弱，但是雷电速度迅疾无比。

只是这些雷电一进入金色波纹，速度立刻骤降，不仅仅是飞行速度，还有雷电光柱上的电弧迸发、雷电火花的飞射速度，都变慢了二分之一。

慢了二分之一，乍一听似乎没有什么，实则有天壤之别。

韩立往一侧迈出一步，他并没有刻意展开身法。

几道电弧擦着他的身体飞了过去，连他的衣服也没有碰到。

韩立心中兴奋，又让巨猿傀儡尝试了别的攻击，在真言宝轮的影响下，巨猿傀儡的所有攻击都迟缓了二分之一。

韩立双手紧握，眼中晶光四射。

一连串的尝试，让他对真言宝轮掌握了七八成，他的脑海中也想出了几种针对真言宝轮的用法，他越想就越激动。有了这门神通，只要合理运用，即便是遇到真仙境后期的高手他也未必不能战胜。

但下一刻，韩立的眉头微微一皱。

他这会儿才催动真言宝轮没多久，体内的仙灵力就消耗了一大半，看来此神通虽然威能不俗，但对于仙灵力的消耗真是可怕。不过有如此可怕的效果，多消耗一点仙灵力也可以理解。

韩立身上的金光一闪消失，真言宝轮也隐没到他体内，他盘膝坐了下来，打算继续修炼。不过修炼之前，他让巨猿傀儡将掌天瓶拿了过来，他再次试图用真言宝轮催动掌天瓶，可惜情况还是和之前一样。

韩立苦笑一声，很快平复心情，再次进入了闭关修炼之中。

春去冬来，光阴如梭，一晃二十多年就过去了。

赤霞峰上依旧安静如初，丝毫没有其他山峰上的洞府那般热闹的景象。

赤霞峰附近的红色火瘴已经完全消失，天气恢复如常，除了被禁制覆盖之处以外，其他地方都被一层厚厚的积雪覆盖着。

一望无际的雪白，让人看了不由得心胸也变得开阔。

只可惜如此美景，赤霞峰上却无人有心情欣赏，几个值守之人各自负责一个区域巡视看护，其他人则在住处抓紧时间苦修。

赤霞峰后山的一处空地上，地面上画着一个直径十丈的赤色法阵，法阵上镶嵌了数块赤色晶石，闪动着火焰般的光芒。

法阵中央坐着一名白裙女子，正是梦浅浅。

数道赤色光芒从晶石上腾起，汇聚到白裙女子周围，使她看起来仿佛盘膝坐在一团赤色火焰中一般。

梦浅浅的额头上隐现汗水，脸也被火焰烤炙得有些发红，她似乎在修炼某种秘术。

二十多年过去，她的容貌并没有太大的变化，修为却已经达到结丹后期，进展之快，即便在整个烛龙道的外门弟子中，都算数一数二了。

这一切自然离不开韩立赏赐的那些丹药以及她的兄长梦云归外出前留下的那些灵石，但也与她颇为坚定的向道之心有关。若非如此，她绝对耐不住这寂寞枯燥的修炼生涯。

第 109 章

群猴拜仙

就在梦浅浅修炼之时，“轰隆”一声巨响从远处传来，响彻整座赤霞峰！

韩立的洞府上空刹那间变色，布满黑云，天地灵气疯狂汇聚而来，形成一个肉眼可见的灵气旋涡。

梦浅浅睁开眼睛，朝着韩立的洞府望去，脸上露出欣喜之色。

这种情形在过去三十年间时有发生，虽然以梦浅浅的修为还不太明白这代表了什么，但根据孙不正等人的猜测，应该是厉长老在修炼上有所突破的表现。众人对此早已见怪不怪。

当然，梦云归是明令禁止众人胡乱猜测的，并且告诫所有人不允许将这里发生的任何事透露出去。

密室之中，金光璀璨。

韩立盘膝而坐，他的小腹上闪烁着七个金色光点。

光点每一次闪动，都仿佛是七个嘴巴在吞吐，将附近的天地灵气吸入体内，随着功法运转，天地灵气逐渐转化成精纯的仙灵力。这种吸收天地灵气的速度，比以前快了不知道多少倍。

一个淡金色圆轮在他身后浮现，缓缓地旋转，圆轮之上赫然浮现十四团时间道纹。

良久之后，韩立慢慢地睁开眼睛，脸上露出一丝喜色。

他苦修二十多年，一路势如破竹，接连打通四个仙窍。前后不过数十年，他便一口气打通了七个仙窍，此事若是传出去，恐怕会惊动整个金仙境吧。

韩立站了起来，身上金光大放，心念一动，一个金色圆轮顿时浮现，上面赫然浮现出十四团清晰的时间道纹。

十四团时间道纹不停转动，散发出强大的时间法则波动。

感受着真言宝轮上蕴含的法则之力，韩立心中再次生出想要测试一番其威能的冲动，于是，他身形一晃，化为一道遁光朝着外面飞去。

看到天空中的异象消失，梦浅浅深吸一口气，再次闭上眼睛，开始修炼。

只见一道道火焰般的光芒汇聚而来，没入梦浅浅的身体，她的脸色随之呈现赤红色，眉头微皱，看起来颇为痛苦。

就在此时，法阵旁边人影一闪，韩立的身影浮现而出。他二话不说屈指一点而出，一道光芒一闪没入梦浅浅的眉心。

梦浅浅身躯一颤，脸上的赤红色飞快消退，她缓缓地睁开了眼睛。

“厉长老。”

看到韩立站在旁边，梦浅浅急忙站起来行礼。

“刻苦修炼固然是好事，但也不能过于追求精进，给身体造成太大的负担，需明白过犹不及的道理。”韩立淡淡地说道。

韩立一走出洞府，就发现梦浅浅正处在走火入魔的边缘，故而出手帮了她一把。

“是，多谢厉长老指点。”梦浅浅的脸上浮现两团红晕，低头说道。

“看来不出意外的话，过些年你就可以凝结元婴了。到时候，我自有其他任务安排给你。”韩立点了点头，说完身影一晃，便消失无踪了。

梦浅浅闻言，连忙抬起头想要说些什么，却发现身旁的人不见了，她微微一愣，急忙朝周围望去，可哪里还有韩立的踪影。

赤霞峰领地内的某处山谷，一道青光从天而降，韩立的身影浮现。

此处四面环山，寒风吹不进来，加上地气颇暖，山谷内丝毫看不到白雪，反而到处是一片青翠，点缀着或红或紫的鲜花。

一道瀑布宛如一条白色玉带挂在石壁突出的岩石上，溅起无数水珠，阵阵湿气扑面而来。

瀑布附近长着数株果树，树上结满了黄桃，数十只猴子在果树上跳跃玩耍，看到韩立竟然一点都不害怕。

韩立微微一笑，没有理会这些猴子，他的身上金光大盛，真言宝轮浮现。金色波纹扩散开来，笼罩了方圆十丈，半个瀑布也在其中。

波纹笼罩之处，所有的事物瞬间变得迟缓！

汹涌而下的流水瞬间变得迟缓，飞溅的水滴也是一样，而且这次的迟缓效果，比之前更加明显。半边瀑布汹涌奔腾，另外半边的水流却变得十分缓慢。在这种对比之下，眼前的景象让人觉得十分诡异又震撼。

旁边的猴子看见如此诡异的情景，顿时乱作一团，有的猴子惊恐尖叫，有的则面露兴奋之色，手舞足蹈。

就在此刻，一只个头比其他猴子大了几乎一倍的赤色猴子咧嘴长啸了一声，前肢一挥，朝着远处跃去，看起来是猴王。

其他猴子见状，立刻跟上猴王，朝着远处逃去。

韩立眉梢一挑，单手一招。

一只猴子在半空中停住，随即朝着韩立飞去。

猴子面露惊恐之色，挥舞四肢，“哇哇”乱叫，似乎在向其他同伴求救。

其他猴子见此，立刻都停下了脚步，看向赤色猴王。

猴王眼睛一亮，转动了几下，然后转身朝着韩立的方向慢慢地走去。

其他猴子见此，纷纷安静下来，慢慢地跟在猴王的后面。

那只被韩立吸过来的猴子很快就进入了金色波纹笼罩的范围，它舞动的手臂立刻变得迟缓，叫声也拉得老长，听起来异常古怪。

那只猴子的脸上露出了惊愕之色，显然它已经感应到了时间迟滞的作用。

韩立见此，暗暗点头。

他抓猴子并非出于好玩，而是想观察一下当活物踏入真言宝轮的范围内时会有什么感受。

在猴王的带领下，那群猴子走了过来，尽数匍匐在地上，朝着韩立不停跪拜，露出祈求之色。

“倒是一只通灵的猴子，我并无意伤害你的族人，放心吧。”韩立看了赤色猴王一眼，微微点头道。

随即他袖子一甩，将那只猴子送回了猴群中，那只猴子飘然落地，没有受半点伤。

接着他一指点出，一道青色晶光飞射而出，化为数十道分别没入每一只猴子体内。

那青光入体后立刻化为一股热流，瞬间流遍了猴子们的四肢百骸，令它们感觉到说不出的舒服。

那只赤色猴王身上陡然亮起一层红光，闪了几下之后才消失。

猴王眼中流露出呆滞，随即立刻恢复了清明，而且看起来比先前更加富有灵性，它当即带领群猴朝着韩立纷纷拜倒。

瀑布之前，群猴拜仙，这幅景象看起来，倒是颇有几分特别的意境。

韩立没有理会群猴，他自顾自地又尝试了一番真言宝轮的威力，眼中流露出满意之色。

若是此刻他再和那方磐交手，必定不会像先前那般狼狈了，他甚至有可能将对方击败。想到此真言宝轮的威力，他觉得自己在仙界总算有了一个可以自保的厉害手段。

在原地沉吟半晌后，韩立一闪身，化为一道青光，朝着山顶飞去。

赤色猴王望着韩立消失的方向怔怔出神，周围的群猴则东张西望，有些摸不着头脑。

韩立很快回到洞府之中，继续闭关修炼。

转眼间，又是数年过去。

洞府之内，韩立盘膝而坐，全身金光流转，他的胸腹处有七个仙窍在闪烁不定，吞吐着四周涌来的天地灵气。

良久之后，他缓缓地睁开眼睛，身上的金光一闪过后尽数敛去，他的眉头却微微皱了起来。

自从打通七个仙窍后，他的修炼速度一下子变慢了。

其实他的修炼速度倒不是真的很慢，算起来仍要比其他同境界的真仙的速度快得多，只是他习惯了先前那种突飞猛进的修炼速度，此刻一下子变慢了，他还真有些不习惯。

韩立站起身来，双手背在身后在洞府内来回踱步，似乎在思考着什么。

片刻之后，他站定，像是下定了决心一般，朝着外面走去。

若他是一般人，以普通修炼速度修炼倒也没什么，可是他现在的处境说不上安全。方磐虽然已死，但是方磐背后的那个神秘人物仍然存在，谁也不知道那人会在何时出现。

现在他虽然收回了青竹蜂云剑，并花这么多年抹去了剑中驳杂的剑灵，修为实力大增，又有真言宝轮傍身，但他仍没有把握对付那人。

现在还不是安心的时候，他必须尽快提升实力，提高修炼速度。

若说提高修炼速度的方法，第一个自然是借助丹药了。

韩立先前由于修炼仙窍进展神速，便一直没有在意丹药之事，如今看来，他也是时候出去寻找一些适合自己的丹药了，毕竟在这些年的闭关中，他也催熟了一批万年以上的普通灵药。而且，他自加入烛龙道以来闭关修炼已经数十年，一百年内需要完成的三件任务也是时候该去完成了。

“轰隆隆！”

笼罩在赤霞峰外的法阵禁制发出沉闷的声音。

各色光芒交织闪烁，无比绚烂。

孙不正等人见此情景，立刻想到了什么，全都会聚到韩立的洞府门前。

洞府大门缓缓打开，韩立从里面缓步走出。

“恭迎厉长老出关！”

洞府门前的九人站成一排，齐声说道。

“梦云归还没有回来？”韩立目光一扫，问道。

在场的九人中，孙不正已经成功凝结元婴，梦浅浅已经是一名元婴初期修士，其余人的修为也大多达到了结丹后期。

短短数十年，十人中有三人成功修得元婴，这种进阶速度即便是在烛龙道也不算慢了，尤其是梦浅浅，她的进阶速度似乎比她兄长还要快一些。

“启禀厉长老，梦云归奉命外出，至今未归。”孙不正答道。

梦浅浅听闻，脸上浮现些许担心之色。

韩立眉头微皱，梦云归的修为不高，希望他在外面别出什么意外才好。当初自己赐了他两件法宝护身，只要他不离开烛龙道的势力范围，应该没事。

“你们这些年看守洞府颇为辛苦，这些丹药赐予你们算是奖赏吧。”韩立一挥手，九只药瓶分别落在九人身前。

“谢厉长老恩赐！”

孙不正等人大喜，收起药瓶，躬身道谢行礼。

“封山至今日为止。领地内的各处灵田一直荒着，孙不正，明天你带几个人开始着手打理这些灵田。”韩立略一沉吟，吩咐道。

“是。不知厉长老打算种植何种灵草？”孙不正答应一声，又问道。

“你们先将灵田开辟出来，至于种什么我后面自有安排。”韩立说道。

众人立刻答应一声，正要转身退下。

“浅浅，你随我来一下。”韩立说完，转身就朝着洞府方向走去。

“是！”

梦浅浅微微一怔，脸上闪过一丝欣喜，立马跟了上去，身上传出一连串清脆的“叮咚”声。

不多时，两人出现在韩立洞府内的一间石室中。

石室中央有一个直径约莫三丈的小聚灵法阵，使得室内充满了天地灵气，在法阵中央静静地躺着一颗白色的巨蛋。

梦浅浅踏入石室后，有些兴奋和好奇，接着她的注意力便被那颗白色巨蛋吸引了。

经过三十多年的蕴养，此蛋中蕴含的生机越来越旺盛，却仍旧没有一丝孵化的迹象。

梦浅浅张了张嘴想说什么，但她似乎想到了什么，连忙闭上嘴巴，静静地站在一旁，等着韩立的吩咐。

“浅浅，你的任务便是想办法替我将此蛋孵化，你修炼的是火属性功法，或许有所助益。在此期间，你可以自由出入这座洞府和这间石室。记住，此事不允许对任何人提起，即便是你兄长也不可以，明白了吗？”韩立看了白色巨蛋半晌，吩咐道。

说完，他将衣袖一抖，一块玉牌和一个储物镯便落入了梦浅浅的手中。

“是！浅浅一定会守口如瓶，竭尽全力完成厉长老交给我的任务！”

梦浅浅双手捧着玉牌和储物镯，连忙应道。

韩立点了点头，随后便离开洞府朝着山下走去。片刻之后，韩立出现在地下火脉所在的溶洞之中。

与数十年前相比，此时溶洞的空气中蕴含的火属性灵力稳定了不少，但仍然炙热滔天，连空气都仿佛在燃烧。

在翻滚不已的岩浆湖泊上空悬着一个火红巨茧，表面红光流转，正在有节奏地胀大缩小，不断吞噬周围的火焰之力。

韩立放出神识感应藏于巨茧中的精炎火鸟，他的面上闪过一丝喜色。

吸收了这么多年地底火脉中充斥的精纯炎火之力，精炎火鸟已经恢复得差不多了，相信只要再待一些时日，它的威能及灵性一定可以再增强几分。

似乎感应到韩立就在附近，巨茧中传出几声清脆的鸣叫，并轻微地晃动了几下。

“你好好地在这里恢复，不必急着出来。”韩立微微一笑，说道。

也许是韩立的话起了作用，巨茧随之安静下来。

韩立又看了巨茧片刻，正要转身离开。

就在此刻，整个溶洞猛地晃动了一下。

一股巨大的力量从地底迸发而出，仿佛滚滚巨浪一般朝洞顶袭去。

洞顶猛地晃动了一下，无数赤红色的碎石如雨般落下。

韩立也被这股巨大的力量震得脸色微微一变。

下一刻，异变再生！

“当！”

只听一声震耳欲聋的巨响从地底深处传来，仿佛巨钟被敲响一般。

溶洞又是剧烈一震，洞中的岩浆湖泊一下腾起一道数十丈高的巨浪，炽热的岩浆四散飞溅。

悬在半空的巨茧也随之晃动起来，不过很快便恢复了平静。

“难道这就是……”

韩立心中一动，他的脑海中立刻想起了关于钟鸣山脉的传闻。据说此处是因为地下时不时会传出一两声奇怪的巨响，和钟鸣之声相似，所以得名。

他来到烛龙道这么多年，一直没有听到过传闻中的地底钟鸣，想不到今日竟然恰巧碰到了，响声果然如钟鸣一般。

只是刚刚从地下喷涌而出的那股巨大的力量，似乎并不像是地壳震动。

韩立拧眉思量，旋即摇头一笑。管他是什么缘故，这些事情与他无关，他自己要头疼的事情多着呢。

韩立又望了巨茧一眼，转身朝着外面走去。

就在迈步的一刹那，他却闪电般转身，眼中蓝光一闪。

由于他转身太快，以至于空气也发出“唰”的一声脆响，他目光炯炯地盯着远处的岩浆湖面。

虽然只是一瞬，但是刚刚他的余光看到岩浆湖泊的底部有一团巨大的红影一闪而过。

那红影仿佛什么东西的尾巴，一闪即逝，速度快得惊人。

韩立的脸色微微一沉。

早在发现端倪时，他便将神识释放开来，却探察不到那红影的任何踪迹。

此地位于地下，地底各种气息杂乱，极大地影响了他的神识的感应范围。

“那是什么东西？”韩立心中充满疑问。

韩立在原地沉默地站立了良久，然后抬头看向周围，他的嘴角缓缓浮现一丝笑意。

看来这钟鸣山脉比自己想象的要复杂，不过即便有什么异常，对于精炎火鸟而言应该也构不成什么威胁。

韩立一想到这里，当即转过身子，朝着洞外走去。

几个时辰后，惊云峰太玄殿。

大殿之内，白、青两面石壁前挤满了长老和弟子，一个个都伸长脖子朝石壁上张望着，想要从中选到适合自己的任务。

位于大殿后方的暗金色石壁前，相对就冷清了许多，只有寥寥几名真仙境修士站在那里，全都眉头紧皱，冲着石壁直叹气。

“想找个钱多事易的任务，怎么就这么难呢？”一名身着长老服饰的白须老者重重地叹息一声，拂袖转身离去。

另一名身着长老服饰的青年男子缓缓地走到暗金色石壁前方停了下来。

此人正是韩立。

他仰头望向石壁，从最上方的任务一条一条地看下来，不一会儿，他的眉头也如其他人一样，渐渐地蹙了起来。

这暗金色石壁上所记载的任务，不是奖励与执行难度不相符，就是耗费的时间极长，难怪那些真仙境长老一个个都要摇头嗟叹了。

其中最显眼的一条任务，自然还是将《真言化轮经》修炼至第二重了。

就在此时，一声轻“咦”从背后传来。

“这不是厉兄吗？”

韩立闻言，回头望去，看到两个联袂而至的熟悉身影，说话的是左手边的一名虬须大汉，正是当日与自己一起参与熊山任务的南姓内门长老。

“呵呵，原来是南兄与卢兄，许久不见了。”韩立冲两人拱手行了一礼。

“是啊，前些时日听祁兄说你还在闭关，想不到今日你就已经出关了。”虬须大汉还了一礼，笑着说道。

“厉兄，你可真是太勤快了，刚出关不快活几日，就立即赶来接任务？”卢姓长老同样笑着拱了拱手，打趣韩立道。

“这不是宗门的常规执事级任务期限将至，我想着过来领取任务，尽快去完成好交差啊。”韩立摇了摇头，说道。

结果那两人听罢，互望了一眼，脸上都露出一丝怪异的神色。

“喀喀……厉兄，你当真要去做任务？”虬须大汉干咳了两声，问道。

“是啊，当时入门时我便选了在百年内完成三项任务……可是有什么不妥？”韩立见对方的神色有异，疑惑地问道。

“这个……宗门颁发的常规执事级任务虽说奖励一向不错，但任务的条件向来颇为苛刻，要想完成并不容易，不是耗时耗力，就是风险不小啊！”虬须大汉解释道。

“是啊，这远不如在千年间担任百年执事来得轻松。毕竟常规执事级任务的派发一向是看运气，功值册上排到什么任务，你就得接什么任务，不能更换。依卢某之见，倒不如在这里选几个任务接下，赚取足够的功绩来抵偿更加稳妥。”卢姓长老补充道。

“原来如此……多谢两位好意相告。如今这石壁上暂时没有合适的任务，在下就先去看看情况再做权衡吧，只是不知该在何处领取常规执事级任务？”韩立轻叹了一口气，随即问道。

“既如此，我们也就不多劝你了。太玄殿后殿左侧有一间偏殿，厉兄去那里便可领取常规执事级任务。”虬须大汉说道。

“多谢，那厉某这便去了。”韩立朝两人拱了拱手，便转身离去了。

他绕过那面宽大的暗金色石壁，从殿内后墙上的一扇门走了出去，来到了太玄殿的后殿，他向左侧望去，果然看到了偏殿的入口。

他抬头看了一眼半掩的殿门，走过去轻轻一推，缓缓地走进了殿内。

偏殿面积不大，与韩立的院落客室差不多，屋顶上方开有一个天窗，此刻正有一束太阳光从中垂落，不偏不倚地照在殿内的红木几案右侧角上的一株盆栽上。

这株盆栽不过半尺高，形如古松，通体莹绿，在阳光的照射下显得晶莹剔透，一条条淡金色的脉络从根部一直延伸到每一处枝杈，闪烁着点点光芒。

韩立一眼望去，就发觉此盆栽灵气盎然，应该是一株颇具灵性的灵药。只不过，这株灵药他并不认识，这种种植之法他也从未见过，一时间他看得有些移不开眼。

第 110 章

邋遢老头

“好看吗？”就在韩立看得有些入神之时，一个阴阳怪气的声音从红木几案后面传来。

韩立闻言，连忙循声望去。

只见一位头戴莲花宝冠，身着灰白色古旧道袍的老者懒洋洋地靠在几案后方的太师椅上，老者头发灰白，发丝凌乱，鼻头微红，看着有些不修边幅。老者的两侧腰间各挂着一个不大不小的葫芦，一个银白，一个朱红，上面皆铭刻着繁复的符文，看起来不是凡品。

“好看。”韩立心中一动，回答道。

“比那些仙子还好看？”老者将身子坐直了一些，又追问道。

韩立略微一愣，一时间竟不知道该怎么回答。

眼前这老者从上到下、从里到外都透着一股古怪劲儿。不过老者既然坐在这里，就应当是此处的执事长老，而且桌上那株盆栽和他身上的两个葫芦，怎么看都不像是寻常之人能拥有的，只是他并没有穿内门长老的服饰。

最让韩立感到疑惑的是，老者身上散发出来的气息十分古怪，他放出神识探察，竟然感觉不出此人的修为境界。

“前辈莫要开在下的玩笑了。在下是来领取常规执事级任务的。”韩立拱了拱手，说道。

既然看不出对方的修为，韩立只得以前辈相称，稳妥一些。

那老者像是没有听见韩立的话一样，嘟囔道：“这活计可真不是人干的，无聊得要死，还是种些花花草草更有意思……”

说完，他身子前倾，从腰间取下那个银白色的葫芦，拔出塞子，一股充满花蜜香气的味道立即充满了整个偏殿。

韩立嗅到这股味道，顿时眼睛一亮，他猜测银白色葫芦里装的很有可能是一种后天调配的灵液。

老者瞥见韩立的反应，嘴角微微翘起，露出一丝得意的笑。他将葫芦举起，缓缓地倾斜葫芦口，小心翼翼地倒出一滴淡金色的液体，滴在了几案上那株盆栽的根部。

那株盆栽的根部顿时金光大放，星星点点的金光如同液体一般从根部缓缓向上流淌，直到枝杈和叶子都亮起光芒。如此反复几次之后，金光才逐渐消失不见。

老者见状，满意地点了点头，将银白色葫芦挂回腰间，又将另一侧的朱红色葫芦取了下来。

韩立以为朱红色葫芦里装的也是某种灵液，没想到却看到老者慢悠悠地向后一靠，拔出葫芦塞子，径直将葫芦送到嘴边，“咕噜咕噜”喝了起来。

一股浓郁的味道立即溢满整个大殿，将原先灵液的香气掩盖了。很显然，这个朱红色葫芦里装着的可不是灵液，而是甘醇无比的美酒。

韩立见状，顿觉无语，他目光一转打量起几案上的那株盆栽来。

老者灌饱了酒，抹了抹嘴，他那原先就有些微红的鼻头越发红了。他瞥了一眼韩立，见韩立对自己的灵药盆栽颇有兴趣，怎么看都看不够的样子，他越发得意起来。

他哪里知道，韩立此刻已经在盘算怎样才能把这种技术学到手，到时候就不用将珍稀灵药种植在药园里，而是可以直接种在自己的密室中了。

“小子，按功值册上的排序，你要接的任务是去古云大陆东流海域的一座云湖岛，找到一只蜃元兽的巢穴，将其蜕下的灵壳带回来。”

老者不知从哪里取出一本厚厚的青色书册，翻到其中一页，手指着书页，一字一句地念了出来。

“取回灵壳就足矣？”韩立闻言，微微一怔。

“小子，你可别小瞧了这只蜃元兽。据我所知，其实力已达到真仙境中期，要潜入它的巢穴偷取灵壳，可不是一件容易的事情。”老者瞪了韩立一眼，说道。

“多谢前辈，是在下莽撞了。不知前辈这里可有关于此兽的其他信息？”韩立心中一动，连忙问道。

“看在你小子眼光不错，且对待老夫礼数还算周到的分上，老夫就提醒你一句，此兽常年闭关，但每过十年会离开巢穴七日去各处为非作歹，此时你便有机会进入它的巢穴取出它的灵壳了……运气不好的话，你多等上几年也就是了，千万别冒冒失失地冲进去，白白送了小命。”老者看了韩立一眼，摇头晃脑地说道。

“多谢前辈相告。”韩立说道。

“这个任务说难不难，说简单也不简单，只要你有耐心，就没什么风险。宗门给的奖励是两百点功绩。完成之后，还是来这里领取。”老者瞧了一眼功值册，继续说道。

韩立答应一声，便将自己的长老令牌递了过去。

领取完任务，拿到相关的地图和情报后，他便告辞一声，离开了偏殿。

太玄殿上空，韩立略一沉吟，便决定立即动身前往云湖岛。

倒不是他自恃修为高深，也不是他急于想完成任务，而是他根本就不知道蜃元兽什么时候会离开巢穴，万一他去晚了，恰逢那妖兽刚刚外出后回来，那他岂不是要再等上十年才能完成这个任务？那也太惨了，所以他决定早日到达那里最为稳妥。

一想到这里，韩立立即去了广场的临传殿，然后乘坐传送阵来到了钟鸣山脉东部的望海峰。望海峰已经临近钟鸣山脉的东部边缘，是韩立乘坐传送阵所能到达的最远的区域了。

韩立站在望海峰峰顶向东望，以他的目力也只能看到在目光尽头处有一道细如发丝的黑线，那正是临近钟鸣山脉的东流海域。

韩立此次任务目标所在的云湖岛，便是东流海域万千海岛中的一个。

他将从老者那里得来的海域线路图取出，仔细查看了许久，继而寻了一个方向，化作一道青光飞掠而去。

数月之后。

在东流海域偏东北方向有一座状如荷叶的巨大岛屿，孤零零地漂浮在蔚蓝的海面上。

一个占据整座岛屿面积十分之一的巨大湖泊如同一颗碧绿色的明珠镶嵌在岛屿中央，从湖泊流出的河流如同荷叶的叶脉流向岛屿四周。

这个湖泊名为“云遮湖”，是云湖岛的淡水发源地，从此处流出的数条河流养育了岛上数千万的生灵，一座座或大或小的城池就沿着这些河流分布在岛上各处。

在云遮湖西部有一条河名为“沉沙河”，沉沙河中游距离云遮湖数十万里之外的河段左侧矗立着一座巨大的城池，名为沉沙城。

顾名思义，此城正是采集沉沙河内特有的黑沉沙建造的。此城建成已有将近十万年，城内不仅生活着数以百万计的普通人，还有一个自建城起就存在的修仙宗门。

此时正值傍晚，天色渐暗，太阳尚未完全落下，夕阳将大半海洋映成了红色，也将沉沙城高大的城墙映成了红色。

只见一道青光从天边急掠而至，落在了城头之上，从中现出一道人影。

此人身穿一袭青色长袍，身材高大，容貌普通，一双眼睛却十分深邃明亮，闪烁着光芒，正是万里迢迢赶来此处的韩立。

韩立的目光扫过身下的城墙和城内的屋舍，脸色逐渐变得凝重。

他脚下的城墙已经倒了大半，露出了一道巨大无比的豁口，就连城上的箭楼也完全倒塌，看不出原本的模样。残存的城墙墙壁上布满血迹，有些已经凝固发黑，散发出阵阵腥气。

城内到处是坍塌毁坏的房屋，残垣断壁之间偶尔能看到人类以及家禽牲畜的尸体，凄惨至极。在夕阳沉入海平面之后，整座城池被巨大的阴影吞没，完全陷入了黑暗，城内除了呜咽的风声再无半点声息，俨然是一座死城。

就在这时，韩立的眉毛突然一挑，只见城内的中央区域亮起了一点黄色光芒，似乎是有人点起了篝火。

他心神一动，将神识放开，朝着那边笼罩而去。

片刻之后，他的足尖在城头上猛地一点，整个人便疾射而出，朝着篝火所在的地方落去。

“轰——”

韩立的身影重重地砸在一个开阔的院子中央，整座院落猛然一颤，四周摇摇欲坠的房屋顿时彻底倒塌，发出一连串轰鸣声。

院子中央燃烧的篝火也被震得散落开来，腾起大片火星。原本围坐在篝火旁的三人见状，顿时吓得跪倒在地。

其中，褐衣青年和中年美妇吓得浑身颤抖，冷汗淋漓，黑肤大汉更是吓得连连磕头，不断求饶：“前辈饶命，前辈饶命，我们这就离开……这就离开……”

黑肤大汉嘴里一边喊着饶命，一边手脚并用地朝着后方爬去。

他们三人不过是筑基后期修士，见韩立从天而降的气势，就知道此人肯定是动一动手指就能碾死自己的前辈高人，他们哪里还敢留在此处。

“站住！你们是什么人？”

韩立见状，眉头微微一蹙，用冰冷的声音问道。

“小的……小的们是来自花阳城的三名散修，不知前辈在此，否则小的们万万不敢来此处。”那褐衣青年鼓起勇气答道。

“你们可知道沉沙城出了什么事？怎么会变成这般模样？”韩立又问道。

“前辈，您不知道……难道您不是本地仙门的，而是来自海外？”听闻此言，褐衣青年不由得一愣，他缓缓抬起头看向韩立，有些疑惑地问道。

“海外修士……”韩立先是一愣，随即反应过来。

这些生活在孤岛之上，一辈子都在云湖岛这一小块区域打转的低阶修士，自然会以为他们所处的地方是整片大陆，来自岛外的修士，可不就是海外修士吗？

“废话少说。告诉我，这里究竟发生了何事？为什么会被屠城？”韩立冷哼一声，厉声问道。

“回禀前辈，听说是住在云遮湖里的长蛇妖兽又出湖觅食了，将这城里的人都吃了。”褐衣青年连忙答道。

“哦，此兽长何模样，你可亲眼见过？”韩立闻言，眉头一挑问道。

“前辈，这……这晚辈怎么可能见过……若真见过，小的肯定已经沦为那妖兽的腹中餐了。不过据说，那妖兽在此修炼了数百万年，身形巨大无比，嘴里的芯子吐出来都有几百丈长，至于其腹中的毒液那可就……”褐衣青年将自己听到的传闻，一股脑儿都说了出来。

“对对！那妖兽每隔一段时间就会出来闹腾一次，每次都要吃光一座城池的人才肯罢休……”黑肤大汉也缓过神来，补充说道。

“那妖兽是不是每隔十年会出来一次，每一次出来只活动七日，之后便会销声匿迹，十年之后才再次出现？”韩立心中一动，如此问道。

“原来前辈也听过那些传言？”黑肤大汉小心地看了韩立一眼，有些意外地说道。

韩立听闻，心中微微一沉。

这些人口中的长蛇妖兽，多半就是那只修为达到真仙境中期的蜃元兽了，他一路紧赶慢赶，结果还是晚了一步，错过了它的活动时间。

事实上，他在赶来的路上，就一直觉得很奇怪。

按照常理来说，一般越是靠近中央的淡水湖，城池的规模就应该越大，城中居住的人口也应该更多，这云湖岛上的情况却正好相反。

在岛屿边缘的海岸地带，坐落着一座座雄伟的城池，几乎将岛屿围了一圈，可越往岛屿中心走城池越少，也越来越隐蔽。

这沉沙城虽然距离云遮湖尚有数十万里，但已经是云湖岛西部最靠近该湖的城池。

现在想来，多半是因为蜃元兽，人们才将城池迁移得离云遮湖越来越远，故而出现了眼下这种格局。

“此兽为祸苍生，就没人为民除害吗？”韩立想到这里，又问道。

“禀前辈，据说在很久很久以前，有一位仙人受附近几个宗门所托，准备出手除掉此妖兽，结果那仙人与此妖兽大战了三天三夜，最终身受重伤失败了。而那些涉及此事的宗门，都被那妖兽灭宗，从此便再也没有人敢管了……”褐衣青年恭敬地说道。

“话说回来，你们几个来此做什么？”韩立看了三人一眼，淡淡地问道。

一直跪在地上的三人面面相觑，谁也不开口。

“怎么，有什么不能说的吗？”韩立面色一沉。

“回禀前辈，我们……我们现在所处的位置，正是落沙宗总坛所在，此宗是方圆万里内最大的宗门……我们三人是想趁着其他人还没到，先……”褐衣青年浑身一激灵，颤抖着解释道。

“先发一笔死人财？”见他支吾了半天也没说出来，韩立补充道。

“前辈，我们是刚来此处，真的什么都没有找到，不信您可以查看我们的储物袋。”说罢，褐衣青年立即将自己的储物袋拿出来并高高举起。

黑肤大汉和中年美妇见状，也连忙照做。

韩立放出神识略微一扫，就知道这三人没有撒谎，他们储物袋中的所有物品加起来都抵不上五块中品灵石。

对于他们的行为，韩立并不反感，身处底层的修士，特别是没有宗门可以依附的散修，修行之路尤为艰辛，这一点他比任何人都清楚。

他放出神识将这落沙宗遗址仔细地探察了一番，不禁皱眉。

这个宗门说起来规模不算小，但不知是不是被毁坏得太严重，门内遗留的法宝器物少得可怜，品阶也很低。

“东边的那片废墟下还有一些东西，你们自己去挖吧，拿到后立刻离开这里。”韩立抛下这一句话后，一闪身朝着沉沙城东部飞掠而去。

对于此处残留的法宝器物，韩立自然看不上眼，不如留给这几人，也算是他们告诉自己这些信息的报酬，或许可成为他们修炼路上的一点助力吧。

那三人闻言，顿时呆住了，眼中满是惊疑之色，一时间竟然忘了起身，等到他们反应过来，已经看不到韩立的踪影了。他们朝着韩立离去的方向诚心叩谢，然后站起身跑到那片废墟处，飞快地挖起宝来。

韩立飞至沉沙城东部以后，并未直接离去，而是在城东挑了一座相对完整的宅院，飞身落下。这座宅院原本有三进，看起来应该是个颇为殷实的世俗之家，现在却家破人亡了。

韩立来到院内，随手布下几个简单的禁制，转身走入主屋的正堂。他随手点亮屋内的一盏油灯后，就在桌子旁坐了下来。接着他手腕一翻，掌心中便多出一张青色的牛头面具，他将面具戴在脸上。

一阵吟诵咒语的声音响起，一个青色的光影阵盘浮现在他的前方。

来此之前，他并未提前搜寻过关于蜃元兽的消息，他原本打算到沉沙城之后再找个大一点的宗门询问消息，没想到到了这里会是这番景象。虽说已经错过了蜃元兽这一次的外出时间，但他并没有就此返回宗门的打算，而是想再找找看有没有别的方法可以完成这次任务。

不过，宗门给的任务情报实在太简略，他对蜃元兽的了解也有限，褐衣青年几人提供的情报大多只是传闻，可靠性不高。

思来想去，他打算通过无常盟打探一些关于蜃元兽的消息。他先前发布的探察巨蛋和羽毛来源的任务仍旧挂在那里，至今没有任何消息。

他摇了摇头，搜寻一番后，眼睛微微一亮。盟内居然有一条与蜃元兽相关的任务，而且似乎已经发布了千余年，任务内容如下：“击杀一只盘踞在某处的真仙境蜃元兽，报酬为仙元石三十块。”

韩立见此，微微一愣，竟有如此凑巧之事？蜃元兽虽然不罕见，但修为达到真仙境的应该不多见，对方要杀的莫非就是自己的目标不成？

他沉吟片刻，伸手一指，尝试通过面具与发布此任务的人取得联系。

过了约莫一刻钟的工夫，一道青光突然从阵盘上射出，在韩立的身前凝聚成一道戴着鹿首面具的青色人影。

“道友可是对在下发布的任务感兴趣？”那青色人影如此问道。

“不错，在下对阁下发布的蜃元兽任务有兴趣，不知此兽身居何处，阁下可有关于此兽的详细信息？”韩立点了点头，说道。

“既然道友有诚意，在下自然不会隐瞒。此兽位于古云大陆东流海域，一处叫云湖岛的地方。此兽体内有上古真灵蜃龙的血脉，善于变化，尤善化为人形……”青色人影眼中隐约闪过一丝喜色，连忙答道。

“此兽怕是不好对付吧？否则阁下的任务也不至于发布如此之久还没人完成。”韩立心中一动，问道。

“这……此兽在数万年前便有真仙境中期修为，且生性狡猾，确实不易对付……”青色人影微微一滞，说道。

“真仙境中期修为的话……三十块仙元石，是不是少了点啊……”韩立淡淡地说道。

“道友……实不相瞒，在下如今只能拿出这么多仙元石了……不过，此兽身上蜕下的灵壳可是炼制宝甲的绝佳灵材，阁下若能够诛杀此兽……”青色人影有些着急地说道。

“好吧。”韩立略一沉吟，说道。

“道友的意思是接下此任务了？”青色人影似乎有些不敢相信，确认道。

“在下不敢保证一定能完成任务，姑且一试吧。”韩立不置可否地说道。

“这真是太好了。在下就在此恭候道友佳音了！”青色人影当即大喜道。

第 111 章

小试锋芒

两日之后，清晨。

太阳从海平面升起，阳光照射在云湖岛上，为寒冷的岛屿带来一丝暖意。

位于岛屿中心的云遮湖上笼罩着一层烟雾，即使被朝阳照射着，也没有半点要消散的意思。

身穿一袭青衣的韩立，正悬浮在湖泊上空，他眼中蓝光闪动，放出神识在湖中来回扫视，却什么都没有发现。

他目光微微一闪，手腕一抖，一柄黑色长刀就浮现在他手中。

只见他体表光芒一闪，手臂顿时变粗了一圈，手中的黑色长刀上亮起刺目的黑光，吸引着周围的天地灵气，朝着黑色长刀汇集而来。

刀身上浮现无数漆黑符文，散发出一圈圈黑色光芒和强烈的法则之力波动，令周围的空气也为之颤动。

他单手握刀，先将刀举过头顶，然后朝着湖面猛地劈下去。

“呼——”

黑色长刀上光芒骤亮，一道长逾百丈的巨大刀影从刀身上射出，重重地砸入湖水之中。

刀影未至，罡风先到。

一阵猛烈的狂风吹来，湖面的烟雾顿时涌在一起，接着朝两边推挤而去。

“轰隆隆——”

云遮湖中顿时掀起狂风巨浪，只见两面百丈高的水墙从湖泊中央分开，浩浩荡荡地朝着两岸而去。巨浪来势汹汹，直接越过湖岸冲入了周围的山林。

“何人找死？！”就在这时，一声狂暴怒吼从湖底传来。

紧接着，一道金光从水浪分开处掠出，径直朝着韩立扑来。

“蜃元兽！”

韩立目光一凝，看见金光之中有一名面孔方正、双眸呈暗紫色的金袍中年男子，正手握一柄金色长剑，朝他直刺而来。

那人身上没有散发出半点妖兽的气息，但韩立凭直觉就可断定对方正是自己要找的蜃元兽。

那金色长剑上符文闪耀，散发出一种势不可当的锋锐气息。

“铮——”

韩立二话不说举起黑色长刀向前一挥，刀身与剑尖重重地一磕，在一股巨力的激荡之下，那人直接被震飞。

“嘿嘿，从哪里冒出来的小散仙，竟敢惹到本座头上，真是不知死活！本座最近正需要一名人族真仙的血来突破瓶颈，没想到就有人送上门来了！”金袍男子在数百丈外稳住身形后，冷笑道。

话音刚落，他突然将手中的金色长剑向前一抛，只见剑身上光芒一闪幻化出上千柄金色长剑，如同一朵金莲般绽放在高空中。

下一刻，半空中“当啷”之声大作，一柄柄金色长剑同时飞掠而出，如同一条金色剑龙一般朝着韩立扑了过来。

韩立一开始以为这些金色长剑不过是幻化出来的剑影，可当那条金色剑龙飞至身前张口向他咬来时，他才发现这些长剑竟然都是实体。

韩立二话不说直接举刀向上一挡，结果，黑色长刀被剑龙口中由金色长剑组成的龙牙死死地咬住了。

与此同时，金色剑龙的一只巨大钩爪从下方探出，猛地抓在韩立的胸膛之上，将他的衣衫扯破，在他胸前划出数道触目惊心的白色痕迹。

韩立猛地一抽，黑色长刀在剑龙口中擦出大片金色火花，接着，他双足在龙首上重重地一蹬，整个人朝后面飞去。然而，还未等他稳住身形，身后就传来一道风声。

一只形如真龙的异兽突然从他后方蹿了出来，张口就朝他的脑袋咬过来。

这只异兽虽然长着龙首和龙躯，但是龙首之上并未生龙角，龙躯之上也没有龙爪。

韩立瞳孔一缩，身上青光一闪，于间不容发之际将身体一侧，避开了那只异兽。然而下一刻，他就感觉肩膀传来一阵剧烈的疼痛。

他转头一看，见那只异兽正死死地咬住他的肩膀，肩头鲜血直流。

韩立心中一惊，方才那一下他明明躲开了，不知为何仍然被对方咬中。

他握刀的手高高抬起，正要朝着咬住自己肩膀的龙首砍去时，他心中突然机警起来，赶忙停止动作。

下一刻，韩立便感觉脑海一阵刺痛，那种痛不是遭到了别人的攻击，而是他为了保持清醒，以精神刺攻击了自己。

在这阵刺痛的侵袭下，他再一扫自己的肩头，却见那里空无一物，哪里还有什么龙首？

方才那一刀他若是真的砍了下去，便要自摆乌龙砍断自己的一条手臂了。

“怎么可能？一个真仙境初期修士，怎么可能看穿我的幻术？”金袍男子悬立在数百丈外的空中，难以置信地问道。

韩立自然没有回答对方。

他手腕向下一挥，身形骤然向前冲，黑色长刀随即在空中划出一道圆弧，而后刀锋一转，径直朝对方劈了过去。

“找死！”

金袍男子见状，眼中闪过一丝厉色。

只见他双手在身前飞快地掐诀，一团五彩华光顿时从他指间迸射开来，化作五彩幻光映照在韩立眼中，令他感到一阵目眩。

与此同时，一阵金属摩擦声响起，那条金色剑龙又从后方追了过来，冲着韩立后背咬来。

韩立下意识地抬起一只手挡在眼前，握刀的另一只手则骤然向后方横扫而去。

一道月牙状的刀光破空而去，与那金色剑龙重重地撞在一起，直打得剑龙向后一缩，周身剑刃交叠，发出一连串“锵锵”声。

就在这时，一只巨大的手从前方的五彩幻光之中探出，一把将韩立握住。

韩立顿时感觉胸腔受到一股巨力的挤压，呼吸都变得有些困难。加之前方的五彩幻光一直在不停闪动，令他有些头昏脑涨，反应都慢了一拍。

“受死吧！”从五彩幻光后方传来一声暴喝。

刚刚被韩立打退的金色剑龙又破空袭来，龙首之上两道金剑的剑锋骤然拉长，上面分出数道突起的尖刺，如荆棘一般朝着韩立的后心刺了过来。

韩立眼中蓝光闪动，他仍然无法看破眼前的幻光，意识也开始变得模糊。

只听他口中发出一声暴喝，周身金光一闪，浑身肌肉迅速鼓胀，直接变成一只百丈高的金色巨猿。

原本握住韩立身躯的巨手顿时支撑不住，轰然碎裂。

化作巨猿的韩立双手握着变为数十丈长的黑色长刀，猛然朝着前方的五彩幻光以及躲在幻光后面的金袍男子砍去。

“呼呼呼——”

五彩幻光被黑色长刀带起的罡风吹散，站在五彩幻光后方的金袍男子一脸惊惧地向后退。然而，黑色长刀的波及范围极广，他短时间内根本逃不开。

眼见刀锋就要落在金袍男子身上，他突然诡异地一笑，不再后退，任凭刀锋将他撕成了两半。

那金袍男子的身躯在空中一阵扭曲之后，突然消失。

与此同时，金色剑龙从韩立身后袭来，并且口吐人言：“这次看你怎么躲……”

说完，金色剑龙的速度加快了一倍，径直朝着韩立的后心刺去。

韩立既来不及逃离，也无法回身应对，只得向前走了一步。

眼看金色剑龙就要刺入他的后心，他与剑龙的中间突然亮起一道青光，那青光一闪就消失不见了。

下一刻，金色剑龙的势头骤然一缓，然后径直朝着湖面坠落。

韩立的嘴角勾起一抹笑，身躯飞速缩小重新变作人形，朝着金色剑龙追了过去。

半空中不断响起“锵锵”声，金色剑龙周身的金剑一柄接一柄地掉落，金袍男子的身影显露出来，只见他的眉心处多出了一个洞，紫色双眸也失去了原有的光彩，变成灰白色，连他颅内的元婴也一并被击杀了。

韩立单手在身前一抓，那些金色长剑纷纷化作金光消失不见，最终只剩下一柄落在他手中。

他打量了那柄金色长剑一眼，将其收入储物镯。

这时，金袍男子眉心处忽然青光一闪，一柄不过寸许长的青色小剑从中疾速掠出，在空中划出一道模糊的轨迹，继而飞速变大。

此剑正是韩立的青竹蜂云剑，不是一柄，而是七十二柄。

经过这么多年的体内培炼，此剑当年吸收的磅礴剑元已经尽数被收为己用，每一柄飞剑的品质都勉强达到了后天仙器的层次，当七十二柄合为一柄时，就可以与真正的后天仙器媲美了。

由于担心被人发觉，在烛龙道内他从未动用过此剑，今日第一次将之用于实战，着实给了他不小的惊喜。

说起来，方才韩立之所以能够一击斩杀蜃元兽所化的金袍男子，是因为他早有准备。他在第一次险些中了幻术砍掉自己的手臂之时，就已暗自运转炼神秘术，看穿对方的真身藏在剑龙之中，而幻光与那金袍男子不过是更高一级的幻术。

于是他将计就计，提前在体内将七十二柄青竹蜂云剑合而为一，趁着对方得意忘形之际骤然出击，这才一击成功。

韩立单手一招，七十二柄青竹蜂云剑飞射而回，略一盘旋后，纷纷没入他的体内。

他瞥了一眼浮在湖面上的金袍男子的尸体，飞身而起，足尖轻轻一点，便稳稳地立在了水面上。

他弯下腰，放出神识在金袍男子体内仔细地探察，片刻之后，他从金袍男子的尸体内掏出一枚核桃大小的紫黑色妖核。

失去妖核之后，那金袍男子的尸体突然开始膨胀，皮肤表面浮现出一片片细密的金鳞，很快便将外面的金袍撑破，最终变成一只没有角也没有爪的龙形异兽，缓缓地沉入湖中。

韩立略一迟疑，施展避水咒，钻入湖水之中。

他的目光扫过湖底，看到蜃元兽的尸体正朝着湖底的一座宫殿沉去。

云遮湖水深百丈，湖底的光线十分昏暗，然而那座宫殿却通体晶莹如玉，散发着莹白的光芒，看起来就如同一座水晶宫。

韩立来到宫殿前，发现宫殿外围还笼罩着一层近乎透明的光膜，似乎是一种类似于避水咒的禁制，将湖水全都隔绝了。

他并未立即进入宫殿，而是一闪身来到蜃元兽的尸体前，将它的兽筋抽了出来。

韩立记起无常盟的那人说过，此妖兽身上有蜃龙的血脉，所以他想试着将其炼化。然而，他折腾了半晌也没能提炼出一滴，最后只能放弃。

韩立重新回到宫殿前，略一施法，便轻而易举地穿过外围的光膜护罩，来到宫殿的大门前。

眼前的宫殿廊柱林立，屋檐飞卷，上面刻满了各式各样的花鸟鱼虫图案，精美绝伦，看起来丝毫不像是妖兽的巢穴，反倒像仙家的府邸。

韩立抬手抚在殿门之上，手掌骤然用力一按。

两扇高三丈、厚一尺的石门便缓缓地朝内打开。

韩立目光微闪，从洞开的大门走了进去。

大殿内部的陈设不多，只有两排石柱分列殿内两侧，石柱周围则堆了数座小山般的物件，花花绿绿琳琅满目。

他目光略微一扫，不禁暗暗咋舌。

那些堆成小山包一样的东西，竟然全是各种各样的灵石和法宝，其中既有品质上乘的法宝，也有质地一般的法器，应有尽有。

韩立这才想起，前几日在落沙宗所见的情景并非宗门被毁坏得太严重，而是宗门内的法宝器物都已经被这只蜃元兽卷到了此处。

此兽显然有收藏宝物的癖好，这里的积蓄多半是它这么多年积攒下来的，如今全都归自己所有了，韩立一想到这里就忍不住开心。

韩立的目光在这些小山上仔细地搜寻了片刻，忽然瞥见大殿深处的金色龙椅后方有一节半透明之物露了出来。他立即快步走了过去，绕到金色龙椅的后方。

金色龙椅后方躺着一整张好像是蛇蜕的东西，通体清亮透明，看着像是某种晶体，摸上去却并不冰凉坚硬，反而有一种丝织品般的柔滑感。无疑，此物定然就是蜃元兽蜕下的灵壳。

韩立将灵壳收入储物镯中，随后取出数枚储物戒开始清点大殿中堆积如山的宝物。

经过小半日的清点，他手上戴着的储物戒和储物镯都被这些宝物占满了。其中大部分是灵石，而且以下品灵石和中品灵石居多，极品灵石的数量非常少，加起来也不过六七百块的样子。若是将其余灵石换成极品灵石，估摸着也能再换取三四百块吧。

看来这附近的宗门规模都不大，这也难怪，若是真的有足够的实力，也不至于让此兽盘踞于此无法无天这么多年了。

除此之外，还有百余件法宝和数百件法器，以及一些稀奇古怪的灵材，灵药却一件都没有。那些法器的品阶皆一般，法宝当中却有不少高品阶的，韩立自然用不着这些，但若是赐给梦云归等人倒是颇为合适。

至于蜃元兽所用的金色长剑，韩立经过再次确认，发现此剑是一件金属性的通天灵宝，品阶并不在青竹蜂云剑之下。

蜃元兽所藏的宝物之中，灵材的数量不算多，有一些灵材散发出来的气息却十分奇特，韩立虽然认不出，但也知道不是凡物。

特别是其中的数块暗金色金属，表面刻着许多如同花瓣状的密集纹路，触之并无寻常金属的冰冷感，反而有些温热，明显不是人工打造出来的。

接下来的数日，韩立并未立即离去，而是又将青竹蜂云剑召唤出来催动了多次，将从《青元剑诀》中学来的几种剑阵反复施展。其威力自然是大幅提升，他心中颇为满意。

直至离开云湖岛的前一刻，韩立才将从无常盟接取的斩杀蜃元兽的任务交付了。那戴着鹿首面具之人对此惊讶万分，似乎有些不敢置信。

韩立自然不会多解释什么，他直接将蜃元兽的妖核取出来给对方查看，对方查看过后又惊又喜，当即痛快地将仙元石传了过来。

说起来，韩立之所以会接下这个任务，主要是顺道为之，毕竟他可不会真花上十年时间去等候蜃元兽外出，另一方面则是出于恻隐之心，此兽为祸苍生，他将它击杀也算是造福百姓吧。

数月之后。

韩立一返回烛龙道，便直接赶到太玄偏殿。

殿内仍然空荡荡的，那灰袍老者坐在红木几案之后，睡眼迷离，似乎在打盹，他听到脚步声，眼睛睁开了一条缝。

“咦，是你小子，怎么这么快就回来了？莫非你觉得任务艰难无法完成，打算改主意用功绩抵偿？”灰袍老者打了个哈欠，懒洋洋地问道。

韩立没有说话，挥手取出一个储物袋放在红木几案上。

灰袍老者微微一怔，拿起储物袋放出神识一扫，瞬间睡意全无。

“你小子果然没有辜负老夫的厚望，这么快便完成了任务，不错。”

“侥幸而已，我到那里之时蜃元兽恰好外出，所以我很顺利便完成了任务。”韩立轻描淡写地说道。

“你小子真是走运，不过运气有时候也是一种实力。”灰袍老者打量了韩立两眼，不知是不是真的相信了韩立的话。

灰袍老者将蜃元兽的灵壳收起来，翻手取出一本青色玉册和一支玉笔，勾画了几下，又取过韩立的长老令牌。

白光一闪，长老令牌里面已经多了两百点功绩。

“好了，你的第一个任务就算是完成了，回去好好休整休整，过些日子再来接第二个任务。”灰袍老者将长老令牌还给韩立，说道。

“麻烦前辈，在下现在就想领取下一个任务。”韩立直接说道。

“你小子倒是勤快，和那些推三阻四的老油条完全不同。”灰袍老者看了韩立一眼，点了点头道。

韩立闻言，不禁摸了摸鼻子。对他来说时间并不宽裕，自然要抓紧一些。

灰袍老者翻开那本青色书册查看起来，片刻之后停在一页，说道：“这里有一个任务比较紧急，你愿意接吗？”

“不知是什么任务？”韩立问道。

“宗门在古云大陆西南的火云岭有一处规模不小的火元晶矿脉，近日那里频频发生矿工失踪事件，使得矿脉不得不暂时关闭。驻守在那里的一位大乘期长老进矿探察，竟然也失踪了，所以当地将此事上报，请求宗门派一位内门长老前去探察原因，顺便将那里近十年出产的火元晶运回。这个任务应该不难，任务奖励倒是不少，一百八十点功绩。”老者摇头晃脑地说道。

“明白了，既然任务紧急，在下这便出发吧。”韩立闻言，点了点头说道，然后二话不说递上令牌领取了任务，转身朝着外面走去。

“真是一个有意思的小子……”老者看着韩立的背影，笑着说道。

第 112 章

醍醐论道

一年多后，古云大陆西南，一片连绵的山脉。

整片山脉无论地面还是山峰都呈现鲜艳的赤红色，山脉内布满密密麻麻的火山口，不时喷出赤红色的岩浆火柱。

一道接一道火柱冲天而起，蔚为壮观，“轰隆隆”的巨响声不断传来，天空飘着赤红色的火云，空气中充斥硫磺的气味。

山脉深处，无数矿洞遍布在山谷间。

此处正是火云岭。

半空中有道青影一闪而至，韩立的身影浮现，他朝周围看了几眼，随即向下方的矿洞飞去。

十多日后。

火云岭某处的巨型矿洞中，一大一小两道身影正上下翻飞，时分时合，激烈交锋。每一次相撞都发出巨大的声音，引得整个矿洞剧烈地晃动，无数碎石如雨般落下。

那道略小的身影正是韩立，此刻他周身青光缭绕，不断击出一道道拳影。

那道巨大的身影则是一只身长七八丈的赤色蜥蜴，它口中不时吐出炙热火舌，却根本无法击中韩立。

反倒是韩立的拳头不时落在赤色蜥蜴身上，将其看似坚硬无比的赤色鳞片砸出一道道裂纹。

不多时，这只赤色蜥蜴便伤痕累累，全身的鳞片多处碎裂。赤色蜥蜴早已萌生退意，怎奈韩立一直穷追不舍，根本不给它任何逃走的机会。

“砰——”

韩立再次轰出一拳，将赤色蜴蜥直接击得倒飞出去，狠狠地撞在洞壁上，鲜血直流。

赤色蜴蜥在接近洞壁时，蓦然张口喷出一股赤色火焰，洞壁瞬间被熔化成滚滚岩浆。

赤色蜴蜥见此，便要钻入岩浆中。

就在此时，一道巨大的黑色刀光疾射而至，瞬间出现在赤色蜴蜥的后背受伤处，释放出一股法则之力，化为一股巨力打在赤色蜴蜥身上。

赤色蜴蜥失去了鳞片的保护，当场毙命，连元婴都一起陨灭了。

韩立单手一招，将黑色长刀收回。

这只赤色蜥蜴正是导致此处矿脉人员失踪的罪魁祸首，它的实力算不上很强，身上的鳞片却坚不可摧，并且它可以轻易熔化山壁，自由地在地面和山壁内穿行，然后发动偷袭，令人防不胜防。即便是韩立，也花了半个月才终于在这里堵住了它。

一块块拳头大小的赤红色晶体从赤色蜴蜥的小腹处滚落，撒了一地。

那晶体呈半透明状，中心处闪烁着一团火焰般的红光，散发出炙热无比的热气，仿佛烧红的铁块，不过温度比铁块高了千万倍。

“这就是火元晶……”韩立捡起一块晶体，喃喃自语。韩立看了两眼，将地面上的火元晶尽数收起，然后抬手连挥数下，将赤色蜴蜥的爪子斩下收起，接着便化为一道青光朝着矿洞外飞射而去。

一年多后。

太玄偏殿门口，一个人快步走着，正是风尘仆仆赶回来的韩立。

看着眼前的建筑，他轻轻呼出一口气，已经完成了两个任务，只要再完成一个，接下来的一百多年里他便能安心地去做自己的事了。

韩立走入殿内，正要说话，忽地一怔。

殿内竟然空无一人，灰袍老者不在里面。

他略一沉吟，转身走出大殿，拦住一名从殿外走过的青年侍从。

“拜见长老大人。”青年侍从看到韩立身穿长老服饰，急忙躬身行礼。

“你可知道值守此处偏殿的长老去了哪里？”韩立问道。

“哦，您是说呼言长老，他此刻应该在百酒峰的百酒山庄。”青年侍从一怔，随即指向附近的一座山峰。

从这里望去，隐约能看到峰顶有一片建筑。

“百酒山庄……”

韩立喃喃自语一声，脸上闪过一丝古怪的表情，挥手打发青年离开后，他二话不说直接朝着那座山峰飞去。

韩立很快便落在百酒峰之上，来到一座朱门白墙的大院前，大门上写着“百酒山庄”四个大字，龙飞凤舞，笔走龙蛇。

韩立迟疑了一下，放出神识一扫，发现那灰袍老者果然在山庄里面。

他整理了一下衣衫，推开大门走了进去。

院中有一个大天井，天井两侧种植了各种灵草、灵花，不仅生机盎然，还散发出一阵阵浓郁的芳香。

韩立目光一扫，眼睛微微一亮。

他看到不远处有一株绿色灵草，有一人多高，上面结满了黄色豆子，那些豆子竟跟他当初从天鬼宗两个大乘手里抢来的兵豆颇为相似。

韩立心中一动，打量了好一会儿才收回目光，走到院内一个厅堂前，敲了敲门。

“呼言长老，晚辈厉飞雨求见。”

说完，他便老实地站在门外等待。

片刻之后，厅门“嘎吱”一声打开，一股浓郁的酒香扑面而来，只见呼言长老面色酡红，醉眼蒙眬，手里还捏着一只青色的酒杯。

“哦，是你啊，你这么快就回来了。”呼言长老将杯中的琼浆一饮而尽，咂巴了一下嘴，漫不经心地说道。

说完，他转身摇摇晃晃地往里面走去，在一把躺椅上躺了下来，拿起旁边的翡翠酒壶将手中的玉杯斟满，仰首饮下。

“真是好酒啊……”呼言长老发出一声满足的叹息。

韩立缓缓走进屋内，看着眼前醉醺醺的老头，眉头微微一皱，不过很快便舒展开来，他说道：“呼言长老，在下已经完成了任务，造成火云岭矿脉人员失踪的是一只即将突破真仙境的赤色蜥蜴，已经被在下除去了。”

“哦，我已经接到传讯了……你小子不错……做事干净利落。”呼言长老看也没看韩立一眼，说话间又自斟自酌了两杯。

“多谢长老赞赏，在下想领取下一个任务。”韩立朝呼言长老拱了拱手，恭敬地说道。

“小子，你急什么！既已修行万载历劫成仙，获得了无上寿元，图的是什么？是移山填海，翻云覆雨？还是受世人敬仰，天地任逍遥？这些都不过是过眼云烟，远不如老夫手中这一杯美酒的滋味美妙！来来来，好好地陪老夫喝一杯再说其他。”呼言长老大笑一声，掏出另一只酒杯斟满，拍了拍身旁的一把椅子，示意韩立坐下饮酒。

韩立虽然不想在此耽误工夫，但他似乎想到了什么，还是坐了下来，拿起酒杯，说道：“既然如此，那就叨扰了。”

“这就对了，对酒当歌及时行乐，才是老夫的为仙之道！干杯！”呼言长老拿起酒杯与韩立碰了一下，一饮而尽。

韩立见此，也将杯中的酒一口喝下。

这一口琼浆入喉甘冽如饴，他只觉先凉后热，丹田中顿时升起一股热流，朝四肢百骸散开，整个人无比放松。这种感觉就好像自己突然间腾云驾雾，飘然欲仙。

“好酒！”韩立脱口而出。

“哈哈，爽快！凡人道酒能乱性，殊不知一醉过后方能率性而为，大道三千，人生百味，或许只有在酩酊大醉后才更易体会！你我虽修的是仙，但这道非悟不可得！来来，再喝。”呼言长老哈哈笑着说道，又为自己和韩立各倒了满满一杯。

韩立听闻，心中不由得一动。

呼言长老的此番话看似胡言乱语，却蕴含着某种深意。

韩立重返仙界后，可谓步步惊心，心中时时带着一丝警惕，无法坦然面对这世道万千，这种感受和自己当初憧憬的那种逍遥自在大相径庭。

这种失落和压抑，在呼言长老的这一杯酒、一席话之下，突然有一种豁然开朗之感，他心中不觉认同了此番话。

他从一个山村小子，一步一步修行至今，时时刻刻处于压力之中，难道无时无刻地亡命修炼才是自己存在的意义？既然自己已经得道成仙，可与天地同寿，又身处大宗之内，坐拥百万里领地，似乎也该及时行乐，好好地享受一番了。此外，或许多放下一些负担，能离大道更近一些吧……

“不，不对！”

韩立猛地摇了摇头，将这些念头全部抛开。

他初入仙界之时，或许正是因为误以为大道既成可以逍遥仙界了，这才遭人暗算，重伤失忆，丢失了青竹蜂云剑、蟹道人等法宝，否则以自己谨小慎微的性格，岂会栽那么大一个跟头？自己如今刚刚站稳脚跟，岂可真的放松警惕，重蹈覆辙，使万载修为毁于一朝？

这仙界看似一派太平，实则暗潮汹涌危机四伏，自己必须更加小心方有一线机会成就大道！

这些念头在他心中一闪即逝，让他出了一身冷汗，同时他心中的信念在不知不觉中变得更加坚定了。

“前辈这是青梨酒吧，果然是极品好酒。”韩立端起酒杯喝了一口，再次赞美道，他的眼神却变得清明无比，耳边的靡靡仙乐不知何时已然听不到了。

“你小子也懂酒？”呼言长老略微诧异地看了韩立一眼。

“不敢说懂酒，略知一二罢了。”韩立笑道。

韩立对于酒本来所知不多，当年横渡雷暴海洋时，他时常被孙克拉着一起喝酒，孙克对于各种酒知之甚详，他耳濡目染就了解了一些。呼言长老方才给他倒的酒恰巧孙克也请他喝过，所以他才说得出来。只是当初喝时，他还没有今日的感悟。

“好，好，我原本看你就颇为顺眼，没想到你也是同道中人，那再好不过。来来来，陪老夫再好好喝几杯。”呼言长老大喜，起身走进一间房中。

当他再次出来时，双手捧着七八只样式不同的酒壶和酒杯，献宝一般一一摆到桌子上。

这些酒壶各式各样，酒杯更是各具特色。

铜樽、玉杯、木杯、石杯、金杯……应有尽有，每只酒杯上还铭刻了一些怪异的图案，并不是寻常装饰，看着像是符文。

韩立目光一扫，发现这些酒壶和酒杯都是法宝，至于每个都有什么功效，他就不得而知了。

“呼言长老取出这么多不同的杯子，莫非喝每一种酒须得配上专门的酒杯？”韩立看着这么多美酒和酒杯，也产生了一丝兴趣，笑着问道。

“那是自然，所谓好马配好鞍，饮酒之道也是如此！只有美酒却无相应的酒具，再好的美酒也会减少三分味。比如这青梨仙酒色泽青碧，须得配天青翡翠所制的玉杯；又譬如这坛红桑仙酒以清香著称，用万年青藤杯来饮才能更添酒香……”呼言长老眉飞色舞，大谈何种美酒应该配什么酒具。

韩立点了点头，端起那红桑仙酒，当初在跨海雷舟上他和孙克也喝过这种酒。浅尝一口，他眼睛顿时一亮。

当日他和孙克喝的红桑仙酒是孙克的贴身珍藏之物，成色绝不比眼前的差，可眼前这杯酒的酒味清香远胜先前的酒。

韩立又饮了一口细细品味，很快发现了原因。

这青藤杯中隐隐透出一股古藤气息，和酒味缠绕在一起，使酒味大增。

“红桑仙酒是以千年红桑果酿制，此果是火属性灵材，青藤杯又蕴含木气，以木生火，果然酒香大增！”韩立面露钦佩之色。

呼言长老先前虽然说得头头是道，但是韩立心中还是将信将疑，直到此刻他才确信对方所言不虚。

“不错，不错，你小子有品位，再来尝尝这壶流光仙酒。”呼言长老眼中闪过一丝赞赏之色，拿起酒壶倒出一杯琥珀色的酒。

接下来，韩立接连尝了几种美酒，果然都是难得一尝的美酒。

他对酒道虽然只是略知一二，但不失为一个极好的听众，他那虚心好学的样子引得呼言长老连连点头，眼中的赞赏之色更浓了。

这些酒并非寻常水酒，都算得上是仙酒，对修行大有裨益，只是韩立毕竟只有真仙境初期修为，一下连饮这么多杯，他的丹田内早已驳杂无比，接下去恐怕要花不少时间才能将之彻底炼化。

他略一沉吟，放下了杯子。

呼言长老还是一杯接着一杯，自顾自喝得不亦乐乎，显然他的修为比韩立要高很多。

“呼言长老，可否歇息片刻，在下有一些事情想禀告。”韩立又等了片刻，见对方丝毫没有停下之意，不由得说道。

“你小子真是扫兴。有话快说！”呼言长老瞥了韩立一眼，坐了起来。

韩立取出一个储物法器，递了过去，笑着说道：“火云岭近十年开采的火元晶都在里面。”

呼言长老接过储物法器，放出神识一扫，便将其扔到一旁，翻手取出一本青色书册，在上面写写画画。

“呼言长老，宗门对这火元晶似乎颇为重视，不知此物可以用来做什么？这火元晶内虽然蕴含精纯火力，但质地脆弱，和一般的火属性矿石大不相同，倒是和灵石有些类似。”韩立看了储物法器一眼，看似随意地问道。

“就是炼制仙元石用的一种燃料罢了。”呼言长老头也不抬地答道。

韩立闻言一怔，脸上浮现出惊愕之色，问道："炼制仙元石……需要用到火元晶吗？"

呼言长老抬头看了韩立一眼，有些奇怪地问道："难道你不知道九转仙元阵？"

"九转仙元阵？"韩立面露茫然之色，这个名字他确实是第一次听到。

"哦，你应该是刚刚加入本宗吧？你出身何地？"呼言长老打量了韩立一眼，问道。

"长老慧眼，厉某刚刚加入宗门不到百年，在下出身于荒澜大陆的一个偏僻小岛。"韩立心念转动，答道。

"难怪，荒澜大陆偏僻得很，确实很少有人知道。至于这九转仙元阵，是北寒仙域大名鼎鼎的一种聚元法阵，这个法阵能够在短时间内将一百块极品灵石的灵力凝为一体化为一块仙元石。"呼言长老随即说道。

"原来如此，难怪仙元石在荒澜大陆那般罕见，在宗门这里却只是寻常之物。"韩立深吸一口气，喃喃自语。

"那是自然，我堂堂烛龙道岂是荒澜大陆那种地方能够相比的？"呼言长老傲然说道。

说话间，他将青色书册收了起来，取过韩立的长老令牌，伸手一点，里面的功绩顿时多了一百八十点。

"多谢呼言长老！麻烦长老花一点时间先给在下布置一个新任务，然后再慢慢地品味这些美酒也不迟。"韩立接过令牌，再次拱手道。

"难得偷一会儿懒，偏你小子啰里啰唆。"

呼言长老瞪了韩立一眼，取出青色书册，他飞快地翻看了几页后停了下来，再次抬头望了韩立一眼，说道："你这么着急连做三个任务，是想赶快做完好回去修炼吧？既然如此，这个任务正适合你，时间不长，只要数个月就够了。"

"是什么任务？"韩立闻言，脸上一喜。

“内门弟子想要晋升为真传弟子，必须通过一个试炼，你的任务很简单，就是暗中护送本门的内门弟子去参加真传弟子的试炼。”呼言长老解释道。

“暗中护送？”韩立一怔。

“不错。那些内门弟子必须凭借自身的实力通过试炼，一般情况下你不得出手相助。不过试炼之地危险颇多，所以才需要派遣真仙长老暗中跟随，保护内门弟子的安全。”呼言长老说道。

“原来如此，在下明白了。请问这个任务何时开始？”韩立点头问道。

“时间还真是巧得很，就在三日之后。到时候你去朝阳殿，那里自会有人告知你具体的事宜。”呼言长老晃了晃脑袋说道。

“好，多谢长老。”韩立面带感激之色地说道。

这醉醺醺的贪杯老头虽然嘴巴刻薄，但对他还是不错的，给他安排的这三个任务说起来都不算困难。

“谢就不必了，以后你若有闲暇就过来陪老夫喝几杯。”呼言长老摆了摆手，道。

“一定。”韩立笑了笑，起身告辞。

出了房门，他朝外面走去，途经那株结满黄色豆子的灵草时，他不由得停下脚步，又打量了几眼。

“怎么，你也懂道兵之术？”呼言长老的声音在韩立身后响起。

韩立一惊，人已经来到他身边，他竟然没有发觉。

不过当他转过身来，脸上已经恢复平静，说道：“在下只是略有耳闻，想来呼言长老应该精通道兵之术吧？”

“那是自然，论道兵之术，老夫若是认第二，烛龙道内无人敢认第一！”呼言长老还是一副醉眼蒙眬的样子，他的口气中却多了几分傲然。

“在下对于道兵之术一直很感兴趣，只是精通此道的人很少，求教无门，不知长老能否指点一二，在下定然……”韩立大喜，拱手说道。

“想学我的道兵之术？不行，不行！我不会教你的，别想了！”呼言长老不等韩立说完，立刻打断他的话，摇头道。

“这……当真毫无商量的余地？”韩立有些不死心地问道。

呼言长老正要一口回绝，想起方才两人把酒言欢的情形，到嘴边的话又咽了回去，大有深意地说道：“这个嘛……也不是完全不行。老夫生平有两个嗜好，一个是美酒，另一个便是这道兵之术。若是你能找到比老夫手中这些藏酒更好的仙酒酒方，教你道兵之术一事倒是可以考虑一下。”呼言长老数年来四处搜寻各种美酒，论数量，只怕整个北寒仙域内没有几人能超过他。

韩立看着呼言长老自信的面孔，暗暗地叹了口气。

他对于酒道虽然所知不多，但也看得出呼言长老极为精通此道，刚刚给他喝的那些仙酒无一不是绝世佳酿，他到哪里去找更胜一筹的仙酒酒方？

呼言长老如此说，看来是真的不想传授那道兵之术。

“好，在下一定用心去寻找，还望长老到时候莫要反悔。”韩立深吸一口气，沉声说道。虽然机会渺茫，但是他不想放弃，大不了就去无常盟发布任务，只要他愿意多花点钱，应该不难吧。

“哼！老夫向来言出必行，你小子若真能找到酒方，我告诉你道兵之术又有何妨？”呼言长老哼了一声，说道。

“那在下就先告辞了。”韩立微微一笑，拱手告辞，转身离去。

第 113 章

移祸江东

韩立离开百酒山庄后，直接返回了自己的洞府密室。

将洞内的禁制悉数开启后，他在原地盘膝坐了下来。

他一口气完成了两个执事任务，虽然过程中并没有遇到太多困难，但是马不停蹄没有好好休息过。现在他既然有了三日空闲，正好可以将在呼言老头那里喝的仙酒好好地炼化，同时休憩一下。

结果，韩立刚闭上眼睛没多久，便豁然睁开双目，脸色微微一变。

他手上的储物镯突然剧烈地颤动起来。

不等他做什么，一道黑光闪过，一柄黑色长刀从储物镯中自动飞出，立刻化为一道黑影朝着远处射去，速度快得惊人。

由于一切发生得太突然，韩立并未在黑色长刀飞出的第一时间将之拦下，他反应过来后，两手猛地掐诀。

密室内顿时浮现数道青光，拦住黑色长刀的去路。

“呼啦”一声！

黑色长刀表面黑光大放，发出野兽咆哮般的声音，将一道道青光斩开，但它前进的速度也略微变缓。

韩立身上金光大放，真言宝轮瞬间浮现，散发出金色波纹，瞬间笼罩了周围十丈，将黑色长刀也罩住了。

黑色长刀的速度顿时变得更慢，接着被一股无形的吸力一卷，倒射而回，落在了韩立手中。

“嗡嗡！”

黑色长刀发出颤鸣之声，不断抖动，却无法挣脱。

“这是怎么回事？”韩立见此，眉头紧皱。

方磐已死，本属于他的这柄黑色长刀在这些年里早已被自己仔细炼化了一遍，今日怎会出现如此异状？

韩立心中念头转动，放出神识朝黑色长刀内探去。

下一刻，他面色一沉。

黑色长刀完全脱离了他的掌控，里面泛起一股股无形之力，拦住了他的神识继续侵入。

韩立冷哼一声，眉心处晶光一闪。

一股更为磅礴的神识之力随之狂涌而出，化为一道尺许长的半透明剑影斩入黑色长刀之中。

“刺啦”一声，半透明剑影将那股无形之力一下斩开。

这半透明剑影，正是念剑诀神通。

韩立的神识没入黑色长刀之中，穿过刀身内的层层禁制，很快抵达禁制的最深处，接着他眼前一花，出现在一个黑色空间内。

此处遍布了无数粗细不一的黑色纹路，仿佛密密麻麻的蛛网，凝聚成一个巨大而繁杂的法阵，法阵中央是一个黑色阵坛。

一团黑光悬浮在阵坛内，闪动不已，周围的阵纹仿佛受到了召唤一般，也开始闪动。

韩立见此，心中一震。

他得到黑色长刀后，精心祭炼过，他的神识也曾到过这里，当时此处的阵纹没有这般复杂，也根本没有此刻的气候，现在的情形恐怕才是黑色长刀核心禁制的本来面目吧。

他目光一转，看向那团黑光。

那团黑光似乎有所感觉，光芒一闪浮现一张面孔，那面孔有些模糊，唯有一双眼睛相对清楚，又细又长，形如刀锋，愤怒地望向韩立。

韩立见此，心中一动。他虽然看不清那张面孔，但是他敢确定那绝对不是方磐。

他略一思量，心中顿时恍然，看来这黑色长刀的真正主人并非方磐，方磐应该是从某人那里借来的。

韩立虽然精心祭炼过此刀，但此刀的原主人若是存心想隐藏，他自然感应不到。

“不好！”韩立的神情陡然一变。

黑色长刀的主人此刻突然激发刀身内的标记，恐怕是在感应黑色长刀的具体位置，以便前来寻刀。

若是此人找来的话，麻烦可就大了。

韩立一念及此，口中发出一声长啸。

下一刻，黑色阵坛上空晶光一闪，一道巨大的半透明剑影浮现而出，狠狠地斩向了那团黑光。

模糊人脸怒吼一声，一闪之下化为一条晶莹的漆黑锁链抽向半透明剑影，那漆黑锁链和之前韩立体内的隔元法链有几分相似。

两者狠狠地撞在一起！

“咔嚓”一声，黑色锁链被半透明剑影斩成两截，“砰”的一声化为无数黑色莹光，飘散开来。

黑色空间内的所有阵纹立刻停止闪动，恢复了平静。黑色长刀也停止震颤，表面光芒尽失，似乎被彻底炼化了。

韩立脸上却没有露出喜色，他神念一转看向了黑色阵坛。

阵坛之内铭刻着一个似文非文、似画非画的标记，散发出微弱的灵光。

“本命标记！”

他冷哼一声，心念一催，阵坛上空再次一闪，浮现一道半透明剑影，狠狠地斩在那个本命标记上。

“砰！”

半透明剑影如劈中铁石一般，被弹了回来。

本命标记只是轻轻一颤，便恢复了原样。

韩立面色微沉，眼神闪烁，他没有继续攻击，而是收回了所有神识。他看着手中的黑色长刀，将神识注入其中，想抹去其中的标记。

同时，距古云大陆不知多少亿万里之外，一只身长数百丈的黑色巨鹤正扇动双翅往前飞。

黑色巨鹤通体长满漆黑的铁羽，头顶的羽毛却是金色，仿佛一顶金冠一般，身上的黑色羽毛有火光若隐若现，尤其两只翅膀上的火光更是旺盛，隐隐在翅膀周围又凝聚成两只更大的火翼。

黑色巨鹤快速扇动双翼，每扇动一次，便往前飞出数百里之遥，速度快得惊人。

一个身高近丈，脸色焦黄，头戴青铜护额的黄袍大汉正盘膝坐在黑色巨鹤的背上。

焦面大汉身边悬浮着百余杆黄色阵旗，绽放出一道道黄色的光芒，组成一个直径数十丈的黄色法阵，缓缓地运转着。

焦面大汉两手掐诀，无数黄色符文不断从他手中飞出，在空中盘旋一阵后，纷纷没入周围的法阵。

“砰”的一声！

黄色法阵猛地一震，轰然碎裂，一杆杆阵旗四散飞出。

焦面大汉脸色微白，睁开了眼睛，射出两道冰冷的光芒。

“该死！”

随后他抬手一挥，那些散落在四周的阵旗尽数飞回，纷纷没入他的天灵盖，不见了踪影。

“主人，还是不能锁定那人的位置吗？”黑色巨鹤忽地发出尖锐的声音。

“哼！就差那么一点儿就成功了，不过我已经感应到了那小子的方向。方磐死了就算了，竟然将我的黑帝屠仙刃给弄丢了，真是废物！”焦面大汉冷哼道。

“方磐不过是个依靠师门的纨绔，又如何能和主人您相比？”黑色巨鹤有些不屑地说道。

“不管怎么说，黑帝屠仙刃可是我的本命仙器，万万不可有失，早知道当年就不该听信方磐那小子的一面之词，将此宝借给他了。”焦面大汉有些懊恼地说道。

“说起来，这个韩立还真是命大，不仅没死，还反过来将方磐给杀了。不过，现在主人出马了，只要找到那小子，还不是想捏死便捏死了。”黑色巨鹤讨好地说道。

“这小子身上不知藏着什么秘密，竟让方磐如此执着，我可是好奇得很哪！只是此事绝不能让老鬼知道，否则可就没我什么事了。”焦面大汉冷冷地说道，他身上的黄袍鼓胀，一股庞大的气息散发开来。

附近的空气“嗡嗡”颤抖，发出一连串噼里啪啦的巨响。

黑色巨鹤感应到焦面大汉身上散发出来的可怕气息，脑袋一低，身躯忍不住轻颤了一下，速度再次加快了。

韩立看着手中的黑色长刀，心中念头转动，接着十指齐动，飞快地掐诀。

耀眼青光顿时从他手中爆发，化为一个个斗大的青色符文落在黑色长刀上。

黑色长刀表面顿时浮现出一个个青色符文的图案，转眼间蔓延至黑色长刀的每一个地方。

黑色长刀赫然变成一柄青色长刀，气息也随之收敛。

这是他以前学过的一门封宝之术，可以专门用来封印法宝。

做完这些后，韩立又取出一个黑色长匣，此物明显也是一件宝物，表面灵光闪动，散发出一股莫名的气息。

他将黑色长刀收进黑色长匣，又翻手取出几张封印符箓，一股脑儿贴在黑匣之上。

韩立看着手中的黑匣，眉头微皱。虽然他施加了这么多封印，但是他心中还是没有把握彻底隔绝此刀原主人的感知。也就是说，此刀若继续留在他身边，原主人仍然有可能找上门来。

虽然他不知道此刀的原主人和方磐是什么关系，但他可以肯定对方跟自己是敌非友。也不知道那人当初祭炼此刀时用的是什么特别的手段，竟能令其中的标记如此顽固。

按韩立的估计，以他如今的修为和手段，想将黑色长刀中的标记彻底抹除的话，得用真火一点点炼化才行，起码要花百年的时间。可这样耗费的时间代价未免太大了，他不由得左右为难。

“算了，此物既然是祸根，与其浪费这个时间，不如将其卖掉。”韩立犹豫了好一会儿，终于下定决心。

这柄黑色长刀虽然威力不小，但是相比起来还是自己的安全更为重要。

这样决定之后，韩立不再迟疑，翻手取出青色牛头面具戴上。

无数青光浮现而出，凝聚成巨大的青色光幕。

韩立看向交易区，发布了一个交易任务。

在无常盟出售物品有两种方式，一种是将所卖之物的影像公示于任务中，表明自己的出售意向，若有人有意向购买此物，双方可以慢慢地商谈价钱。

第二种则是直接报出一个价格，一口价成交。

韩立毫不犹豫地选择了第二种，标价五十块仙元石。以黑色长刀的品阶和威力，这个价格不算高，甚至可以说很便宜了。没办法，他如今的情况是只求尽快将此刀卖掉，好摆脱这个麻烦。

对于此刀内残留有本命标记之事，他没有隐瞒。

毕竟，在无常盟内这种销赃的事情数不胜数，若不说清楚反倒会引起猜忌和误会，还不如一开始就讲清楚，避免后续的麻烦。反正盟中的交易，买家一般不会追究东西的来源。

韩立将黑色木匣放在光幕中央的传送阵上，光芒一闪，木匣消失无踪。

他心中闪过一丝不舍，更多的却是轻松。

他正要取下面具，忽地想起一件事，于是他赶紧在任务区域那里又发布了一个寻找仙酒酒方的任务。

那呼言老头的百酒山庄中好酒数不胜数，想要找到他没有的好酒难度不小，但韩立还是打算碰碰运气。

做完这些，韩立取下面具，呼出一口气，这才真正放松心神。

方才一番施法，此刻他的心神真的有些疲惫，他闭上眼睛，开始调息。

片刻之后，他身上亮起淡淡的青光。

两日时间一晃而过。

当韩立再次睁开双目时，顿觉神清气爽，所有疲劳一扫而空。

他直接取出无常盟的面具戴在脸上探察了一下，不出他所料，黑色长刀果然已经被人买走了。

“这个麻烦总算是抛出去了。”

韩立一边清点到手的五十块仙元石，一边喃喃自语。

至于买到此刀之人是不是会被刀的原主人找上门去，他可就不关心了。毕竟用五十块仙元石就买到了一件品阶不低的后天仙器，也算是捡了一个大便宜，总要为此付出一点代价。

黑色长刀是成功卖出去了，求购的仙酒酒方却没有什么消息。韩立对此本就没抱太大希望，当即将面具收起，直接离开了密室。

此时天刚蒙蒙亮，一轮朝阳从东方缓缓升起，光芒照耀大地。白雪皑皑的钟鸣山脉各处被金光笼罩，看起来绚烂无比，比平日里多了几分别样的美。

韩立吸了一口清新的空气，精神一震。

今日已经是第三天，他该去朝阳殿了。虽然这次护送任务应该没有什么危险，但谨慎如他，还是将身上的各类丹药和物品都整理了一遍，确认没有任何疏漏之后才化作一道遁光离开赤霞峰。

小半日之后，韩立从某处临传阁走出，化为一道青光朝前方飞遁而去，片刻之后，他来到一座金色大殿之前。

大殿有十几丈高，巍峨壮观，大门两侧各有一个太阳图案，门上的匾额写着“朝阳殿”三个大字。

殿内已经有不少人，似乎在等待什么，从服饰来看，殿内这些人都是内门弟子。

就在韩立犹豫是否要进去的时候，一个身穿执事服，面孔方正的青年男子从大门一侧走了过来，拱了拱手说道：“阁下是厉飞雨厉长老吧？”

韩立点了点头。

“在下方宇，是朝阳殿执事。厉长老请随我来。”方脸青年笑了笑，朝着朝阳殿的一个侧门走去。

韩立迈步跟上，两人很快来到一处偏殿。此处看起来像个偏厅，一个身穿儒袍的中年男子端坐在殿中，正低头品味一杯白气缭绕的灵茶。

听到脚步声，儒袍男子抬起头。

“苏兄，许久不见。”韩立怔了一下，随即拱手笑着说道。

这儒袍男子正是当年与韩立一同参与熊山副道主炼剑任务的一位散修长老，名叫苏同肖，韩立与他算是点头之交。

“厉兄，多年未见，听闻你这些年一直在闭关修炼，你是何时出关的？”苏同肖哈哈笑着，放下茶杯快步迎了上来，热情地拉着韩立到座位上坐下。

方脸青年麻利地给韩立也端上来一杯白雾灵茶。

“我出关已经有一段日子了。苏兄莫非也接了这个护送任务？”韩立微笑问道。

“是啊！在下最近手头有点紧，只好多做些任务赚取功绩了。”苏同肖苦笑道。

韩立含笑点头，目光忽地一凝，上下打量了苏同肖几眼，脸上露出一丝惊讶之色，拱手道：“苏兄，你竟已打通十二仙窍？真是可喜可贺！”

虽然宗内的真仙境修士不少，但大多处于初期，能够修至中期的并不多，至于突破后期的，就更是凤毛麟角了。

“呵呵，在下困居真仙境初期多年，十几年前总算将第十二仙窍打通，为此几乎花光了所有功绩，这才不得不到处接任务。”苏同肖故作平静地说道，眼中却流露出压抑不住的兴奋。

“若能突破境界，莫说花光功绩，就是将身上所有的东西都拿来交换，厉某也心甘情愿。苏兄这是身在福中不知福啊。”韩立笑道。

“厉兄说笑了，倒是你，闭关数十年修为似乎精进了不少。”苏同肖听着韩立略带恭维的话，不禁有些飘飘然，忍不住再次哈哈大笑。

“两位长老请在此宽坐，试炼任务还要等些时候才开始，之后会有人详细地向两位解说这次任务的内容。”方脸青年一直安静地站在一旁，等苏同肖笑罢才说道。

“嗯，你事情也多，先下去忙吧。”苏同肖摆了摆手。

方脸男子向两人行了一礼，退下了。

“苏兄认得此人？”韩立端起茶杯喝了一口，问道。此茶入口味道醇厚，清香缭绕在口齿间经久不散，是难得一见的好茶。

“在下以前接过几次类似的任务，和此人见过几面。”苏同肖说道。

“哦，那在下可要请苏兄多指教了。这个任务看似没有什么难度，不过厉某总觉得不会那么简单。”韩立放下茶杯，试探性地问道。

“厉兄果然心思细腻，这个任务确实没有明面上写的那般简单，你看主殿中的那些内门弟子。”苏同肖伸手一点。

一道蓝光飞射而出，落在偏殿一侧的墙壁上。墙壁上顿时亮起柔和的蓝光，那块区域逐渐变得透明。

墙壁的另一侧正是主殿，从这里能清楚地看到主殿中的情况。奇怪的是，主殿中的众人似乎一点也没有注意到墙壁的变化。

“苏兄这一手驱水透影之术真是精妙入微，在下佩服。”韩立眉梢一挑，赞道。

“雕虫小技而已，不值一提。”苏同肖得意地说道。

韩立看向主殿中的内门弟子，这些人个个英气勃勃，资质上佳，修为都达到了炼虚期。

虽然修士的年龄不能单凭外表判断，但是他一眼便看出主殿中的这些人年龄都不大，应该都未超过一千岁。如此年纪便能修炼到炼虚期，即便在北寒仙域也是极为难得的。由此可见，这些人除了资质上佳之外，背后恐怕都有极大的资源支持。

韩立的目光忽地一凝，人群之中站着一个白裙女子，眉目如画，被几人围在中间，正是白素媛。方才他在外面只是扫了一眼，没有注意到她。

白素媛的容貌并无什么变化，修为却已经达到炼虚中期，虽然刚刚跨入炼虚中期，但她这提升速度着实有些惊人。不过，她身负月华仙体，先天有七个仙窍觉醒，又有一名金仙境师傅在旁指点，加上宗门源源不断的丹药供应，她有这个进境倒也不奇怪。

“厉兄看出来了吧，这些人的修为进境可不一般。除了少数几个，其他的都不是普通的内门弟子，而是各大长老，甚至是副道主的后辈子孙。”苏同肖有些意味深长地说道。

韩立不置可否地点点头，看不出任何表情。

主殿中的内门弟子都带着一丝高高在上的感觉，此刻他们站在庄严的朝阳殿，仍然神情轻松，身上也都隐隐闪现出宝光，几乎每个人都身怀上好的护身灵宝。

不过也并非所有人都是如此，有四五个内门弟子沉默不语地站在主殿靠边的地方，身上也没有散发出法宝的灵光，看起来有些寒酸。

“真传弟子一般是十三位金仙的弟子，副道主当然也有一些名额，此外必须突破化神期成为炼虚期修士，并且通过最终的试炼才能正式获封。这些人是本门的重点培养对象，他们将在功法、资源、丹药、领地等方面获得优待，比普通的内门弟子待遇要好很多。否则那些长老、副道主怎么肯把他们的宝贝子孙送到这里来参加试炼。”苏同肖继续说道，语气中微微带着些许嘲讽。

“苏兄你的意思是？”韩立看了苏同肖一眼。

“嘿嘿，这些人资质虽佳，从出生至今历经了数百年的苦修，但他们缺乏真正的生死历练，所以宗门才安排了今日的试炼。”苏同肖觉得自己刚才的话有些过了，立刻缓和语气说道。

韩立默默地点头，视线一转，落在了白素媛身上，眼中闪过一丝疑惑。

“厉兄认得白素媛？”苏同肖注意到韩立的视线，问道。

（本册完）

（《凡人修仙之仙界篇》第5册即将上市，敬请期待！）